Ольга Крючкова

Хочу жить и умереть…

Роман

Bibliografische Informationen der Deutschen Nationalbibliothek

Die Deutsche Nationalbibliothek verzeichnet diese Publikation in der Deutschen Nationalbibliografie; detaillierte bibliografische Daten sind im Internet über http://dnb.d-nb.de abrufbar.

Krjučkova, Ol'ga: Choču žit' i umeret'… . Roman. – Berlin: Univers-Verlag. 2014. – 312 S.

ISBN: 978-3-944934-00-6

Umschlag vorn: Paul Gustave Dore *Andromeda*

©Univers-Verlag

Imprint von Elenana-Plaksina-Verlag

Inh.: Dr. E. Plaksina

Schöneiche bei Berlin, 2014

Издательский дом Елены Плаксиной

www.univers-verlag.eu

www.elena-plaksina-verlag.de

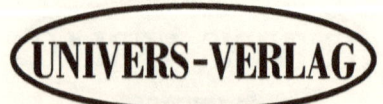

Женщинам,
пережившим насилие,
и возродившимся подобно Фениксу к жизни,
посвящается...

Роман основан на реальных событиях
и дополнен авторским вымыслом.
Имена героев полностью изменены
из этических соображений.

ЧАСТЬ 1

Все шесть часов, пока мама находилась в реанимации местной больницы, Наташа провела в приемном покое. Её бил мелкий озноб, мысли путались, сердце тревожно колотилось, отказываясь верить в случившийся у мамы сердечный приступ...

А ведь ещё совсем недавно казалось, что жизнь прекрасна: Наташа заканчивала одиннадцатый класс и была полна радужных надежд и светлых планов на будущее. Однако пресловутый кризис не обошел, увы, стороной и провинциальный Сурск: городское производство, в последние годы и без того едва теплившееся, рухнуло практически в одночасье. Именно тогда многие жители Сурска остались без работы, в том числе и Ирина Николаевна Ильина, Наташина мама.

Девушка в очередной раз всхлипнула, но торопливо промокнула мокрые от слез глаза кусочком бинта, любезно предоставленным ей молоденькой медсестрой. Машинально взглянула на висевшие напротив настенные часы — стрелки показывали четверть пятого дня.

В последние дни мама действительно чувствовала себя неважно: стресс, пережитый в связи с нежданно-негаданно обрушившейся безработицей, изрядно подкосил её здоровье. А поскольку выданное «по сокращению» выходное пособие было мизерным, жить вскоре стало практически не на что.

С просьбой о помощи в трудоустройстве Ирина Николаевна обзвонила всех знакомых, живших в Пензе, — она бы справилась, благо от Сурска до Пензы всего-то два часа езды на автобусе! — но, увы, и в областном городе дела с рабочими местами обстояли не лучше.

Ирина Николаевна старалась держаться стоически. Когда деньги в доме закончились — у Наташи как раз начались выпускные экзамены в школе, — достала из шкатулки всё имевшееся у нее золотишко, серьги да пару колец, и снесла их в местный ломбард. Получила за это «богатство» немного, всего пять тысяч рублей, но и тому была рада.

Наташа прекрасно понимала, что об учёбе в Пензе можно забыть, что надежда на получение высшего образования лопнула как мыльный пузырь и что придется идти работать. Но куда — при таком-то дефиците рабочих мест?!

Хорошо хоть, маме, в конце концов, «подфартило»: её давняя подруга, возглавлявшая местный почтамт, устроила Ирину Николаевну на работу в одно из почтовых отделений Сурска. Правда, на смешную зарплату в три тысячи рублей, но и за такими деньгами очередь из соискательниц была без конца и без края.

На какое-то время жизнь вроде бы наладилась, благо мама с дочерью и раньше-то не шиковали — привыкли обходиться малым. А потом Ирина Николаевна подхватила невесть где грипп и, чтобы не лишиться ненароком заветной работы, обращаться к врачам не стала — перенесла его на ногах.

И вот нынешним утром её увезла «скорая». Видимо, болезнь не прошла даром — повлекла за собой осложнение на сердце. А если учесть ещё вечные нервотрепки на работе, постоянный страх за завтрашний день, скудное питание… В общем, много чего наберется для сердечного приступа…

В приемный покой вошел врач, устало поинтересовался:

— Вы дочь Ильиной?

— Д-да, я… — заикаясь от волнения, ответила Наташа.

— Примите мои искренние соболезнования, — бесцветным голосом произнес врач.

Девушка на мгновение оцепенела, но потом, решив, что ослышалась, спросила:

— Как там моя мама? Ей лучше?

Врач стоял напротив, с преувеличенным вниманием рассматривая свои поношенные ботинки.

— Её больше нет. Сердце остановилось ровно в шестнадцать ноль-ноль.

Настенные часы вдруг поплыли перед глазами Наташи, пол и потолок почему-то поменялись местами... Она потеряла сознание.

***

День похорон выдался серым, мрачно-дождливым. Казалось, сама природа оплакивает безвременно покинувшую земной мир Ирину Николаевну.

Стоявшую у края могилы Наташу поддерживала под руку Олеся, бывшая одноклассница и верная подруга. Чуть поодаль стояли соседи и немногочисленные знакомые покойной. Возглавлявшая местный почтамт Алевтина Ивановна Сорокина ухитрилась выбить у властей через службу социальной поддержки небольшое денежное пособие на похороны своей сотрудницы и лучшей подруги, чем оказала Наташе действенную помощь. Сейчас женщина тоже стояла рядом и заливалась слезами, явно, будучи всё ещё не в силах поверить, что её подруги Ирочки больше нет.

С молчаливого согласия скорбящих работники кладбища, ловко орудуя веревками, опустили гроб в могилу. Кто-то шепотом подсказал Наташе бросить вниз горсть земли, она механически это проделала.

— Спи спокойно, мамочка... — сдавленно проговорила девушка. Хотела добавить ещё что-нибудь, но не смогла — спазм сдавил горло окончательно.

Когда могильщики придали могильному холмику традиционную форму, к Наташе подошла Алевтина Ивановна, обняла, поцеловала.

— Если что — обращайся… — сказала, утирая слёзы. — Чем смогу — всегда помогу…

— Спасибо, тетя Аля… — благодарно прошептала девушка.

Последующую вереницу соболезнований она выслушала с трудом — в голове поселилась звенящая пустота, рот наполнился неприятной горечью, ноги самопроизвольно подгибались. Если б не крепкая поддержка Олеси — осела бы прямо на могилу матери, да так на ней и осталась…

— Идём… Я провожу тебя домой, — сказала подруга, когда все, наконец, разошлись.

Старый, послевоенной постройки деревянный дом, в котором жили Ильины, был рассчитан на две семьи и находился всего в пятнадцати минутах неспешной ходьбы от кладбища, однако Наташе казалось, что обратный путь домой будет длиться целую вечность. Вконец обессилевшая, она несколько раз пыталась осесть прямо на размокшую от дождя дорогу, но Олеся всякий раз шустро подхватывала её и продолжала вести за собой, мягко подбадривая:

— Потерпи, родная. Совсем чуть-чуть осталось. Ну, давай-ка ещё шажочек, ещё… Умница! Мы уже почти пришли!

У крыльца с ноги на ногу переминался сосед Ильиных — Василий Петрович Филиппов. Он тоже был на похоронах (правда, один, без жены), но вернулся домой чуть раньше.

С подачи досужих местных сплетниц вся округа знала, что в молодости Васька Филиппов пылко увивался за Иркой Ильиной, и что она даже ответила ему взаимностью. Какая черная кошка пробежала между ними потом — никто уже за давностью лет и не помнил, только стоило разойтись их путям-дорожкам, как Василий быстро женился на другой. К Наташке же Ильиной относится всю жизнь как к родной дочери то ли потому, что своих детей им с женой Бог не дал, то ли (в этом месте повествования досужие кумушки выразительно поджимали губы) по другой причине. Васькиной жене, понятное дело, привязанность мужа к дочке бывшей соперницы страшно не нравилась, однако с годами она вроде бы смирилась с этим. Хотя проводить Иру Ильину в последний путь так вон и не сподобилась. Видать, всё же не смогла простить соседке романа, пусть и давнего, со своим мужем.

Сейчас Василий Петрович, не сказав ни слова, принял обессиленную Наталью у Олеси, подхватил на руки, так же молча, внес в дом и уложил на кровать.

— Ты иди, дядь Вась, — устало произнесла Олеся. — Я сама за ней присмотрю. Мне ведь всё равно спешить некуда.

— Ну, если что, ты крикни… Я тут рядом, за стенкой… — глухо проговорил сосед.

Ещё раз взглянув на Наталью, он сокрушенно вздохнул: эх, вот если б не женился тогда так скоропалительно, Наташка считала бы сейчас своим отцом… А может, и Ирина была бы жива…

Тыльной стороной натруженной рабочей ладони Василий Петрович смахнул со щеки нечаянно набежавшую слезу и, по-стариковски сгорбившись, отправился домой. С твердым намерением помянуть Иришку так, чтобы свалиться замертво и хоть какое-то время не терзаться мыслями об этой треклятой жизни. Тем более что самогону в доме — хоть залейся! Как и многие жители Сурска, Василий гнал его сам — на покупную водку, чай, денег не напасёшься.

Олеся притворила за соседом дверь, подошла к подруге. Увидев, что Наташа лежит с закрытыми глазами и дышит ровно, уже без тревожных всхлипов (видимо, спасительный сон всё-таки сморил её), она осторожно, стараясь не скрипеть рассохшимися половицами, проследовала в кухню, присела на табурет, с наслаждением вытянула перед собой ноги, которые давно и настойчиво требовали отдыха.

Торопиться Олесе действительно было некуда: отец с матерью окончательно спились, и находиться дома рядом с ними стало тошно и противно до омерзения. Впрочем, для себя Олеся давно решила: как только окончит школу — сразу уедет в Москву на поиски лучшей доли. Однако теперь вот школа позади, а чтобы добраться до столицы и хоть как-то перекантоваться в ней на первых порах, нужны деньги. Их-то как раз у Олеси, увы, и не было. Заработать мало-мальски приличную сумму в Сурске не представлялось возможным, тем паче по нынешним временам. И всё-таки со своей мечтой уехать из опостылевшего города и избавиться, таким образом от алкашей-родителей девушка не расставалась ни на минуту.

К Ирине Николаевне Ильиной Олеся сызмальства относилась как к родной матери. Покойная часто привечала девочку у себя, радушно потчевала пирожками собственного приготовления, а когда родители Олеси в очередной раз напивались до чёртиков, оставляла и ночевать. К счастью, девочка не только не унаследовала от своих родителей пагубных наклонностей, но и, к удивлению многих учителей и одноклассников, была на редкость способной ученицей.

Из-за постоянного недоедания Олеся к восемнадцати годам представляла собой девушку невысокую и худенькую, зато с весьма складной фигуркой и необыкновенно нежной белой кожей. Её слегка удлиненное личико, обрамленное роскошными от природы локонами цвета воронова крыла, выглядело если и не аристократично, то, по крайней мере, благородно. Поэтому представители сильного пола, причем разновозрастные, на Олесю, чего уж греха таить, теперь открыто заглядывались. Впрочем, первые ухажеры, порой довольно взрослые, завелись у Олеси, когда ей было всего пятнадцать лет. Вездесущие соседки наперебой обсуждали и осуждали девочку, подчас в лицо, называя «шлюхой», а то и подбирая словечки покрепче. И только Ирина Николаевна, добрая душа, светлая ей память, никогда себе такого отношения к Олесе не позволяла. Напротив, всегда держала двери своего дома для нее открытыми.

Размышляя обо всем этом на кухне, Олеся вдруг буквально кожей ощутила необходимость нести отныне чуть ли не материнскую ответственность за совершенно не приспособленную к жизни Наташку. Ведь как ни крути, а осиротели они сегодня обе.

Глава 2

Открыв глаза, Наташа поначалу даже не поняла, где находится. Когда сознание обрело относительную ясность, попыталась самостоятельно подняться с кровати, решив не обращать внимания на отказывающее подчиняться тело.

На скрип кроватных пружин тут же примчалась Олеська, настойчиво уложила обратно, присела рядом, сказала укоризненно:

— Что-то ты рановато проснулась, подруга. На улице только-только светать начало. Поспи ещё, сон сил прибавляет.

— Ле-еська... — хрипло протянула Наташа не успевшим проснуться голосом, — как же мне жить-то теперь? — Глаза её с пугающей скоростью опять стали наполняться слезами.

— Ничего, Наташ, всё потихоньку образуется, — успокаивающе заворковала подружка. — Я тебя не брошу, даже не надейся, а вдвоем мы как-нибудь справимся. Прорвемся, подруга, вот увидишь. Главное, не вешать носа и не разводить слезами сырость в доме! Давай-ка я лучше чайку тебе заварю, раз проснулась. Хочешь?

— Не-е, чего-нибудь покрепче налей, — жалобно протянула Наташа. — Там у мамы где-то заначка самогонки на всякий случай хранилась. В шифоньере, кажется. Внизу, за обувью... Найдешь?

— Кто б сомневался! — бодро воскликнула Олеся. Но не удержалась — добавила наставительно: — Главное, чтобы ты не увлеклась этим зельем, как мои предки.

— Да я немножко... Чтобы просто тяжесть с души снять, — начала сконфуженно оправдываться Наталья.

Олеся тем временем подошла к шифоньеру и потянула на себя створку. Та отозвалась скрипом немазаной телеги, но всё же распахнулась. Пошарив руками по нижней полке, Олеся извлекла-таки из недр шкафа непочатую бутылку самогона и победоносно провозгласила:

— Во, нашла! Давай, подушку тебе под спину подложу, а то лёжа несподручно пить будет... Сейчас вдвоем Ирину Николаевну помянем, я мигом.

Стрелой метнувшись на кухню, Олеся вернулась с двумя гранеными стаканами и двумя заветренными ломтиками черного хлеба. Плеснула в стаканы ядреного зелья, протянула один из них подруге, посоветовав:

— Махни на выдохе!

— Как это? — удивилась Наташа.

— Глубоко вдохни, резко выдохни и выпей залпом, не дыша! — со знанием дела пояснила Олеся.

Тщательно соблюдая полученную инструкцию, Наташа опрокинула содержимое стакана в себя. И тут же уставилась на подругу округлившимися от страха глазами: из-за прокатившейся по горлу огненной волны она не могла теперь не то что говорить, а и дышать даже!

— Быстрей, быстрей хлебушком занюхай! Мои родаки всегда так делают. — Олеся проворно поднесла к носу Наташи кусочек хлеба, и когда подруга более-менее пришла в себя, одним глотком осушила и свой стакан. Зажевав невкусный напиток хлебом, поморщилась:

— Ну и пойло! Дрянь несусветная… И как только мои родаки такую гадость сутками напролет жрут?

Взглянув на Наташу, Олеся увидела, что та, с непривычки сломавшись даже от мизерной — в треть стакана — порции жгуче-хмельного напитка, уже отключилась. Она бережно перевела подругу из сидячего положения снова в лежачее, аккуратно подложила ей под голову подушку, заботливо прикрыла одеялом. Присев на краешек кровати, вполголоса заговорила сама с собой:

— Спи, моя родная, утро вечера мудренее… Скоро у нас с тобой начнется новая жизнь, не чета нынешней… В Москву уедем, ну его к чертям собачьим, этот серый промозглый Сурск! Дыра беспросветная! А в Москве жизнь бьет ключом, там не соскучишься… Скажешь, – обратилась Олеся к не слышащей её подруге, – что мы делать ничего не умеем и с голода там подохнем! Ну уж нет, тут ты не права! А хореографией, спрашивается, мы тогда на кой ляд с тобой столько лет занимались?! Так что не дрейфь, подруга, не пропадем мы с тобой в столице! Я уже всё продумала: устроимся в какой-нибудь приличный клуб — я читала в журнале, что их сейчас в Москве как опят в лесу развелось! — танцовщицами и заживем наконец по-человечески… Вот только денег сперва нужно где-то найти — на дорогу и чтоб было чем на первых порах за жилье платить. Ну да ты не унывай, Натаха, теперь это моя забота. Зря, что ли, я такой красавицей уродилась? Да и созрела уже у меня одна мыслишка…

Удостоверившись, что Наташа спит крепко и, скорее всего, беспробудно проспит ещё часа три-четыре как минимум (усугубленная алкоголем усталость возьмет своё), Олеся на цыпочках выскользнула на улицу.

***

Голова на свежем воздухе пьяно закружилась, и Олесе даже пришлось на какое-то время замереть, чтобы не потерять равновесие. Но стоило ей только привести себя в относительную стабильность, как предательски заурчал желудок: в организме запоздало проснулось страшной силы чувство голода. Вздохнув, Олеся нехотя поплелась к своему дому.

Несмотря на близящийся рассвет, в низких, расположенных всего в метре от земли окнах горел свет. Олеся приникла к грязному стеклу, пытаясь рассмотреть, что творится сейчас внутри — за старыми, выцветшими и давно не стиранными ситцевыми в цветочек занавесками. Увиденное её не порадовало, но и не удивило: отец с матерью спали вповалку прямо на полу — возле уставленного разномастными стеклянными сосудами стола, — а в углу прикорнул, сидя на корточках, какой-то их очередной собутыльник.

Благодаря утренней свежести хмель из головы уже

выветрился, поэтому Олеся рассудила здраво: зачем заходить внутрь, если кроме яблочных огрызков на столе она всё равно ничего больше в доме не сыщет? Да вдобавок и собутыльник, будь он неладен, может в любой момент проснуться и начать похотливо приставать, желая продемонстрировать свой «н-необыкновенный м-м-мужской т-т-т-темперамент»... А оно ей надо? Нет, она, конечно, сумеет дать ему отпор – жизнь в родительском доме давно её этому научила, — но, как говорится, а стоит ли овчинка выделки? Тем более теперь – на пороге грядущих больших перемен?!

Разумеется, познать интимную близость с мужчиной Олеся уже успела (первый раз это случилось, когда она училась ещё в восьмом классе), но зато с тех пор, если девочка и допускала до себя очередного воздыхателя, то только с учетом взаимной симпатии. Или — гораздо реже — исходя из соображений хоть какой-то материальной выгоды.

Отступив от окна, Олеся начала мысленно прикидывать, к кому бы из своих многочисленных ухажеров ей сейчас податься... Может, к Семёну? А что? Он от нее без ума, даже замуж звал неоднократно... И всегда был к ней щедр, часто делал подарки. Пусть недорогие, но неизбалованная достатком Олеся радовалась и тем, что получала... К тому же, по местным меркам, Семён вполне обеспечен материально... «Да потому что он вкалывает на работе без продыху и чуть ли не круглосуточно! — усовестила себя Олеся, поскольку хоть и не любила Семёна, однако искренне его уважала. — И всё-таки деньги нужны, причем срочно... А может, Эдика с рынка финансово напрячь?..»

Развить свою новую мысль Олеся не успела, ибо небеса неожиданно опрокинули на землю ушат мелкого противного дождя. Не думая больше ни о чем, Олеся помчалась куда глаза глядят...

Глаза привели её к дому Семёна, чему, собственно, девушка не особо и удивилась. Лихо взбежав на крыльцо, она постучала в дверь. В ответ — никакого движения. Тут в соседних дворах пропели первые петухи, и Олеся поняла: Семен попросту ещё спит. Тогда девушка забарабанила в дверь изо всех сил, и результат не замедлил сказаться — уже через мгновение на пороге, в одних трусах, стоял всклокоченный Семён.

— Леська?! Ты с ума сошла, что ли? Грохочешь в такую рань... Всех соседей, небось, перебудила, — беззлобно проворчал он.

— Не бухти! Видишь же — промокла до нитки! — отмахнулась Олеся и, кокетливо оттеснив ухажера мокрым плечиком, прошла внутрь его жилища.

— Случилось, что ль, чего? — спросил Семён, следуя за ней и позевывая на ходу.

— Случилось, Сёма, случилось... У Наташки Ильиной мама умерла, похоронили вчера...

— И ты притащилась в такую рань, чтобы сказать мне об этом? — искренне удивился не до конца проснувшийся парень.

Но вопрос его остался без ответа: Олеся, уже успев скинуть с себя всю одежду и оставшись лишь в трусиках, улыбалась ему ласково и призывно.

— Неужто соскучилась?.. — только и смог выдохнуть Семен, всецело подчинившись власти своего напрягшегося мужского естества.

***

Как обычно, Семёна хватило на два захода. Притомившись, он блаженно откинулся на подушку и закрыл глаза, стараясь не думать, что уже через час придется отправляться на работу.

Не став ему мешать, Олеся мышкой прошмыгнула в кухню, достала из холодильника масленку и кусок пошехонского сыра, а из хлебницы — начатый батон белого хлеба. Быстро смастерила пару бутербродов и проглотила их всухомятку в мгновение ока. Прислушалась к желудку — вроде насытился: под ложечкой от голода уже не сосет. Хотя кружка горячего чая не помешает...

Услышав за спиной шаги Семёна, Олеся удивленно повернулась к нему:

— Чего вскочил? Отдохнул бы перед трудовой вахтой...

— Не отдыхается — мысли всякие-разные в голову лезут... — Он подошел к столу, ногой придвинул к себе табуретку, уселся напротив девушки и внимательно посмотрел ей в глаза. — Темнишь ты что-то, Олеська... Я тебя хорошо знаю — вряд ли бы ты на заре прибежала, чтобы только удовольствие мне доставить... Так что давай-ка признавайся начистоту — какая нужда тебя ко мне сегодня привела?

Взгляд у парня был открытый и доброжелательный, поэтому Олеся решительно выпалила:

— Уехать я хочу, Сёмка! В Москву. С подружкой своей, с Наташкой... Нечего нам с ней здесь делать, сам знаешь, какое тут болото...

Семён обиженно шмыгнул носом.

— А замуж выйти и семьями обзавестись не пробовали? Я вон тебе давно предлагал, а ты всё отговорками отделываешься... И чем, спрашивается, не угодил? Не пью почти, зарабатываю побольше многих, и с жильем проблем нет. Чего ж от счастья-то бежать, когда оно само в руки просится? — Парень недоумевал совершенно искренне.

— Сёмушка, ну не обижайся, пожалуйста! — ласково промурлыкала Олеся. — Я ж тебе говорила уже: если б я хотела выйти замуж, то вышла бы только за тебя! Честно! Просто не входит пока в мои планы замужество. И тем более рождение детей. Ну не хочу я смолоду в наседку превращаться!

— Да что ж в том плохого? — продолжал недоумевать Семен.

«Пора менять тактику», — решила Олеся и придала своему милому личику грустное выражение. Для пущей убедительности вздохнула скорбно и лишь после этого мягко, но укоризненно проговорила:

— Экий ты у меня непонятливый, Сёмушка... Забыл, в какой семье я росла? Я ж ведь, почитай, и жизни-то ещё не видела... Мать с отцом вечно пьяные, а я — голодная да в чужих обносках... Если б не твои подарки — до сих пор бы, наверно, ходила полуголая... В общем, Сём, прости, но я хоть немного для себя пожить хочу. И отговаривать меня бесполезно — слишком уж долго я эту мечту вынашивала в душе и лелеяла. Ты ведь не станешь рушить мою мечту, правда? — Олеся подошла к Семёну, опустилась перед ним на пол, с видом нашкодившей кошки виновато потерлась щекой о его колено.

Беззащитность и доверчивость девушки растрогали парня. Он погладил её по волосам, поднял с пола, усадил на место. Помотал сокрушенно лохматой головой, вздохнул.

— Жалко, конечно, что у нас с тобой не сладилось, ну да видно — не судьба. Хотя намерения у меня самые серьезные были...

— Ну, хочешь, поедем вместе?! — воскликнула, не выдержав угрызений совести, Олеся. Убитый вид парня наполнил её сердце жалостью.

— Нет, спасибо, меня и провинция устраивает, — криво усмехнулся Семён, но тут же посерьезнел. — Ладно, Олесь, мне на работу пора собираться, а ты так и не сказала, зачем прибежала ни свет ни заря… Не попрощаться же… Может, нужно чего? Если деньгами помочь — так это я запросто, мне для тебя ничего не жалко. Только пообещай, что нормальную работу в Москве найдешь, а не на вокзале торговать собой станешь…

— Ты чё, сдурел?! Ты кем меня считаешь?! — возмущенно вскинулась на него девушка. А мысленно вздохнула с облегчением: «Уфф, прямо гора с плеч… Даже просить не пришлось… Нет, реально золотой парень… Повезет же его будущей жене…»

— Ну-ну, не кипятись, я это так… не подумав, сказал… Извини, не хотел обидеть. — И торопливо сменил тему: — Ну так что — нужны деньги или нет?

— Отказываться не буду, — сменила гнев на милость Олеся. — Без денег в Москву лучше не соваться, сам знаешь…

— Ладно, пойдем, поделюсь, так и быть, своей заначкой… На нашу с тобой свадьбу откладывал, между прочим, — не преминул Семён напомнить о нанесенной ему Олесей сердечной ране.

Передислоцировавшись вместе с несостоявшейся невестой из кухни в комнату, он, чуть рисуясь, одним рывком вытянул на себя выдвижной нижний ящик старенького дивана. Нарочито сосредоточенно порылся в его забитых отслужившими срок вещами недрах и, наконец, жестом фокусника извлек на свет божий потертый кожаный портмоне.

— От отца остался, — с важным видом пояснил он. — Ему его лет двадцать назад на работе подарили, на день рождения… — Заглянув в портмоне, Семён задумчиво пожевал губами, явно прикидывая что-то в уме, а потом решительно вытащил и протянул Олесе три пяти-тысячные купюры: — Вот, держи... Надеюсь, хватит на первое время. А чтобы на съёмное жильё вы с Наташкой не тратились понапрасну, дам тебе ещё и адрес своего двоюродного дядьки по матери. Правда, он хоть и «москвичом» себя теперь называет, а только пьёт всё равно по-пензенски. По-чёрному то есть. Тебя-то, я знаю, этим не удивишь, а Наташка уж пусть потерпит, пока на другое жильё не заработаете... Когда, кстати... — голос парня чуть дрогнул, — ...вы уезжаете?

— Сразу, как только Натаха в себя придёт после похорон, — честно ответила Олеся. — А сама-то я хоть сейчас готова отсюда сорваться. — И вдруг вспылила: — Ненавижу этот гребаный Сурск, понимаешь?! Не могу я здесь жить, понимаешь?! Дышать мне тут нечем, понима-ма...

— Прости, Олесь, — оборвал её на полуслове Семён, — но мне на работу пора. Опаздываю уже...

Олеся, тотчас взяв себя в руки, приблизилась, уткнулась лицом в его широкую, сильную и надежную грудь, благодарно прошептала:

— Спасибо за всё, Сёма... Если я когда-нибудь и помяну наш городок добрым словом, то только благодаря тебе да Наташкиной маме...

***

Убедить по-прежнему безвольно-сомнамбулическую Наташу покинуть родной город большого труда для Олеси не составило, поэтому уже через два дня обе девушки, упаковав свои нехитрые пожитки в два небольших чемоданчика, отправились на местный автовокзал, а ещё спустя полдня вышли из автобуса уже на другом автовокзале

— московском, расположенном в районе метро «Щёлковская».

Привокзальная площадь встретила подруг поистине «броуновским» мельтешением огромной массы людей: все куда-то торопились, приезжали-уезжали, встречались-расставались, убывали-прибывали... Словом, жизнь в столице действительно «била ключом».

— А грязновата Москва-то, — с ноткой разочарования в голосе констатировала Олеся, оглядевшись по сторонам. — Глянь, как всё кругом заплёвано и сигаретными бычками замусорено...

Наташа равнодушно пожала плечами: видно было, что сейчас её заботит совсем другое. О чем, собственно, она и не замедлила напомнить:

— Ну и как нам добраться до этого «родственника»? Я ведь на метро отродясь не ездила... Страшновато...

— Можно подумать, что я не в одном с тобой городе всю жизнь прожила, — фыркнула Олеся. — Сама это метро только по телику видела... Но ты не дрейфь, подруга! — беззаботно добавила она. — Даром я, что ли, справки у знающих людей заранее наводила? Сейчас купим в первом попавшемся киоске схему метро, а потом, если что, местные дорогу подскажут...

— Да тут, небось, одни приезжие вроде нас с тобой, — усомнилась в её последних словах Наташа.

— А мы у тех, которые баулами с ног до головы обвешаны, дорогу спрашивать не будем, — хихикнула подружка. — И вообще не кисни раньше времени — где наша не пропадала! — С этими словами она решительно потянула Наташу за собой, поскольку уже углядела за снующими взад-вперёд чужими головами и спинами нужный им газетный киоск.

Гордо развернув свою первую столичную покупку — карту-раскладушку карманного формата — и увидев паутинообразную схему московского метро, испещрённую микроскопическими буковками, Олеся недовольно буркнула:

— Дело ясное, что дело тёмное. Язык до Киева доведёт скорее, чем эта «шпаргалка» — до нужного места в Москве… Ладно, пошли, — захлопнула она «раскладушку», — лучше уж прямо в метро будем дорогу спрашивать у всех подряд.

— А если мы этого дядьку не найдём, — с надеждой спросила Наташа, — то обратно домой вернёмся?

— Ну, уж нет! — чуть не подпрыгнула Олеся от возмущения. — Ни за какие коврижки! А чтобы ты об этом даже не мечтала, я теперь костьми лягу — но Сёмкиного родственничка найду! Главное, адрес есть, а всё остальное — дело техники. Москва, чай, не тундра…

Наташа покорно поплелась за бойкой подружкой, мысленно ругая себя: «Ну не дура ли я?! Вот зачем, спрашивается, согласилась из дома уехать? Пошла бы лучше работать на почту к тёте Але, и, худо-бедно, уж на кусок хлеба всегда бы заработала… А здесь я кому нужна?»

Когда спустились по эскалатору к электропоездам, тратить время на изучение указателей Олеся не стала — просто подошла к прилично одетой женщине, обременённой лишь миниатюрной блестящей сумочкой через плечо, и вежливо спросила:

— Простите, вы не подскажете, как добраться до Выхино? — Получив же обстоятельное объяснение, задорно подмигнула Наташе: — Вот видишь, не все москвичи заносчивы и высокомерны, какими их многие считают. Оказывается, и среди них добрые люди встречаются.

Всю дальнейшую дорогу Наташа испуганно жалась к подруге, всерьез опасаясь бесследно сгинуть если не в людской сутолоке, то в бесконечных сумрачных перегонах между станциями. А уж когда девушки дважды сбивались с маршрута, делая пересадки не там, где следовало, — сердце её и вовсе уходило в пятки. Успокоилась, лишь выбравшись из подземки и увидев небо над головой.

Олеся на протяжении всего путешествия между станциями «Щёлковская» и «Выхино» ни разу явных признаков растерянности или страха не выказала, однако сейчас тоже вздохнула с облегчением. А заодно и удовлетворённо констатировала:

— Итак, с первым испытанием мы справились на ура. Теперь остались сущие пустяки — найти дом Сёмкиного дядюшки. Кстати, его Фёдором Ивановичем зовут, но можно, наверно, и просто — дядей Федей. Хотя ладно, с этим на месте разберёмся… Для нас сейчас главное, чтобы он жив-здоров был и местожительство до сих пор не сменил. Семён-то у него со своей мамашей последний раз лет десять назад гостил… М-да, ну и план мне мой кавалер нацарапал, ты погляди-ка на его художества, — ворчливо проговорила она, протягивая Наташе бумажный листок, на котором под разными углами коряво пересекались не менее корявые линии.

— Скажи спасибо, что хоть дом родственника не забыл крестиком пометить, — усмехнулась Наташа, всё ещё радуясь в душе окончанию подземных скитаний.

Но тут начались скитания наземные: пытаясь разгадать значение Семёновых каракулей, подруги безрезультатно блуждали по окрестностям вот уже битый час. Наконец догадались показать пресловутый бумажный листок скучающему на скамеечке старичку.

— Так здесь же всё понятно нарисовано! — воскликнул тот, охотно оживившись. — Идите в сторону вон того серого девятиэтажного дома, — указал он взмахом руки нужное направление, — обогните его слева и прямо по ходу движения увидите другой дом, торцом к этому. Вот он-то вам и нужен!

Подивившись дедовской сообразительности и устыдившись собственной бестолковости, девушки горячо поблагодарили почтенного «аборигена» и спустя несколько минут стояли уже внутри подъезда заветного дома.

— Пятый этаж, девяносто вторая квартира, — вслух напомнила самой себе Олеся, в сотый раз сверившись с бумажкой, и ткнула в кнопку вызова лифта.

Когда устрашающе лязгающая кабина разверзла перед глазами девушек своё грязно-вонючее чрево, Наташа непроизвольно поморщилась и отшатнулась.

— За мной! — скомандовала Олеся, отважно шагнув вперёд и втянув подругу за собой. — Можно подумать, ты в Сурске грязных лифтов не видела. Там вообще каждый квадратный сантиметр собаками и людьми загажен… Ты, главное, чемодан на пол не…

Не успела она закончить фразу, как неприглядный механизм уже остановился на пятом, как и было заказано, этаже. Не сговариваясь, девушки подошли к обшарпанной двери, помеченной скрюченными, словно страдающими не то ревматизмом, не то сколиозом цифрами «9» и «2». Однако упражнения с кнопкой дверного звонка, даже неоднократно повторенные, к желаемому результату не привели: квартира неизменно отвечала целомудренной тишиной.

— Может, хозяина дома нет? — предположила Наталья.

— Так он вроде давно на пенсии… А может, у него

старческая глухота? — И Олеся изо всех сил начала молотить по двери кулаком.

— Перестань! Сейчас все соседи на твой стук сбегутся! — испугалась Наташа.

— Не сбегутся! День сегодня будний, а значит — рабочий! А в Москве все работают, привыкай! — наставительно изрекла Олеся.

В этот момент раздался лязг остановившегося на этаже лифта, и подружки инстинктивно обернулись на уже знакомый звук. Когда створки лифта синхронно разъехались в стороны, на лестничную площадку выплыл немолодой мужик с синюшно-опухшей рожей и седыми сальными волосами. По виду — алкаш со стажем.

Не обратив на незнакомых девиц ровно никакого внимания, он уверенно прошествовал к двери с табличкой «92».

Наташа от неожиданности и страха вжалась в стену, а Олеся, привычная к подобному «контингенту», но ещё не успевшая расстаться с гипотезой о «старческой глухоте», крикнула мужику чуть ли не в ухо:

— Здравствуйте!

— Чего орешь? — недовольно отпрянул тот.

— Ой, а вы, случаем, не Фёдор Иванович? — радостно осведомилась Олеся, любезно сбавив громкость голоса.

— А тебе какое дело? — подозрительно уставился на нее мужик.

— Так я ж ему привет от племянничка из Сурска привезла, а заодно и гостинчик! — жестом фокусника Олеся молниеносно извлекла из висевшей на плече сумки бутылку водки пензенского разлива.

Глаза мужика вмиг умаслились, взгляд подобрел.

— Ну да, я — Фёдор Иванович... А вас двое, что

ль? — повел он плечом в сторону безмолвно застывшей Наташи.

— Ага, мы с ней подруги, вместе из Сурска приехали. Её Натальей зовут, а меня — Олесей.

— Ладно уж, заходите… — смилостивился хозяин квартиры №92. Он достал из кармана ключ, скрежетнул им в замочной скважине и почти галантно распахнул дверь:

— Прошу! Как говорится, чем богаты…

Пока Фёдор Иванович расправлялся на кухне с гостинцем от племянника, девушки бегло ознакомились с «чем богаты». Разумеется, ни о каком богатстве речи здесь и не шло — сплошное убожество, помноженное на многолетнюю грязь и полчища тараканов. «Да за такое жильё и ломаного гроша жалко», — явственно читалось в глазах подруг.

Хозяин после первой принятой «на грудь» дозы присоединился к гостьям, вкрадчиво поинтересовался:

— А вы, стало быть, проездом в Москве?

Олеся пошла ва-банк:

— Нет, Фёдор Иванович, мы не проездом, мы сюда работать приехали. В Сурске-то сейчас безработица повальная, вот мы и решили в Москве счастья попытать. А племянник ваш характеризовал вас человеком добрым, отзывчивым, по отношению к землякам гостеприимным. В общем, сказал, что вы разрешите нам пожить у вас какое-то время. Насчет оплаты не беспокойтесь, за нами не заржавеет. Бутылка водки в день устроит?

Хозяин растерянно сморгнул.

— Дык нынче за гостеприимство принято деньгами платить, — напомнил неуверенно.

— Нету у нас пока денег, родненький, не заработали мы ещё! – перешла Олеся на жалобно-плаксивый тон. — У Наташки вон мама на прошлой неделе умерла, последние копейки на её похороны потратили. Спасибо вашему племяннику — хоть на дорогу до Москвы подкинул! Так что если вы нас не приютите, останется нам только собой на вокзале торговать...

— Ишь, чего удумала! — строго прикрикнул на нее растроганный то ли жалостливой историей, то ли обещанной водочной платой хозяин. — Чтобы я больше таких слов не слышал! Не хватало ещё, чтоб мои землячки по вокзалам шлялись! Да и как я потом своему племяшу в глаза гляну?! В общем, добро: бутылка водки в день. Харчи себе сами добывайте, у меня пенсия маленькая, а жить – живите, не жалко. Квартира двухкомнатная, места хватит. Да и мне веселее, а то ведь как овдовел — так порой от одиночества волком выть хочется... — Причитая таким образом, он проковылял в левый угол квартиры, отворил дверь свободной комнаты, пригласил: — Вот здесь и располагайтесь... — А сам поспешил обратно на кухню, к недопитому «гостинцу».

***

На то, чтобы очистить квартиру от грязи и истребить тараканов, у девушек ушло не меньше недели. Особенно запущенными оказались места общего пользования — кухня, ванная и туалет. Жена Фёдора Ивановича умерла восемь лет назад, а вскоре после этого единственный сын вышел однажды из дома и... бесследно исчез. Вот с тех пор, судя по всему, квартира и не знала ни влажной тряпки, ни сухого веника. На начальном этапе затеянной квартирантками генеральной уборки Фёдор Иванович недовольно кряхтел и ворчал, однако потом смирился и к концу недели уже откровенно любовался наведенной девичьими руками чистотой.

Сами же подруги, едва покончив с хозяйственными делами, купили в ближайшем к дому киоске «Союзпечать» газету «Работа для вас» и быстро проштудировали её на предмет наличия в Москве нужных им вакансий. Позвонив по нескольким заинтересовавшим их объявлениям, получили пару приглашений на собеседование.

Съездили, но неудачно. По первому адресу менеджер клуба по кадрам начал бесцеремонно лапать девушек, едва они переступили порог его кабинета. Олеся инстинктивно отвесила ему смачную оплеуху, после чего, оставив привыкшего считать всех танцовщиц девушками доступными и потому не ожидавшего подобной реакции кадровика в состоянии ступора, подруги гордо удалились. Второй клуб понравился им и солидностью интерьера, и отсутствием каких бы то ни было сальностей со стороны персонала, но там, увы, владелец заведения попросту не заинтересовался их персонами.

Вернувшись домой и, проанализировав ситуацию, Олеся пришла к выводу, что в довесок к эффектным внешним данным и достойным хореографическим навыкам не помешает подготовить собственные танцевальные номера. Да и работу потом искать не в обычных вечерних клубах-забегаловках, а в более популярных ночных стрип-барах — там платят больше.

— Леська, ты спятила?! — возмутилась Наташа, когда подруга поделилась с ней своими соображениями. — Люди и обычных-то танцовщиц шлюхами считают, а ты предлагаешь в стриптизерши податься!

— Да плевать я хотела на чье-то там мнение! — вспылила и Олеся. — Пусть кем угодно считают, лишь бы деньги платили! — Спохватившись, заговорила миролюбиво и проникновенно: — Дуреха, ты думаешь, стриптизерш трахаться заставляют со всеми подряд? Нет, конечно! Просто их танцы публика ценит больше.

Потому работа стриптизерш и оплачивается на несколько порядков выше, чем работа простых танцовщиц. К тому же стриптизершам спонсора найти легче. Ты ведь не собираешься всю жизнь в квартире дяди Феди ютиться и в дешевых столовках питаться? Уж на что у меня желудок к деликатесам не привычный, а и то побаливать начал… Веришь?

Наташа тяжело вздохнула.

— Не надо нам было из Сурска уезжать.

— Здрасте-приехали! И кто из нас, спрашивается, спятил?! Да лучше уж полуголыми по столичной сцене скакать, чем в глуши потихоньку спиваться! А с нашими-то фигурами, Натаха, мы себе самых богатых мужичков здесь отхватим, вот увидишь! Так что выбрось все глупости из головы и давай лучше номера какие-нибудь сногсшибательные поскорее придумаем. А то ведь Сёмкины деньги рано или поздно закончатся…

С подготовкой танцевальных номеров управились за два дня: идеи позаимствовали из виденных ещё в Сурске американских фильмов, а для имитации шеста использовали старую хозяйскую швабру. За это время Наташа полностью смирилась с выбором будущей профессии. «В конце концов, Олеська права, — пришла она к выводу. — Москва — это не провинция, здесь, чтобы выжить, крутиться надо. Или стриптизершей — вокруг шеста, или уборщицей — со шваброй в руках. Но шваброй махать я и в Сурске могла бы, а здесь на зарплату уборщицы не проживешь… Так что как ни крути, а некоторыми моральными устоями поступиться придется. Прости меня, мамочка…»

Общительная Олеся выяснила у кого-то, что работу лучше искать не по газетам, а по Интернету, поэтому потащила Наташу в недавно открывшееся около станции метро «Выхино» интернет-кафе. Все компьютеры в кафешке были заняты режущимися в сетевые игры подростками, и подругам пришлось немного поскучать. Дождавшись, когда один из пацанов, уныло глянув на часы, засобирался, наконец, уходить, Олеся попросила его задержаться и объяснить ей азы компьютерной грамоты. Парень посмотрел на нее как на инопланетянку, буркнул, что ему некогда, и попытался пробиться к выходу, но она всё-таки упросила его хотя бы ввести куда следует дальновидно записанный ею на бумажке адрес нужного сайта — job. ru.

Поблагодарив мальчишку за оказанную услугу, Олеся с головой погрузилась в чтение всевозможных вакансий и спустя какое-то время радостно воскликнула:

— О, нашла! Срочно требуются танцовщицы в стриптиз-клуб «Дикая кошка»! Телефон прилагается... Ну что, звоним? — Не дожидаясь от подруги ответа, она извлекла из сумочки подаренный ей некогда Семёном мобильный телефон и набрала указанный в объявлении номер. Когда невидимый собеседник отозвался — вежливо поздоровалась, представилась, назвала год рождения, перечислила физические параметры и хореографические навыки, призналась, что опыт работы отсутствует. Судя по наступившему молчанию, работодатель в трубке колебался. — Да я специально подготовила номер! — насела на него Олеся. — К тому же у меня роскошный бюст и полное отсутствие комплексов! Ах да, чуть не забыла... И ещё я готова приехать не одна, а с подругой! Да-да, она тоже танцует! — Видимо, работодатель сдался, ибо ещё через одну минуту молчания Олеся благодарно проверещала в трубку: — Да, да, я запомнила, как проехать! Спасибо. Ждите! — Бросив телефон в сумку, она победоносно взглянула на подругу.

У Наташи засосало под ложечкой. «Леське-то хорошо, — подумала она, — грудь у нее действительно роскошная, даже в Москве вон все мужики заглядываются… А у меня что? Одни комплексы…»

Олеся тем временем размышляла вслух:

— Думаю, купальники нам не понадобятся — всё равно ведь раздеваться придется…

— Раздеваться? — испуганно переспросила Наташа.

— А ты что, в чадре собралась вокруг шеста извиваться? — хихикнула Олеся, но, увидев застывший в глазах подруги неподдельный страх, осеклась. И даже испытала угрызения совести, ведь если самой-то ей уже доводилось обнажаться перед мужчинами, и не один раз, то у Наташки, святой невинности, до сих пор и намека-то на любовный опыт не было. Поэтому она сказала успокаивающе: — Не бойся, Натаха, это не страшно! Всего-то и делов — снять лифчик да помахать им в воздухе! Тем более что мы с тобой все движения хорошо отрепетировали и уже до автоматизма довели! Просто постарайся думать в этот момент о чем-нибудь приятном… О роскошной семейной жизни с олигархом, например! — С этими словами она подхватила подругу под руку и увлекла её за собой к выходу.

***

Назавтра девушки стояли перед стрип-клубом, украшенным переливающейся неоновыми огнями вывеской, в которой слова «Дикая кошка» плавно переходили в изображение готовой к прыжку кошки явно хищной породы.

На входе в заведение дорогу им перегородил дюжий охранник.

— Мы на собеседование! — гордо объявила ему Олеся.

— Тогда вам в главный зал, прямо и налево, — пробасил он и отступил в сторону.

По проходу меж двух рядов столиков подруги двинулись к расположенной в дальнем конце зала сцене, оснащённой непременным атрибутом стриптиза — шестом. Возле сцены, внимательно слушая объяснения какого-то мужчины, сидели несколько девушек, наверное, тоже претендентки на работу.

Дебютантки, Олеся и Наташа, замерли в нерешительности, даже всегдашняя Олеськина напористость куда-то улетучилась.

— Вы на просмотр? — спросила их неслышно подошедшая сзади молодая женщина.

— Д-да…

— Тогда проходите, присоединяйтесь к остальным, смелее.

Подруги приблизились к сцене.

— Новенькие? Показательный номер приготовили? — встретил их мужчина вопросами вместо приветствия.

Они молча кивнули.

— Хорошо! Присаживайтесь, ждите своей очереди.

Подруги прошли к полукругом расставленным перед сценой стульям, заняли свободные места и стали наблюдать за выступлениями других девушек-претенденток. Процедура проведения «смотрин» была незамысловатой: по первому взмаху руки мужчины (судя по всему, менеджера данного заведения) начинала играть музыка, по второму — на сцену выходила очередная девушка и показывала всё, на что способна. По третьему взмаху руки музыка стихала, танец у шеста заканчивался, и «просмотр» переходил в стадию «собеседования» (если таковым можно назвать короткий — из двух-трех фраз — диалог между менеджером и юной танцовщицей).

По мастерству исполнения отдельные номера вызывали у Наташи восторг и одновременно — уныние: ей казалось, что она не выдержит конкуренции и её выгонят прямо со сцены. Возможно, именно поэтому, увидев обращенный к ним с Олесей приглашающий жест менеджера, Наташа неожиданно для себя встала со стула первой. «Всё равно ведь опозорюсь, — думала она, направляясь к сцене, — так какой смысл тянуть? Чем скорее, тем лучше для всех...»

Двигаясь точно во сне, Наташа поднялась по ступенькам на сцену, подошла к шесту... С первыми звуками музыки неожиданно вспомнился Олесин совет думать о чем-нибудь приятном, и в памяти сам собой всплыл один из школьных вечеров, когда она танцевала со старшеклассником, который ей очень нравился... Наташа даже не заметила, как начала ритмично двигаться в такт музыке: приятная мелодия уже всецело захватила её, закружила в водовороте волшебных звуков. Школьная дискотека и танец с мальчиком плавно уступили место воспоминаниям о победе на городском конкурсе танцев... Да, она выступила тогда блестяще, первое место получила заслуженно...

Продолжая ощущать себя в воздушно-легкой прострации, Наташа машинально расстегнула и сняла блузку, небрежно отбросила её в сторону... Тело само собой начало изгибаться вокруг шеста, руки и ноги словно превратились в лианы и теперь желали обвить его по всей длине, от пола до потолка, от пола до потолка… Из неведомых глубин подсознания вынырнула крамольная мысль: «А ведь лифчик сковывает движения, мешает дышать полной грудью… К черту его! Вот, совсем другое дело! Музыка — это свобода, свобода — это музыка!..»

Неожиданно музыка резко смолкла, сменившись негромкими аплодисментами. Наташа недовольно покосилась на звук — аплодировал какой-то мужчина. «Это же менеджер!» — вдруг догадалась она и сразу вспомнила, где находится. Осознав, что обнажена до пояса, сконфуженно прикрыла грудь руками.

— Отлично, девушка! Вы остаетесь! — провозгласил менеджер.

Наташа опрометью бросилась со сцены в зал, подбежала к Олесе, растерянно взглянула на нее. Та задорно подмигнула, подала лифчик с блузкой, сказала одобрительно:

— Ну, ты, мать, даешь! Я тебя такому не учила!

В этот момент менеджер пригласил её на сцену, и Наташа, оставшись одна, начала торопливо одеваться. За подругу она была спокойна: уж если даже её, жутко закомплексованную «монашку», на работу взяли, то уж Леську-то вообще с руками оторвут!

Снова подошла женщина, которая встретила их с Олесей сегодня в зале. «Сотрудница, наверное», — предположила Наташа.

— Меня Жанной зовут, я тут официанткой работаю, — подтвердила её догадку женщина. — Вот, подошла поздравить. Ты на сцене отлично смотрелась, Борис не зря на аплодисменты расщедрился. У него на таланты глаз наметан, так что радуйся — он тебя оценил.

— Спасибо, — смущенно пролепетала в ответ Наташа, не зная, как в Москве принято реагировать на комплименты. Хотя в душе, конечно, заметно приободрилась: может, и впрямь богата скрытыми талантами?

— А ты чего такая скромная? Первый раз, что ль, на сцене танцевала?

— Нет, танцую я с детства. Только вот прилюдно раздевалась — сегодня впервые…

— Ничего, привыкнешь, — успокоила официантка. — А через пару лет, глядишь, и покровителя себе найдёшь. Здесь такие красотки, как ты, долго не задерживаются…

Их ни к чему не обязывающий разговор был прерван очередной порцией аплодисментов, и Наташа, попрощавшись с новой знакомой, поспешила к сцене. Как она и предполагала, танцевальный номер Олеси тоже привёл менеджера Бориса в восторг. А может, и не только номер, ведь к концу танца Олеся, в отличие от Наташи, вообще осталась у шеста в одних лишь прозрачных трусиках…

Так или иначе, а из десяти просмотренных претенденток Борис в итоге оставил в «Дикой кошке» лишь Олесю, Наташу и ещё одну девушку, по имени Люба. Все трое были провинциалками, поэтому, за неимением московской прописки, оформляться пришлось на договорной основе. Пока заполняли необходимые бланки, узнали, что Борис пользуется в «Дикой кошке» непререкаемым авторитетом, что здесь его побаиваются и уважают одновременно.

Когда с бумажными формальностями было покончено, Борис пригласил новоиспечённых стриптезёрш в свой кабинет, дабы довести до их сведения некоторые организационные моменты.

— Итак, мои юные прелестницы, — приветливо улыбнулся он им, — для начала разрешите поздравить вас с вступлением в трудовую взрослую жизнь! Каждая из вас не только отлично вписывается в имидж нашего заведения, но и весьма органично дополняет его. Однако внешние данные, пусть и выигрышные, не принесут вам успеха, если вы не подкрепите их — запоминайте! — физической выносливостью, фантастическим трудолюбием, умением выглядеть всегда сексуальными, желанными, страстными и обворожительными, а при необходимости — мягкими и сговорчивыми. Девочки вы уже взрослые, совершеннолетние... Или... я ошибаюсь? — сделав эффектную паузу, Борис испытующе воззрился на подопечных.

Наташа вспыхнула как маков цвет, Олеся опустила очи долу.

— Нам с Олесей по восемнадцать уже скоро исполнится, в сентябре, у нас с ней разница в возрасте всего неделя, — залепетала, оправдываясь, Наташа. — Неужели вы нас из-за этого прогоните?

Менеджер улыбнулся.

— Молодец, что призналась, — похвалил он. — Прогонять не стану — осень уже на подходе. Но на будущее запомните: отныне я для вас — отец родной, и никаких тайн от меня у вас быть не должно! Поймаю на лжи — пеняйте на себя: уволю без выходного пособия, да ещё и штрафные санкции наложу! Всем понятно?

— Поня-ятно... — нестройным хором откликнулись девушки.

— Для примера расскажу приключившуюся у нас недавно историю, — продолжил Борис воспитательную тему. — Одна наша танцовщица мало того что забеременела, так ещё и додумалась, никого не предупредив, выступать беременной на сцене! Никак, видите ли, не могла определиться, рожать ей или не рожать... Словом, в итоге так однажды около шеста напрыгалась, что сразу после номера у нее выкидыш случился. Хорошо ещё, что в гримерке, а не прямо на сцене… Иначе и сама оскандалилась бы, и репутацию нашего заведения подмочила бы. Ну и, надеюсь, вы уже поняли, что эта девица у нас больше не работает.

Девушки молча кивнули.

— Но вы раньше времени не унывайте, — ободряюще улыбнулся он им, — ведь чаще мы расстаемся с нашими сотрудницами по-доброму. Это когда они находят себе состоятельных покровителей и оставляют карьеру танцовщиц добровольно. Вот на днях, кстати, сразу с тремя девушками пришлось попрощаться — они сменили статус и стали теперь вполне респектабельными дамами… Собственно, именно вместо этих трех «выбывших» вас сегодня и взяли.

Новенькие обменялись довольными взглядами, а Наташа, вспомнив почему-то слова официантки: «Здесь такие красотки, как ты, долго не задерживаются…», ещё и покраснела вдобавок.

— Ну что ж, вы, я вижу, девушки понятливые, — поднялся из-за стола Борис, — так что сейчас определимся с вашим имиджем, и я вас отпущу. — Он подошел к дивану, встал перед Наташей: — Начнем с тебя. Пройдись-ка до двери и обратно!

Она послушно продефилировала по кабинету.

— Отлично, — резюмировал менеджер. — Поступь мягкая, губки бантиком, попка аппетитная, ножки стройные… И блондинка, судя по всему, натуральная, не крашенная… Значит, будешь выступать в костюме кошки. Олицетворять, так сказать, название нашего заведения, только в образе не дикой, а домашней кошечки. Избалованной, в меру капризной и похотливой, ради ласки хозяина всегда готовой упасть перед ним на спинку…

Задача ясна?

Наташа согласно кивнула, хотя внутренне, представив себя полуголой, да ещё и в костюме кошки, невольно поёжилась.

— Ну, а тебя, — повернулся Борис к Олесе, — я ещё во время твоего показательного номера определил в пантеры. Самый подходящий образ для гибкой кареглазой брюнетки! Думаю, справишься. А для твоих соблазнительных форм, — перевёл он взгляд на Любу, — чрезвычайно подойдёт имидж кокотки прошлого века: шляпка с ленточками, кружевной лиф с глубоким декольте и, главное, пышный кринолин, лишь слегка прикрывающий трусики… Вопросы есть?

— Нет, — ответила за всех троих Олеся.

— Что ж, тогда до завтра. Поскольку с завтрашнего дня вы начнёте заниматься с хореографом, отрабатывать показательные номера, знакомиться с текущим репертуаром… Познавать, так сказать, азы стриптиз-искусства. Начало занятий — в десять утра. Опоздание равносильно немедленному увольнению, помните об этом!

— Не опоздаем! — снова заверила его от лица всех троих Олеся.

Глава 4

Подруги ощущали себя на седьмом небе от счастья: о таких деньгах, которые они получали теперь в Москве, в родном Сурске можно было только мечтать. Мало того, что им платили за каждый выход на сцену, так ещё и богатые завсегдатаи «Дикой кошки» щедро приплачивали. Правда, согласно правилам заведения, танцовщицы сдавали все чаевые Борису, а уж он, тщательно пересчитав купюры и сделав соответствующие выводы, премировал каждую исходя из этих самых выводов. Мало чаевых принесла — значит, без должной страсти номер исполнила, не смогла зажечь публику. Наказывать за это Борис не спешил — сначала приглашал к себе в кабинет для «задушевной беседы» (сами девушки называли такие беседы «тренингами»). К счастью, психологом Борис был отменным, и настроение у девушек после бесед с ним, как правило, поднималось, и недавние проблемы, если они были, уже не казались неразрешимыми.

Однако при этом все знали, что Борис не только пожалеть, но и на дверь указать может. Так, авантюристок, устроившихся в клуб лишь с одной целью — найти «жирненького» покровителя, он вычислял быстро и увольнял безжалостно. От ленивых, нерадивых и безответственных тоже избавлялся после первого же прокола с их стороны.

Поэтому Наташа с Олесей на работу никогда не опаздывали и у шеста выкладывались по максимуму. А для поддержания формы старались соблюдать режим и правильно питаться. Хотя, конечно, теперешний их режим сильно отличался от прежнего: работали — ночью, а отсыпались днем, примерно до двух-трех часов пополудни. Потом — бодрящие водные процедуры, поздний завтрак, мелкие хлопоты по хозяйству, а там уж и вечер подкрадывался — пора было приводить себя в порядок и снова отправляться в клуб. От дяди Феди, к великому его сожалению, подруги съехали — начав хорошо зарабатывать, они сняли однокомнатную квартиру в Строительном переулке, поближе к месту работы.

Сегодня, пробудившись после очередного рабочего «дня», Наташа решила сходить в ближайший супермаркет, чтобы, как обычно, закупить продуктов на всю следующую неделю. Олеся спала как убитая: видимо, упрыгалась за ночь. Впрочем, об истинных причинах столь «убийственной» усталости Наташа догадывалась: с некоторых пор у Олеси завелся кавалер, некий Стас Карелов из числа завсегдатаев клуба, и теперь между выступлениями она уединялась с ним в «комнате отдыха». Разумеется, со всеми вытекающими из этого последствиями, и не только для её кошелька, но и юного девичьего организма. Словом, минувшей ночью подруга, похоже, переусердствовала…

***

В магазине Наташа забила тележку продуктами, что называется, «под завязку». Расплатившись за покупки и наскоро расфасовав их по четырем пакетам, заторопилась домой — тяжелая ноша больно оттягивала руки.

Как на грех, на полпути к дому девушку застиг сильный ливень, и она испугалась: если промокнет и заболеет — может остаться без работы. Допустить этого было нельзя, и Наташа, вытянув руки с увесистыми пакетами над головой, ускорила шаг.

Неожиданно рядом раздался приятный мужской голос:

— Позвольте, я помогу вам.

Наташа и ответить ничего не успела, как её продуктовые пакеты уже перекочевали в руки симпатичного юноши, а вместо них ей был вручен большой чёрный зонт.

— Ой, спасибо вам огромное, если бы не вы… — растерянно залепетала девушка.

— Меня Сергеем зовут, а вас? — весело перебил он её.

— Наталья…

— Ну, показывайте дорогу, Наталья!..

Когда подошли к дому, Наташа юркнула под козырек своего подъезда и ещё раз поблагодарила спутника:

— Спасибо, что помогли… Вот здесь я и живу…

— Так я тоже живу в этом подъезде, на пятом этаже! — воскликнул юноша. — Уже два года, как мама здесь квартиру купила… А вас вот почему-то ни разу не встречал!

— Да мы с подругой совсем недавно здесь квартиру сняли. Однокомнатную, на двенадцатом этаже.

Молодые люди вошли в подъезд, вызвали лифт, и Сергей, как истинный джентльмен, проводил Наташу прямо до двери её квартиры.

— Надеюсь, ещё увидимся? — выразил он желание на прощание.

— Конечно, увидимся, — заверила его девушка. — В одном подъезде ведь живем!

Скинув в прихожей джинсовую курточку и кроссовки, Наташа на цыпочках прошла в кухню, чтобы переложить продукты из пакетов в холодильник. Но таилась напрасно — Олеся к моменту её возвращения уже проснулась.

— Как шопинг? — поинтересовалась она, встав в дверном проеме и плотоядно рассматривая разноцветные упаковки, уже выложенные на обеденный стол. — О, печенки диетические вижу! Молодец, что купила. Давай тогда кофе попьем, что ли…

— Давай, — согласилась Наташа.

— Я смотрю, ты почти сухая, — заметила Олеся, — хотя за окном льет как из ведра…

— Да мне повезло просто — провожатого с зонтом нашла.

— Ух ты! Ну-ка, ну-ка, — оживилась Олеся, — с этого места поподробнее, пожалуйста!

— Да случайно познакомились на улице. Его Сергеем зовут. Выяснилось, что живем в одном подъезде.

— И сколько же лет этому Сергею? — не унималась Олеся.

Наташа пожала плечами.

— Понятия не имею. Лет двадцать, наверное... А может, наш с тобой ровесник. Молодой, в общем. Симпатичный. С мамой живёт.

— Понятно, — разочарованно зевнула Олеся, — студент-ботаник и маменькин сынок в одном флаконе! — И назидательно посоветовала: — Не трать на него время, подруга! Кроме зонта он тебе и предложить-то ничего не сможет!

— Да я, собственно, ни на что и не рассчитываю, — ответила Наташа, заваривая кофе. — Просто приятно иметь такого отзывчивого соседа...

После завтрака Олеся недовольно посетовала:

— Никак не могу проснуться... Хоть ещё одну чашку кофе пей! И на улицу, как назло, из-за дождя не выйти, чтобы взбодриться...

Наташа выглянула в окно, радостно сообщила:

— А дождь-то уже и закончился! Так что одевайся, соня, выведу тебя на прогулку! Можем, кстати, и в кино на дневной сеанс сходить.

— А что там сейчас идет? — спросила, позевывая, Олеся.

— Да какая разница? Просто надоел уже до чёртиков наш с тобой однообразный режим: дом – клуб – дом, и так по кругу!

— Потерпи, подруга! Вот заведем себе спонсоров — и будем на Мальдивы на обед летать! — мечтательно произнесла Олеся.

— Ну при чем здесь спонсоры? — возмутилась Наташа. — Мы теперь и сами хорошо зарабатываем!

— Ох и глупая ты у меня, — снисходительно проворчала Олеся. — Ты что же, думаешь, нам до старости позволят у шеста вертеться? Нет, милая! Попрыгаем по сцене лет до двадцати пяти — и всё, баста! Там уже молодые в спину дышать будут! Век танцовщицы, к сожалению, короток, а мы с тобой, согласись, ничего кроме как танцевать не умеем. Ну и на какие шиши прикажешь жить дальше? Вот то-то! Так что, дорогуша, как ни крути, а к двадцати пяти годам нам надо успеть и собственными квартирами обзавестись, и счетами в банке!

— Ой, Леська, ты иногда просто пугаешь меня своей практичностью!

— А ты меня — своей инфантильностью! Ладно, пошли в кино, — добавила Олеся примирительно. — Мне, если честно, по фигу, чего смотреть…

Фильм оказался американской мелодрамой. Несмотря на примитивно-избитый сюжет про очередную Золушку, сентиментальная Наташа умудрилась несколько раз пустить слезу.

— Ты неисправимая идеалистка! — выговорила ей после сеанса Олеся. — Это только в американских фильмах девушки приезжают из провинции в Нью-Йорк и выходят там замуж за миллионеров. У нас в России всё намного прозаичнее — миллионеров надо самим искать!

— Да мне просто фильм понравился, — начала оправдываться Наташа. — Пусть сказка, зато — красивая! Даже на душе как-то теплее стало… — И, чтобы не вызвать у подруги очередную порцию нравоучений, миролюбиво предложила: — Давай по парку погуляем? Время до работы у нас ещё есть, а такая замечательная погода не каждый день стоит…

Олеся великодушно согласилась, и девушки отправились в расположенный по соседству с кинотеатром городской парк. На одной из аллей рядом с ними неожиданно притормозил велосипедист.

— Наталья? — окликнул он.

Наташа обрадовалась:

— Сергей! Надо же, и дня не прошло, а мы снова встретились! Познакомься, это Олеся, моя подруга.

Олеся вежливо кивнула и мысленно оценила парня: «Действительно симпатичный. Но совсем теленок ещё... Школу, небось, как и мы, только в этом году окончил...»

Сергей между тем предложил Наташе покататься с ним на велосипеде, и она охотно вспрыгнула на багажник, обхватив юношу руками за пояс.

— Ну всё, пиши – пропало, — беззлобно проворчала им вслед Олеся.

...Дружба Наташи и Сергея стремительно развивалась. Парень увлекался спортом и всё свободное время проводил на велосипеде или на роликах. Ради совместных прогулок Наташа тоже приобрела в ближайшем спортивном магазине роликовые коньки фирмы «Самсон». Теперь каждый день, вернувшись из колледжа после занятий, Сергей заходил за девушкой, и они вдвоем устремлялись в парк, где катались по два часа кряду. Потом Наташа под каким-нибудь благовидным предлогом прощалась с ним, возвращалась домой и, наскоро приведя себя в порядок, мчалась вместе с Олесей в стрип-клуб.

Ежедневные прогулки на роликах пошли Наташе на пользу: заметно улучшились и цвет лица, и осанка, и фигура. Более того, она стала воспринимать окружающий мир, и особенно работу в «Дикой кошке», с почти философским спокойствием.

Олеся видела изменения, происходящие с подругой, и иногда шутливо её подначивала:

— Ой, смотри, Наташка, ты так в Китайскую стену скоро превратишься! Или, может, влюбилась в этого малолетку?

Наташа краснела.

— Почему — в малолетку? — заступалась она за своего друга. — Мы с ним ровесники!

— И что, стоило в Москву за пятьсот верст от Сурска тащиться, чтобы ровесника себе здесь найти?! — не унималась Олеся.

— Мне приятно с ним общаться, — вяло отбивалась Наташа.

— Ну-ну, — подводила итог Олеся, — общайся. Только голову себе им не забивай! Не нужен он тебе. Впрочем, как и ты — ему.

На том пикировки подруг обычно и заканчивались.

***

Наташа нетерпеливо поглядывала на часы: скоро за ней должен был зайти Сергей. Поэтому когда раздался звонок, она, не задумываясь, распахнула дверь. Однако вместо Сергея на пороге стояла незнакомая женщина лет сорока, ухоженная и в дорогом деловом костюме.

— Добрый день… Вы к кому? — растерянно спросила девушка.

— Вы — Наталья? — вопросом на вопрос ответила женщина.

— Да…

— А я — мама Сергея. Позволите войти?

— Да-да, конечно… Проходите… С Сережей что-то случилось? — не на шутку взволновалась Наташа.

— Слава богу, ничего, — сухо ответила нежданная гостья, проходя внутрь квартиры и скептически её осматривая. — Так значит, здесь-то вы и живете с подругой?

— Да, — подтвердила Наташа, следуя за строгой

дамой по пятам. — А в чем, собственно, дело?

— В том, — резко повернулась к ней та, — что я запрещаю вам видеться с моим сыном!

От неожиданности и приказного тона женщины Наташа вздрогнула, но всё-таки осмелилась поинтересоваться:

— И… почему же?

— Вы не пара Сергею! А я в последнее время от него только и слышу: Наташа, Наташа! Когда же начала расспрашивать о вас, он даже ничего сказать не смог толком! Потому я и пришла к выводу, что вы, как и все провинциалки, приехали… хм… покорять Москву. И, как вижу, не ошиблась. Квартира съемная, а на какие деньги вы с подругой её снимаете — неизвестно. Чтобы понять, что нигде не учитесь, большого ума не надо. Значит, работаете. Где и кем? — Сверлящий взгляд гостьи заставил Наташу залиться краской и опустить голову. — Понятно. Мужиков, значит, по ночам водите…

От столь оскорбительного и несправедливого обвинения Наташа взорвалась:

— Да как вы смеете?! Почему вы вообще разговариваете со мной таким тоном?!

— Что и требовалось доказать, — холодно парировала дама. И бесцеремонно перешла на «ты»: — Сказать в своё оправдание тебе нечего, вот ты и разыгрываешь тут из себя обиженную святую наивность. Тем не менее, я повторяю, — голос визитерши приобрел не просто суровые, а даже угрожающие нотки, — держись от моего сына подальше! Не для того я его растила, чтобы он угодил в сети хитрой провинциальной шлюшки! А если ослушаешься и я ещё хоть раз услышу от него твое имя — вылетишь из Москвы в два счета! Даже не сомневайся! И на тебя, и на твою подружку управу найду!

Наташа вихрем метнулась в прихожую, снова распахнула входную дверь и крикнула, задыхаясь от бессильной ярости:

— Уходите! Немедленно!

— Ты свой характер любовникам своим демонстрируй! – огрызнулась дама, но всё же подчинилась. И уже на выходе надменно бросила через плечо: – Надеюсь, ты меня поняла, и мы больше не увидимся.

— Я тоже на это надеюсь, — обессилено выдохнула Наташа, захлопнув дверь и еле сдерживая рыдания.

Сердце бешено колотилось, в голове пульсировали горькие мысли: «Неужели до конца жизни я так и останусь для москвичей дремучей провинциалкой? Но что ж постыдного в том, что я родилась не в Москве, а в Сурске? Разве Москва — это не всего лишь часть России? И почему, если я работаю в стриптиз-клубе, то обязательно — шлюха? Нет, никогда меня эта дамочка своей ровней не признает...»

Снова раздался звонок в дверь. Наташа замерла: неужели эта противная тетка вернулась наговорить очередных гадостей?

После третьего звонка из-за двери послышался успевший стать родным голос:

— Наташа, открой! Это я — Сергей!

По щекам сами собой заструились слезы, но Наташа так и не отозвалась...

— Что, прошла любовь, завяли помидоры? – цинично осведомилась вернувшаяся из магазина и увидевшая выставленные на лестничную площадку ролики Олеся. — А я тебя предупреждала, что такие телята, как этот Сережа, до старости вымя мамочки сосут.

— Да, ты оказалась права, — смиренно согласилась Наташа, не став пока объяснять причину их расставания — слишком ещё свежа была нанесенная ей обида.

— О, взрослеешь прямо на глазах! — одобрительно воскликнула Олеся.

Глава 5

С самого утра Игорь Горский пребывал в отвратительном состоянии духа. Мало того, что накануне расстался со своей очередной пассией (по его версии — утомился оплачивать её счета и терпеть постоянные капризы), так в последнее время ещё и партнеры по бизнесу доверия не внушают…

Горский вышел из офиса в десятом часу вечера, а на улице уже стемнело. Оно и неудивительно — октябрь на дворе. Хорошо хоть, осень в этом году сухой выдалась, а то от слякоти ещё сквернее на душе было бы.

Игорь сел в машину (предпочитал управлять сам, поэтому старался обходиться без водителя), вынул из кармана мобильник, набрал нужный номер.

— Стас, привет… Это я… Да, освободился… Может, рванем куда-нибудь, развеемся? В «Дикую кошку»? А что это за контора? Понятно… Рекомендуешь, значит… О, и девочки на любой вкус?! Заинтриговал однако… Угу, со своей вчера расстался… Достала уже меня эта эгоистичная сука! Но лучше при встрече расскажу, так что диктуй адрес…

У Горского была отличная память на цифры, адреса и любую другую точную информацию (а уж всё, что касалось его бизнеса, он и вовсе старался держать в голове, а не доверять бумагам и компьютерным файлам), поэтому и сейчас он ничего записывать не стал — просто запомнил. И уже без четверти десять подкатил к «Дикой кошке».

Припарковав свой джип Porsche Cayenne поближе

к знакомой «Ауди» Стаса, Горский решительным шагом уверенного в себе человека проследовал к входной двери, но неожиданно уткнулся в мощный торс шкафообразного охранника.

— Мест нет, — заученно бесцветно пробасил тот.

Желания вступать с ним в диалог не было, поэтому Горский снова набрал номер приятеля.

— Стас, я уже у входа. Но какой-то бугай с мозгами морской свинки перегородил мне дорогу… Отлично… Я тебя понял… Через минуту встретимся. — Взглянув на груду мышц с чувством королевского превосходства, он процедил: — Столик Стаса Карелова. Меня ждут.

Охранник тотчас отступил и тем же бесцветным басом произнес:

— Проходите, пожалуйста.

Наградив его торжествующей белоснежной улыбкой, вылепленной с помощью керамических виниров одним из лучших московских дантистов, Горский вошел в клуб.

Респектабельность заведения он оценил прямо с порога: за столиками сидели сплошь солидные мужчины в дорогих костюмах или джинсах и рубашках известных новомодных брендов.

— Игорь, я здесь! — окликнул его Стас и призывно помахал рукой.

Горский приблизился к столику, за которым сидел приятель, опустился в кресло, отметив мысленно, что оно весьма удобно, блаженно вытянул ноги и, обменявшись со Стасом рукопожатием, первым делом поинтересовался:

— И чем здесь угощают?

— Фирменный напиток устроит? — Получив в ответ утвердительный кивок, Стас жестом подозвал официантку.

Тотчас подошла длинноногая девушка-топлес, и Горский откровенно залюбовался её стройной фигуркой.

— Две «Дикие кошки», — коротко продиктовал заказ Стас и, когда длинноногая фея отошла, пояснил Игорю: — Местное пойло, бьющее по мозгам с первого глотка.

— Отлично, для моего настроения — в самый раз. Правда, я за рулем…

— Здесь все за рулем, — хмыкнул Карелов. — Но к утру хмель выветрится, обещаю.

Когда официантка принесла заказанные коктейли, Горский поднес свой бокал к губам, одновременно устремив взор на сцену, где под ритмичный модный мотивчик танцевала миниатюрная стриптизерша.

— Извивается как змея, — прокомментировал он увиденное. — Но мне такие дюймовочки не нравятся.

— Мне тоже, — поддакнул Карелов. — Но это новенькая, её лишь пару дней назад в «Кошку» взяли. Вот и выпустили в самом начале вечера — для разогрева публики, так сказать. Самые же интересные особи — впереди, — добавил он многообещающе.

В этот момент выяснилось, что вкус приятелей — не единственно верный. Так, к сцене приблизился мужчина лет пятидесяти в дорогом итальянском костюме, и в свете подвешенных над сценой многочисленных софитов блеснули массивные золотые запонки на рукавах. Умело перехватив танцовщицу за утянутую в сетчатый чулок стройную ножку, мужчина засунул ей крупную купюру прямо в трусики. Надо полагать, в знак своего восхищения юной прелестницей.

— Этот мужик постоянно здесь ошивается, - шепнул Стас на ухо Игорю. — По слухам, всего лишь финансовый аналитик, но бабла у него немерено. Причем интересуется исключительно новенькими — начинает обхаживать каждую с первого же её появления в клубе. Даже, если у девки, как у этой, и посмотреть-то не на что.

— Ну так не зря же говорится, что на вкус и цвет товарищей нет, — пьяно хохотнул в ответ Горский: фирменный напиток, как и предупреждал приятель, крепко вдарил по мозгам после первого же глотка.

Неожиданно зал взорвался дружным мужским восхищенным ревом, и друзья снова повернулись к сцене. При виде аппетитной красотки в костюме белой кошечки Горский буквально оцепенел, так и не донеся бокал до рта.

— Ага, попался! — довольно потер ладони Карелов. — Вижу, вижу, что зацепила!

Но Горский его не слышал: он не сводил глаз с грациозно извивающейся вокруг шеста девушки, каждым своим движением точно передающей мягко-вкрадчивые кошачьи повадки. Неожиданно мелькнула мысль: «Что она здесь делает? Разве место такой красавице на клубной сцене?»

Когда танцовщица сняла с себя первую деталь кошачьего туалета, к уху Горского снова приник Карелов:

— Между прочим, я уже наводил справки об этой киске. Девчонка порядочная, не шалава. Кстати, восемнадцать лет ей совсем недавно исполнилось, почти школьница. Здесь работает от силы пару месяцев...

Горский молча кивал, боковым зрением отмечая повышенное внимание мужской публики к запавшей ему в душу Кошечке. Несколько мужчин, занимавших ближние к сцене столики, уже одарили её хрустящими купюрами, засунув их под пушистые белые резинки чулок молочного цвета.

Игорь тоже не выдержал — вышел из-за стола и направился к сцене, на ходу вытаскивая из внутреннего кармана пиджака портмоне. Когда с нервно сжимаемой в кулаке купюрой в сто евро он приблизился к сцене вплотную, Кошка неуловимым движением белых пушистых коготков избавилась от мохнатого белого лифчика, и её упругая девичья грудь предстала его глазам во всей красе. «Третий размер, не меньше!» — оценил он опытным взглядом сексуального самца, и к зажатым резинкой купюрам добавились и его сто евро.

Вернувшись к столу, Горский без обиняков спросил приятеля:

— Сможешь устроить мне вечер с этой крошкой?

— Нет ничего проще, — самодовольно хмыкнул тот в ответ. — Для этого достаточно перекинуться парой слов с менеджером и заплатить двести евро. Я сам тут с одной девахой частенько развлекаюсь… Но вынужден сразу предупредить: согласно железному правилу этого клуба, все развлечения с танцовщицами — только по их добровольному согласию! Насилие здесь не только не поощряется, но и… О, а вот, кстати, и моя подружка! — отвлекся он от темы разговоры в связи с появлением на сцене другой девушки — в костюме пантеры. — Правда, помимо меня она дружит ещё с двумя-тремя поклонниками, но когда меня это смущало? — Сально хихикнув, Стас толкнул Игоря в бок. — Главное, девка без комплексов и далеко не дура…

Горский нехотя переключил внимание на выступление девушки-пантеры, но наблюдал за её танцем без всякого интереса: в мозгах прочно засела вожделенная мысль о скором обладании Белой Кошечкой. Поэтому, едва номер Пантеры закончился, Игорь отправил Стаса на переговоры с менеджером клуба…

— Мой друг заинтересовался вашей Кошкой, — многозначительно подмигнул Карелов менеджеру Борису.

— Ею многие интересуются, — невозмутимо пожал плечами тот, — но…

— У нее что, сифилис? — пьяно гоготнул Стас.

— У нас респектабельное заведение, уважаемый, — не поддержал его шутку менеджер.

— Так в чем же проблема, командир? Или мой друг недостаточно хорош для вашей стриптизерши? — начал заводиться Карелов.

— Стриптизерша стриптизерше рознь, — уже мягче произнес Борис, не желая разжигать назревающий конфликт. — Дело в том, что мои подопечные всецело доверяют мне, поэтому я точно знаю, что девушка, заинтересовавшая вашего друга, — девственница.

Карелов обомлел.

— Шутишь?!

— Нисколько.

— Тогда что она здесь делает?

— Жизненные обстоятельства заставили, — доверительно сообщил Борис. — Наша Кошка — кстати, её зовут Наталья, — осиротела сразу по окончании школы, вот и покинула родной Задрищенск в поисках лучшей жизни. В душе идеалистка, ждет принца на белом коне, и расставаться с невинностью не спешит. В нашем клубе она, кстати, одна такая.

— Неужели даже деньги не срабатывают?

— Нет. Я же сказал — идеалистка. Уступит лишь тому мужчине, который сможет покорить её сердце.

— Из серии «только после свадьбы»? — уточнил Стас.

— Именно. А поскольку вы у нас частый гость и с

правилами нашего клуба хорошо знакомы, постарайтесь убедить своего друга переключиться на какую-нибудь другую девушку. Или... — Борис сделал глубокомысленную паузу.

— Что?! — ухватился за спасительное «или» Карелов.

— Попробуйте воздействовать на Кошку через свою избранницу — Пантеру. Они дружат с детства.

Стас округлил глаза.

— Не знал! Впрочем, когда мне было свою подружку о её прошлой жизни расспрашивать? За час свидания в «комнате отдыха» успеть бы удовольствие сполна получить! Заведеньице-то ведь у вас недешевое... Но за подсказку в любом случае спасибо, командир. В долгу не останусь...

Когда Стас, вернувшись к столу, во всех подробностях передал свой разговор с менеджером Игорю, тот тоже испытал неподдельное потрясение.

— Стриптизерша-девственница?! — округлил он глаза. — Да это что-то из области фантастики!

— Ну и как — откажешься, или будешь добиваться? — испытующе прищурился Карелов.

— Ты же знаешь — я не привык отступать! — вспылил Горский. — Более того, теперь я хочу эту малышку ещё сильнее! Так что поговори со своей Пантерой, будь другом! Попроси исподволь повлиять на подружку, подготовить, так сказать, почву...

— Хорошо, договорились. Но обещать, сам понимаешь, ничего не могу.

Оставив Горского допивать коктейль в одиночестве, Карелов отправился в гримерную Олеси.

Когда он вкратце изложил ей суть просьбы друга, девушка задумчиво проговорила:

— Что ж, может, оно и к лучшему… — Заметив недоуменный взгляд поклонника, пояснила: — Дело в том, Стас, что, в отличие от меня, Наташка изначально тяготилась работой стриптизерши. И тяготится до сих пор, я же вижу. Да она и сама не скрывает, что всякий раз, выходя на сцену, испытывает страх, граничащий с отвращением. Отвращением и к шесту, и к глазеющей на нее пьяной публике. Так что если твой друг заберет её отсюда, она будет ему благодарна до конца жизни.

— А как думаешь, — вкрадчиво поинтересовался Стас, — роль содержанки её устроит? Или она согласится только на статус законной жены?

— Каждая девушка мечтает стать чьей-то женой, — вздохнула Олеся, — но нам, стриптизершам, такое счастье выпадает крайне редко. Поэтому думаю, что Наташка согласится и на роль содержанки…

***

Теперь Горский наведывался в «Дикую кошку» ежедневно, вернее, ежевечерне.

Для начала он через менеджера Бориса передал Белой Кошке огромную корзину цветов, присовокупив к ней эксклюзивной работы серебряный браслетик, а далее уже ни один день не обходился без подарка, с каждым разом всё более дорогого и изысканного. В итоге спустя несколько дней все девчонки-стриптизерши только и судачили о состоятельном бизнесмене Горском, положившем глаз на их скромницу Наташку.

Разумеется, Наташа слышала их восхищенно-завистливые шепотки: «ах, какой интересный мужчина», «и при деньгах, и щедрый, и воспитанный», «ходит в клуб только ради нашей Кошки, а затащить её в номер для сексуальных утех ни разу даже не попытался»…

Признаться, саму Наташу тоже смущало странное

поведение нежданного поклонника. Чего он хочет? Неужели и вправду в нее влюбился?

Потом в голову всё чаще стала закрадываться мысль: «Что, если этот Горский и есть тот самый принц на белом коне, о котором я мечтала?»

А тут ещё и Олеська изо дня в день «пилила»:

— Ну что ты из себя Снежную королеву строишь? Смотри, всех мужиков так распугаешь! А годы-то идут, не молодеешь, чай! Хороший ведь мужик Горский, нечета многим! Хоть поживешь, наконец, как леди... Может, он даже и женится на тебе со временем... Ты же уже совершеннолетняя, Наташ, чего боишься-то? Или всё ещё неземной любви ждешь? А уверена, что дождешься? И есть ли она вообще, эта любовь? В общем, не глупи, подруга: цепляйся за Горского и сваливай из клуба! Я же вижу, как ты там чахнешь. Сама уж не рада, что втянула тебя в свою затею...

На самом деле Наташа ни в чем не винила подругу. Конечно, иногда подумывала поискать другую работу, но где и кем? Без образования возьмут разве что в продавщицы, а за прилавком таких денег, как у шеста, не заработаешь. Ценить же деньги Наташа за время пребывания в Москве волей-неволей научилась: надо и за съемную квартиру платить, и питаться разнообразно, и одеваться прилично, и на чёрный день понемногу откладывать...

В конце концов, она начала думать о Горском уже без страха и внутреннего содрогания, а даже и с удовольствием. Особенно когда перебирала присланные им подарки — один великолепнее другого.

И однажды сдалась — сказала Олесе:

— Передай своему Стасу, что я согласна встретиться с Горским. Только... не в «комнате отдыха».

Глава 6

Узнав о согласии строптивой стриптизерши на встречу тет-а-тет, Горский, всё ещё занимавший выжидательную позицию, испытал, к собственному удивлению, давно забытое волнение неопытного юнца, поэтому незамедлительно отправился в «Дикую кошку».

— Поздравляю с крушением очередного бастиона, — поприветствовал его прибывший в клуб первым Карелов.

— Рано ещё, — рассеянно ответил Горский.

— Э-э, да я тебя не узнаю, Игорек! Похоже, эта кошечка вконец тебе мозги свернула!

Горский усмехнулся.

— Ну даже если и так... Что с того?

— Да ничего. Расслабься просто, а то видок у тебя слишком смурной. Эка невидаль — девица-танцовщица! Не она первая, не она последняя. Лишишь девственности прямо сегодня — да и дело с концом! Уверен: она давно мечтала избавиться от этого груза, а тут не абы с кем, а с тобой — с самим Горским! Можно сказать, подфартило девчонке. К тому же раз согласилась на свидание — стало быть, созрела, — продолжал умничать Стас. — Так что пользуйся моментом — тащи в койку без предисловий!

— Оставь свои советы при себе, дружище, — поморщился Игорь. — Я уже взрослый мальчик, сам как-нибудь разберусь.

Со своим последним «кошачьим» номером Наташа должна была выступать ровно в полночь, и перед выходом на сцену менеджер Борис, заранее получивший от Горского прописанную в прейскуранте сумму в двести евро, почти по-отечески «благословил» её на свидание с «принцем».

Когда она вышла к серебряному шесту, у Горского перехватило дыхание, а когда обнажила грудь — на лбу у него выступили крупные капли пота.

Внимательно наблюдавший за другом Стас мысленно изумился: «Похоже, конкретно влип... Неужто я вижу сейчас на сцене будущую мадам Горскую?»

Однако у самого Горского не было столь далеко идущих планов.

Небольшим усилием воли, вернув себе свою обычную сдержанность, он терпеливо выждал некоторое время, чтобы девушка успела переодеться и привести себя после танца в порядок, и лишь после этого поднялся из-за стола.

— Пока, Стас... Надеюсь, скоро увидимся.

— Пока, пока... — покивал головой Стас, в душе отчасти позавидовав другу: нечасто можно отхватить такой лакомый кусочек, как девственница.

Горский вошел в гримерную и сразу попал под перекрестный обстрел пытливо-кокетливых взоров полуобнаженных девушек в экзотических нарядах.

— Это ко мне, — негромко сказала им Наташа, поднявшись с пуфика, стоявшего перед её туалетным столиком.

Горский впился в девушку плотоядным взглядом. И без того ошеломительно красивая, сейчас она была особенно хороша! Тёмно-синее вечернее платье до колен... Неброский макияж... Распущенные белокурые волосы... Стройные ноги... Обтянутая полупрозрачной тканью платья упругая грудь, слегка прикрытая сверху коротким норковым полушубком ослепительно белого цвета... Было от чего с ума сойти, чего уж там...

Игорь приблизился к Наташе, с наслаждением вдохнул тонкий аромат её духов, взял правую руку и, чуть склонившись, запечатлел на ней проникновенный поцелуй. Потом распрямился и представился:

— Меня зовут Игорь. Я — ваш давний поклонник.

— Очень приятно. Наташа.

Попрощавшись с завороженно наблюдавшими за ними танцовщицами вежливым кивком головы, Горский галантно подхватил свою избранницу под руку и увлек за собой сначала из гримерки, а затем и из клуба.

...Довольно продолжительное время Горский вел машину молча, и, чтобы справиться с тревожным волнением, Наташа осмелилась задать вопрос:

— Куда мы едем?

— Ко мне домой, — коротко ответил Горский. — Нас ждет восхитительный романтический ужин.

Девушка прикусила нижнюю губу. «А ты на что рассчитывала? — спросила она себя. — На прогулки по Москве до рассвета? На разговоры о поэзии и клятвы в вечной любви? Размечталась! А в кровать сразу после ужина не хочешь? Впрочем, кого теперь мое желание интересует? — подумала она с горечью. — Остается утешаться лишь тем, что рано или поздно это всё равно бы случилось... Так лучше уж в домашней обстановке, чем в номере для сексуальных утех...»

— Спасибо за подарки, они мне очень понравились, - снова нарушила она затянувшееся молчание.

— Не стоит благодарности, — скромно ответил Горский. Хотя ещё в гримерной заметил, что пальчик девушки украшен одним из подаренных им колечек, и это ему чрезвычайно польстило. — Твоя красота достойна большего.

По мелькавшим за окном автомобиля дорожным указателям Наташа догадалась, что Горский живет на Рублевке. «Значит, Леська не ошиблась: он действительно богат», — заключила она.

* * *

Вынырнув из странного, тяжелого небытия и откинув одеяло, Наталья попыталась встать с кровати, но пронзившая всё тело боль чуть ли не парализовала её. «Где я? Что со мной? Почему так раскалывается голова и болит всё тело?» — лихорадочно заметались мысли. И вдруг вспомнилось: Горский! Точно, он же привез её в свой дом! Но что он сделал с ней, если она чувствует себя совершенно разбитой?!

Стиснув зубы, чтобы не застонать, Наталья сползла на пол, потом с трудом поднялась на ноги. В полумраке ночника разглядела раскинувшееся на широкой кровати обнаженное мужское тело. «Горский, — догадалась Наталья, смутившись при виде поджарого зада, мускулистой спины и сильных стройных ног любовника. — Хорошо хоть, что не на спине спит…»

И тут же, как в калейдоскопе, перед глазами замелькали картинки отрывистых воспоминаний: вот они вошли в дом, вот он провел её в гостиную, вот усадил за отлично сервированный стол…

Горский сам ухаживал за гостьей. Налил ей вина, и она, сделав буквально пару глотков, почувствовала вдруг легкое, но очень странное и доселе неведомое возбуждение. А ещё через несколько минут возбудилось уже и всё её естество! Не понимая, что с ней происходит и, пытаясь справиться с неожиданно охватившим её безудержным желанием интимной близости с мужчиной, она начала беспокойно ёрзать на стуле, но пульсация между ног лишь ещё больше усилилась! И вот она была уже готова сама наброситься на Горского и молить, умолять: «Возьми меня! Пронзи меня! Пусть грубо, пусть силой, но скорее! Я хочу тебя!»

Наташа взглянула на Горского: тот спокойно потягивал вино из своего бокала. Однако спокойствие его явно было нарочитым: поблескивавший из-под полуопущенных век демонический огонь свидетельствовал о том, что он тоже едва сдерживает бушующую в нём страсть. Наташа поняла: всё, она погибла! Этому мужчине она позволит делать с собой всё что угодно…

Воспоминания вдруг исчезли, словно в голове кто-то щелкнул выключателем. Наталья напрягла память. Картинки возникли вновь, но были теперь нечеткими, размытыми и хаотичными. Увидев себя как бы со стороны, Наталья ужаснулась: «Боже! Неужели я позволяла ему проделывать со мной всё это?!»

По телу пробежала нервная дрожь, нога нащупала на полу рубашку Горского. Снова стиснув зубы, Наталья нагнулась, подняла её, накинула на плечи и поплелась в ванную комнату. Каждый шаг давался с трудом.

В ванной Наталья подошла к зеркалу, распахнула рубашку и… еле удержалась от крика. Всё её тело было покрыто ссадинами, синяками и даже… следами от укусов!

«Господи, да он же садист! — с ужасом подумала она. — Как я вообще осталась жива? И почему не ощущала боли, когда он истязал меня?!» Неожиданно мозг Натальи пронзила догадка: что-то было подмешано в вино! «Какой-нибудь афродозиак», — вспомнила она слово, слышанное когда-то от Олеси. Но тут же засомневалась: Олеся говорила, что афродозиаки всего лишь усиливают половое влечение, а не порождают жажду насилия!

— А, вот ты где прячешься…

Увидев в зеркале отражение Горского, Наталья инстинктивно отпрянула и вжалась в роскошный импортный умывальник.

Горский стоял перед ней полностью обнажённый, и взгляд Натальи против воли скользнул по его телу вниз… Даже не будучи обременённой богатым сексуальным опытом, интуитивно она тем не менее поняла, что члену такого размера, как у её ночного истязателя, позавидовал бы, наверное, любой мужчина.

— Тебе не спалось, дорогая? — невозмутимо и даже ласково поинтересовался между тем Игорь.

— Почему я вся в синяках? — задала Наталья встречный вопрос и продемонстрировала оголённое плечо.

— Последствия переизбытка страсти, только и всего, — спокойно ответил Горский. — Я слишком долго хотел тебя, вот и не сдержался, когда дорвался. Извини…

— Допустим, укусы — от страсти. А синяки?! — не унималась Наталья.

— Не рассчитал силу, наверное, — пожал плечами Игорь. — И вообще мне непонятны твои придирки… Разве нам было плохо ночью? Ты так кричала от вожделения и страсти, что у меня уши закладывало!

— Ты бил меня?

— Не говори глупостей. Этой ночью мы просто наслаждались друг другом.

Он сделал шаг вперёд с явным намерением привлечь Наталью к себе.

— Нет! Не трогай меня! — взвизгнула она, похолодев от страха. — Ты опоил меня каким-то зельем и потом издевался надо мной всю ночь!

Зрачки Игоря сузились.

— Запомни, детка, — в его голосе зазвучали металлические нотки, — за ужином ты выпила слишком много вина и с непривычки перевозбудилась. И я тебе это сейчас докажу! Идём!

Приблизившись к Наталье, он схватил её за руку, привел обратно в спальню и, жестом указав на кровать, приказал:

— Садись! Будем смотреть кино…

Через несколько секунд Наталья увидела себя и Горского на экране висевшей напротив кровати плазмы. Вот они входят в дом… Вот мирно ужинают… Вот она пьет вино из бокала… И вдруг — сама бросается на Горского с воплем: «Возьми меня!»!

Наталья закрыла глаза руками, зажмурилась от стыда. «Может, я сошла с ума?» — билась в голове недоуменная мысль.

— Как, разве ты не хочешь посмотреть продолжение? — насмешливо спросил Горский.

— Что?! Ты снимал и всё то, что… что произошло между нами после ужина? — возмущенно воскликнула Наталья.

— Разумеется. Ты же называла себя девственницей, и мне просто необходимо было подстраховаться. На случай, если бы ты захотела обвинить меня потом в изнасиловании. Судя же по этой видеозаписи, я сам стал жертвой твоих сексуальных притязаний, — цинично усмехнулся Горский. — Хотя насчет девственности ты не обманула — готов подтвердить лично…

Глаза Натальи полыхнули гневом.

— Мне доводилось и раньше пробовать спиртное, причем не слабое дамское вино, а настоящий домашний самогон! Но ни разу после этого я ни на кого почему-то не набрасывалась!

— Значит, будем считать меня твоей первой сексуальной жертвой. И давай уже прекратим этот бессмысленный разговор! Ты пришла в мой дом по доброй воле, никто тебя сюда силой не тащил. И тому есть свидетели — охранники, которые встретили нас вчера у ворот. Впрочем, ты и сама только что всё видела на экране... Так что давай лучше ещё немного поспим — у меня впереди тяжелый рабочий день.

Наталья всхлипнула.

— Я хочу домой... Вызови мне такси, пожалуйста...

— Ты же видела себя в зеркале! Да в таком виде ты попросту не доедешь до дома — водитель завезет тебя в укромное местечко и трахнет прямо в машине!

Наталья разревелась в голос.

— Прекрати истерику! — прикрикнул на нее Игорь. — Здесь тебе не богадельня! Мы получили друг от друга то, что хотели оба. А если и дальше будешь умницей — перестанешь скакать полуголой на сцене!

«А может, и правда не всё так плохо, как мне кажется?» — подумала Наталья, понемногу успокаиваясь. Она даже позволила Игорю снова уложить её на кровать, перестала плакать и послушно закрыла глаза — спать, так спать. Горский прилег рядом, погладил по плечу.

— Всё образуется, — заверил он. — Синяки скоро исчезнут. Поживешь пока у меня, а с руководством твоего клуба я договорюсь...

Глава 7

Когда Наталья проснулась вторично, Игоря рядом уже не было. «Уехал на работу и не стал меня будить», — поняла она. Потом пошевелила руками и ногами: боль в мышцах не прошла окончательно, но заметно уменьшилась. Порадовавшись столь приятному обстоятельству, Наталья довольно резво поднялась с кровати. Взяла с прикроватного пуфика предусмотрительно оставленный ей Игорем белый махровый халатик, накинула его на себя. Прошлась по просторной спальне, восхищаясь качеством отделки и добротностью мебели. Остановилась перед высоким, до потолка, трюмо в стилизованной под старину раме, всмотрелась в своё отражение. Вздохнула: волосы растрепаны, губы припухшие…

Дверь неожиданно распахнулась и в спальню без стука вошла незнакомая женщина. Поскольку она катила перед собой небольшой сервировочный столик, Наталья догадалась: прислуга.

— Ваш завтрак, — сухо сказала женщина.

Наталья мгновенно ощутила острый приступ голода. Ей захотелось наброситься на еду немедленно, но она сдержалась — вежливо поблагодарила горничную.

Та, молча, подкатила столик к кровати и, развернувшись, направилась к выходу. Однако у двери остановилась и бросила через плечо:

— Игорь Николаевич просил передать, что будет ближе к вечеру.

Откровенное недружелюбие женщины покоробило Наталью. «Всё понятно, тоже приняла меня за шлюху. Ну уж нет, с меня довольно! Сейчас позавтракаю и — домой! Сыта по горло таким гостеприимством…»

Как ни странно, аппетита хватило только на чашку кофе с молоком и два тоста с сыром. Более того, вдруг снова потянуло в сон. Бросив равнодушный взгляд на оставшееся нетронутым фруктовое желе, Наталья откатила столик от кровати и снова забралась под атласное одеяло…

— Подъем! — раздался над ухом металлический женский голос.

Наталья открыла глаза: над ней нависла рослая фигура горничной.

— Вы спали целый день, — продолжала недовольно выговаривать ей женщина. — Через час вернется Игорь Николаевич, а вы ещё даже не умыты. Советую немедленно привести себя в порядок.

Наталью словно подкинуло с подушек.

— С какой стати вы командуете мною? — вознегодовала она.

— Я передаю вам волю хозяина, — с олимпийским спокойствием ответила горничная. — Здесь принято подчиняться каждому его слову.

— Волю?! Подчиняться?! Я вам что — вещь? Или собачка цепная?! — Наталья распалялась всё больше. – Ну уж нет, ноги моей здесь никогда больше не будет! — Не стесняясь наготы и синяков, она выскочила из-под одеяла и начала нервно натягивать на себя нижнее белье и чулки. Когда облачилась наконец в свое любимое вечернее платье, потребовала: — Принесите мои туфли, шубку и сумочку! И вызовите мне такси!

— В этом доме я выполняю только распоряжения хозяина! — отрезала горничная. — Свои веши найдете в гостиной, где сами их вчера и оставили. Следуйте за мной!

Наталье пришлось повиноваться: в конце концов, она здесь действительно не хозяйка, а всего лишь гостья.

В гостиной Наталья торопливо всунула ноги в туфли, накинула на плечи полушубок, подхватила с кресла сумочку и, вложив в голос как можно больше сарказма, попрощалась с неприветливой прислугой:

— Премного благодарна за гостеприимство!

Лицо женщины осталось непроницаемым.

***

К удивлению Натальи, дом Горского она покинула беспрепятственно: дежурившие у ворот охранники не задали ей ни одного вопроса.

Выйдя к шоссе, Наталья огляделась. Место незнакомое, вечер поздний, а она — одна. «Ничего, — успокоила она себя, — деньги в кошельке, к счастью, есть. Значит, смогу поймать попутку и добраться до дома. Быстрей бы увидеть Леську и рассказать ей, каким козлом оказался этот Горский!...»

Рядом притормозила легковая машина. Стекло опустилось, и молодой голос поинтересовался:

— Подбросить?

— Да, если можно...

— Куда едем?

— Строительный переулок, дом шестнадцать.

— Пятьсот рублей.

— Без проблем.

— Тогда садитесь...

Наталья открыла дверцу, села рядом с водителем и облегченно откинулась на спинку пассажирского кресла. Но стоило автомобилю тронуться, как она вдруг ощутила на своей шее... веревку!

— Сиди смирно, иначе придушу, — пригрозил мужской голос сзади.

Повинуясь инстинкту самосохранения, Наталья обеими руками вцепилась в веревку и попыталась сорвать её с шеи, но та затянулась ещё крепче.

— Жить надоело?! — рявкнул всё тот же голос сзади.

Наталья испуганно отняла руки от горла и сдавленно прохрипела:

— Деньги в сумочке... в кошельке... Немного, правда...

— Нам твои деньги без надобности, — загоготал водитель. — А вот с тобой порезвиться — это совсем другое дело! Ты как к нетрадиционному сексу относишься, а?

— Я не понимаю, о чем вы… Я не шлюха… я порядочная девушка…

На сей раз загоготали оба.

— Порядочные девушки по ночам дома сидят, а не вдоль шоссе шляются! — снова подал голос похититель, сидящий сзади, но веревку чуть ослабил. — А то ишь вон как вырядилась! За километр видно, что вышла приключений на свой передок поискать! Потерпи, скоро мы его почешем! — И завязал ей глаза какой-то тряпкой, воняющей бензином.

Наталья сидела недвижно, оцепенев от страха и обиды, и думала только об одном: «Боже, ну зачем я ушла из дома Горского, да ещё на ночь глядя? Что теперь сделают со мной эти уроды? И куда они меня везут?» Поскольку ехали довольно долго, она укрепилась в мысли, что её уже вывезли за пределы Москвы.

Наконец машина остановилась.

— Всё, выгружай девку, — приказал водитель сообщнику. — А ты, — он стянул с Натальи повязку, — можешь теперь орать хоть во всю глотку — всё равно здесь никто не услышит. На две версты вокруг — ни одной живой души…

Грубые мужские руки рывком выволокли пленницу из машины.

— Отпусти меня, кретин! — взвыла от боли Наталья и лягнула обидчика каблучком туфли.

— Смолкни, сучка! — рявкнул тот и в отместку заломил ей руки за спину.

— У меня очень богатый покровитель! Он вас из-под земли достанет и как клопов раздавит!

— Заткнись, дешевка! — присоединился водитель. — У тебя на роже написано, что ты в день по десятку раз-

70

ных «покровителей» через себя пропускаешь! Недаром вон губищи-то в пол-лица распухли! Натренированные! — Он гнусно заржал.

Вдвоем они затащили Наталью в покосившийся от старости деревянный нежилой дом, явно предназначенный как раз для подобных делишек, втолкнули в тесную тёмную каморку, захлопнули дверь и скрежетнули снаружи железным засовом.

— Посиди пока тут! — крикнул один из них через дверь.

— Подумай о своем поведении! — добавил второй, и оба расхохотались над двусмысленностью примитивной шутки.

За дверью сообщники многозначительно переглянулись и, не сговариваясь, вышли во двор. Там водитель достал из кармана мобильный телефон и нажал кнопку вызова. Когда услышал голос абонента, доложил:

— Шеф, мы всё сделали. Да, на месте... Да, попугали не хило, дрожит вся от страха, бедняжка... Ещё попугать? Да не вопрос, сделаем! Всё понял, шеф... Ждем... — Нажав кнопку отбоя, повернулся к напарнику: — Тащи из багажника веревку — будем девку к шибари готовить.

Тот округлил глаза.

— К чему?!

— Секс такой есть, японцы придумали. Нужно опутать девку веревкой как паутиной и подвесить в таком виде к потолку. Здесь, кстати, в одной из комнатушек специально для этой цели уже и крюк вбит...

— Ух ты! — восхищенно клацнул языком напарник. — Первый раз о таком крутом сексе слышу!

— В общем, наша с тобой задача — именно так жертву к приезду хозяина подготовить, — наставительно продолжил водитель. — А там уж он сам решит, в какие дырки её пилить...

— А нам-то перепадет? — вожделенно облизнулся сообщник.

— Закатай губу обратно! Шеф строго-настрого запретил её трогать! Вот получим от него бабки за работу — тогда хоть веревку, хоть канат себе покупай. И лучше подлиннее — чтобы сразу на нескольких телок хватило, — заржал водитель. — А если один с ними не справишься — зови меня, я завсегда помогу!

— Между прочим, классная идея, старик! — воодушевился сообщник, пропустив последние слова приятеля мимо ушей. — А на этой шалаве просто потренируемся узлы покрепче вязать! Всё, я — за веревкой! — С этими словами, довольно посвистывая на ходу, он отправился к забору, где была припаркована их машина.

...Дверь со скрипом отворилась, и водитель скомандовал:

— Выходи, сучка!

Наталья, забившись от страха в самый дальний угол каморки, начала громко рыдать, умолять отпустить её, сулить деньги, пугать местью покровителя...

— Выходи, кому сказал! Пока прямо здесь не прирезал! — Не вняв причитаниям пленницы, он подошел к ней и со всего размаха ударил в солнечное сплетение.

Наталья отключилась.

...Когда же очнулась, то, к своему ужасу, не смогла шевельнуть ни ногой, ни рукой. Да и слова вымолвить не могла — в рот был вставлен тряпичный кляп. Наталья поводила глазами влево-вправо и вверх-вниз, напрягла, насколько возможно, мышцы и... пришла в ещё больший ужас: оказывается, она, полностью обнаженная, скрюченная в позе эмбриона и туго перемотанная веревками, висела в воздухе! Поняв, что её подвесили к потолку и, возможно, будут пытать, Наталья мысленно простилась с жизнью и начала проговаривать в уме все известные ей молитвы.

Вскоре раздался звук приближающихся шагов, и она вздрогнула: «Кто это? Чего мне ждать — спасения, мучений или сразу… смерти?»

Тем временем в полутёмный закуток, где Наталья висела, шагнула фигура в черном балахоне до пят. Судя по высокому росту и широким плечам, фигура принадлежала мужчине. Лицо незнакомца было скрыто тенью низко надвинутого на лоб капюшона, и лишь на мгновение из-под него сверкнули два демонических огонька.

Пытаясь привлечь внимание странного визитера к своему бедственному положению, Наталья негромко застонала, но он и без того проследовал прямиком к ней. Правда, не принялся освобождать её от ненавистных пут, как она надеялась, а почему-то пристроился сзади. Наталья тотчас почувствовала себя беспомощной мухой, угодившей сперва в паутину, а теперь и в лапы самого паука…

Когда эти «лапы» бесцеремонно раздвинули ей ягодицы, Наталью передернуло от отвращения. Потом в копчик уперлось что-то упругое… «Член!» — молнией пронеслось у нее в голове, а уже в следующее мгновение что-то пронзило её задний проход словно стрелой. Боль оказалась настолько нестерпимой, что Наталья снова лишилась чувств.

…Сколько времени провела в беспамятстве, Наталья не знала, но когда в очередной раз вынырнула из небытия, обнаружила, что по-прежнему висит в веревочной сетке. Мышцы затекли, страшно хотелось пить, в промежностях саднило ещё сильнее, чем после ночи с Горским. Кляпа во рту уже не было, но сил кричать и звать на помощь тоже не осталось. Смирившись с ролью жертвы, Наталья приготовилась терпеливо ждать окончания выпавших на её долю мучений. А заодно и смерти, кажущейся ей теперь не страшной, а благословенной...

Вдруг дверь резко распахнулась, и в место заточения Натальи ворвался вооруженный полицейский.

— Нашел! Девчонка в левой угловой комнате! — сообщил он кому-то по рации, одновременно убирая пистолет в кобуру. — Сюда!

Почти тотчас прибежал второй. Доложил, запыхавшись:

— Дом пуст. Ублюдки успели сбежать!

— Вызывай скорую! — скомандовал первый. — Похоже, садисты всласть над ней поизмывались...

***

Первым, кого Наталья увидела, придя в себя, был... Горский.

— Слава богу, очнулась! — облегченно воскликнул он. — Ты даже не представляешь, детка, как я весь извелся! Ты ведь почти двое суток находилась в полуобморочном состоянии, постоянно бредила...

— Где я? — спросила Наталья одними губами.

— В больнице. Не волнуйся, теперь всё в порядке, теперь ты в безопасности...

— Почему я... здесь?

— Долгая история... Но постараюсь изложить вкратце... В общем, когда я вернулся с работы и охранники сообщили мне о твоем уходе из дома, я сразу помчался в «Дикую кошку». Узнав же, что ты не появлялась и там, тотчас обратился за помощью к одному своему знакомому из высокопоставленных чиновников, и он поднял на уши всю полицию Рублевки, представляешь?! Ну а дальше —

всё закрутилось-завертелось с космической скоростью... Ментам каким-то непостижимым образом удалось разыскать свидетеля, который видел тебя на обочине шоссе. И этот случайный свидетель умудрился даже запомнить марку и номера машины, в которую ты села... Кстати, как тебе вообще взбрело в голову воспользоваться услугами частника?! Разве ты не слышала, что это опасно? Да я и сам, кажется, тебя предупреждал...

Глаза Натальи увлажнились.

— Игорь, прости меня, пожалуйста... — попросила она сквозь слёзы. — Прости, что заставила тебя волноваться...

Горский наклонился, поцеловал её волосы, мягко произнёс:

— Прощу. Но с одним условием...

— Каким? — слабо поинтересовалась Наталья.

— Пообещай мне, что переберёшься жить ко мне, что забудешь о работе в клубе и всех своих прежних знакомых, что отныне во всём будешь слушаться только меня...

Лицо Натальи озарилось счастливой улыбкой. Она не верила своим ушам: мало того, что Игорь переживал за нее, искал её, ради нее поднял на ноги друзей и полицию, так он ещё и предлагает ей поселиться в его доме?! Значит, она действительно нужна ему!

— Обещаю...

Глава 8

С переездом на Рублевку и негласным получением статуса любовницы Горского Наталье, конечно же, пришлось поступиться остатками гордости, ведь отныне нужно было всецело покоряться всем желаниям любовника. Впрочем, первое время это её особо не тяготило — напротив, она буквально наслаждалась его заботой, щедростью и вниманием.

Новый год банковская фирма Горского отмечала в одном из ресторанов на Рублевке: праздничные корпоративы, своеобразная дань современной моде и служебным отношениям, уже успели стать в столичных заведениях традицией.

В этом году Горский привел с собой на новогоднее мероприятие Наталью и на протяжении всего вечера ловил восхищенные взгляды своих сотрудников в её сторону. Это заводило Игоря: его юная спутница действительно была обворожительно красива и ослепительно нарядна. В итоге он «завелся» настолько, что не утерпел и увлек Наталью в мужской туалет ресторана, где уединился с ней в одной из кабинок.

— Игорь, ты с ума сошел?! — попробовала вырваться из пылких объятий любовника Наталья. — Потерпи до дома, до кровати! Зачем же в туалете?

— Для разнообразия! — жарко шепнул он ей в ухо. — К тому же член мне сейчас штаны порвет! Ты ведь не хочешь, чтобы он прилюдно выпрыгнул наружу? Нет? Вот и умничка… Так что не спорь: я хочу здесь и сейчас!

Горский резко развернул Наталью от себя, и она чуть не ткнулась носом в кафельную стену туалетной кабинки. Он же тем временем начал правой рукой исступленно мять её грудь, а левой — торопливо расстегивать свои брюки. Потом рывком задрал ей подол платья, оттянул ниточку стрингов и стремительно, без привычных предварительных ласк ввел член в анус. И хотя Наталья уже привыкла к анальному сексу, предпочитаемому Горским, невольно она всё же вскрикнула от боли.

— Терпи! — приказал Игорь.

Наталья покорилась и, превозмогая боль, начала

даже томно постанывать, зная, что Горского это заводит. Когда же рука распаленного страстью любовника скользнула ей под стринги и сильные властные пальцы стали мягко, но энергично теребить клитор, волна возбуждения накрыла и её: Наталья уже успела полюбить подобные «игры».

Горский, почувствовав возбуждение партнерши, ускорил темп, и Наталья, уже обученная многим сексуальным хитростям, принялась старательно изображать всё то, что нравилось любовнику: стонать, ритмически двигать попой, называть Игоря самым лучшим мужчиной в мире…

Наконец Горский достиг апогея.

— Выйдешь в зал минут через пять после меня, — сказал он, отстранившись от любовницы, чтобы поднять упавшие на пол штаны.

В этот момент кто-то вошел в туалет, но Горский, первым приведя себя в порядок, невозмутимо удалился, оставив Наталью в кабинке одну. Закрыв дверь на защелку, она присела на унитаз и впервые задумалась о своей по сути бесправной участи…

Когда же, взяв себя в руки и немного успокоившись, вернулась в зал, то первым делом, конечно же, поискала глазами Игоря. Увы, безрезультатно: поблизости его не оказалось. Зато в поле зрения Натальи попал аниматор, который как раз организовывал для участников вечеринки очередную игру-забаву. Поразмыслив, Наталья решила примкнуть к группе гостей, отозвавшихся на призыв аниматора. Откуда ж ей было знать, что Горский намеренно укрылся за одной из колонн, чтобы понаблюдать за её поведением в его отсутствие?

Работа на сцене «Дикой кошки» не прошла даром — несколько мужчин тотчас окружили Наталью и принялись наперебой осыпать комплиментами. Ей, успевшей устать от роли затворницы, их внимание чрезвычайно польстило — она повеселела, разрумянилась и с удовольствием стала обмениваться с ними оживленными репликами.

Меж тем сам Горский воспринял повышенный интерес коллег к своей пассии крайне неодобрительно, практически как покушение на его личную собственность. Возможно, в нём взыграла банальная ревность, но в этом он не признался бы даже себе самому. Так или иначе, однако, покинув своё временное «убежище», Горский неожиданно предстал перед любовницей и недовольно выхватил её из плотной мужской компании за руку, сильно сжав тонкое девичье запястье.

— Игорь, мне больно! — вскрикнула Наталья.

— Не успел я оставить тебя одну, — прошипел он в ответ, — как ты уже полезла вешаться на других мужиков!

— Не говори глупостей, они сами подошли ко мне! К тому же мы просто общались, причем на совершенно безобидные темы!

— Я всё видел! — угрожающе сверкнул он глазами.

— Игорь, но ты сам куда-то исчез, — тотчас начала оправдываться Наталья, — вот я и почувствовала себя здесь чужой… Брошенной тобою и забытой… Ведь ты впервые взял меня с собой, а обычно я целыми днями сижу дома одна и жду твоего возвращения… Ты мне даже в магазин выйти не позволяешь! Единственная отрада в жизни осталась — лишь поболтать с Леськой по телефону…

Горский побагровел.

— Ты до сих пор общаешься с этой шлюхой из

«Кошки»?! Я же запретил тебе!

— Но мы дружим с Олесей с самого детства! И у меня в Москве нет никого кроме нее… и тебя…

— Я не желаю слышать твои жалкие оправдания! Ты испортила мне весь праздник! Немедленно едем домой!

…Дома Наталью ждало «наказание»: Игорь заставил её выпить бокал вина, в котором снова предварительно растворил возбуждающее средство, и закрыл на замок в одной из комнат второго этажа.

Когда средство подействовало, Наталья заметалась по комнате, точно разъяренная тигрица во время течки. Не в силах справиться с обуявшим всё её естество возбуждением, она решила выбраться из своей «клетки» по сорванной с окна и спущенной с балкона шторе. Однако, преодолев почти половину пути, едва не сорвалась вниз и закричала, призывая на помощь.

Примчавшийся на истеричные вопли Натальи охранник помог ей спуститься на землю, однако вместо благодарности она начала стягивать с него брюки и требовать:

— Возьми меня прямо здесь, на снегу! Прямо сейчас! Иначе умру…

Пришел черед охранника вызывать подмогу, и лишь вдвоем с подбежавшим напарником — с трудом утихомирить беснующуюся любовницу хозяина.

Сам же Горский, сидя в своем кабинете, всё это время наблюдал за мучениями Натальи с помощью установленной в доме системы видеонаблюдения и лишь криво усмехался. Когда же охранники привели впавшую в сексуальное исступление любовницу к нему, он, жестом отпустив их, приблизился к ней, взял двумя пальцами за подбородок и, сверля недобрым взглядом, грозно произнес:

— Запомни, дрянь! Я выкупил тебя из твоего распутного клуба, и теперь ты — моя собственность! Так что любое, даже малейшее твое неповиновение мне будет отныне жестоко наказываться! Уяснила?

— Да, Игорь, да! Накажи меня, прямо сейчас накажи! — из глаз вконец обезумевшей Натальи в три ручья потекли слезы. — Я хочу тебя! Прекрати скорей эту невыносимую пытку!

Горский медленно расстегнул молнию на джинсах.

— Целуй! И привыкай считать мой член своей главной наградой в этой жизни!

«Тигрица» набросилась на «награду» как на долгожданную добычу.

***

Два дня после той «пыточной» ночи Наталья приходила в себя, почти не вставая с постели: каждая косточка нещадно ныла, голова раскалывалась на части. Горского в эти дни она не видела: дав своей содержанке понять, кто в доме хозяин, он, по-видимому, решил дать ей и время для более полного осмысления своего истинного положения в его доме. В частности, полной неуместности даже мало-мальских капризов.

Тем не менее, для ухода за Натальей он приставил к ней горничную, и теперь та, с вечно холодным и непроницаемым выражением лица, кормила её, поила, приносила лекарства и даже провожала до ванной. Откровенно побаиваясь эту женщину, Наталья всё же сделала однажды попытку поговорить с ней по душам, но та отрезала предельно кратко и лаконично:

— Я служу в доме Горского уже пять лет и не намерена из-за лишней болтливости терять свое место. А раньше, знай, я десять лет проработала надзирательницей в женской тюрьме!

После такого признания все вопросы у Натальи отпали сами собой.

Горский заявился в комнату, где «тигрица»-Наталья «зализывала раны», лишь к вечеру третьего дня. Потряс в воздухе билетами и как ни в чем ни бывало объявил:

— Собирайся! Едем отдыхать в Австрию. Я каждую зиму езжу туда кататься на горных лыжах и не желаю изменять своим привычкам.

Наталья безропотно принялась упаковывать чемоданы.

…Благополучно прибыв в живописное местечко Бад-Гаштайн, Горский и Наталья расположились в гостиничном номере с роскошным видом на покрытые снегом горные вершины.

Заказав завтрак в номер, и расправившись с ним первым, Игорь тотчас выразил желание как можно скорее встать на горные лыжи. Наталья смутилась: она и на простых-то лыжах держалась с трудом, а уж с горными ей и подавно не справиться.

Поняв по её глазам всё без объяснений, Горский равнодушно произнес:

— Да я, собственно, и не рассчитывал на твою компанию. Так что, пока я буду кататься, разрешаю погулять, подышать свежим воздухом, полюбоваться местными красотами… Но, — подчеркнул он, — в одиночестве! Встретимся за ужином в ресторанчике, что на первом этаже…

Облачившись в лыжную экипировку, Горский удалился в местный прокат за лыжами, а Наталья снова осталась одна. «Привез меня сюда словно ненужную вещь и сразу выбросил за ненадобностью», — подумала она с обидой. Но от слез удержалась: решив последовать совету любовника, отправилась на прогулку.

Красивейшие пейзажи Бад-Гаштайна подействовали на Наталью благотворно: ей даже удалось восстановить отчасти былое душевное равновесие. Пару раз с ней пытались завязать знакомство туристы (один русский, другой — иностранец), однако обоим она вежливо, но довольно холодно отказала. Слишком ещё свежи были воспоминания о «наказании» Горским…

Вдоволь нагулявшись, Наталья вернулась в номер, переоделась и приняла душ. Вечером поспешила в ресторанчик, но Игорь там так и не появился. Наталье пришлось ужинать в одиночестве, с завистью наблюдая за разместившимися за соседними столиками парами, оживленно обменивающимися впечатлениями о прожитом дне. К ней, правда, пытался подсесть какой-то мужчина лет сорока, но, памятуя о жестокости Игоря, она и ему вынуждена была отказать в общении.

Расстроенная неприкрытым пренебрежением Горского, Наталья поднялась в номер, разделась и легла в постель. Примерно через час пришел Горский. Обойдясь, разумеется, без каких-либо объяснений и тем более извинений, он сбросил с себя одежду и проследовал прямиком в ванную.

— Ты не пришел на ужин, — робко попеняла ему Наталья, когда он, уже облаченный в махровый халат, вернулся.

— Я отужинал в другом месте, — отрезал Игорь. — И вообще я устал, хочу спать.

Неожиданно Наталью пронзила догадка, что он весь день провел… с другой женщиной! Иначе с чего бы такая холодность в постели? Но высказать свои подозрения вслух она, конечно же, не решилась.

Все последующие дни отдыха в Бад-Гаштайне показались Наталье похожими один на другой как две капли воды. Горский с утра до вечера где-то пропадал, и она развлекала себя как могла. Правда, порой они встречались за завтраком, обедом или ужином, а иногда делили и ложе, но в ласках Горский был теперь как никогда сдержан. Это заставило Наталью укрепиться в мысли, что причиной всему — другая женщина. Причем, скорее всего, какая-то его давняя пассия, с которой он встречается в Бад-Гаштайне ежегодно. В то, что Горский познакомился с ней здесь в первый же день отдыха, и она до такой степени вскружила ему голову, не верилось…

Когда к подозрениям добавились ещё и муки ревности, Наталья не выдержала — решила проследить за Игорем, чтобы убедиться либо в его связи на стороне, либо — в беспочвенности своих умозаключений. Особого труда изображать из себя сыщицу ей не составило, ибо Горский, как оказалось, и не думал таиться — неподалеку от отеля он открыто, на виду у всех, обнимал и целовал какую-то женщину лет тридцати в плотно облегающем её складную фигуру ярко-желтом лыжном костюме.

Наталья почувствовала себя крайне уязвленной. Незаметно примкнув к группе раскрасневшихся на морозе лыжников, она прошла почти вплотную к мило воркующим любовникам и уловила обрывок их диалога. Говорили о ней.

… — Что, если твоя юная принцесса увидит нас и расстроится? — кокетливо поинтересовалась женщина.

— Она не принцесса, она — моя содержанка. И мне глубоко плевать на её чувства, — успокоил Горский подругу…

Наталье захотелось провалиться сквозь землю. «Зачем он привез меня сюда? — снова принялась она терзать себя бесконечными вопросами. — Оставил бы в Москве и спокойно развлекался тут с этой женщиной… Почему ему так нравится унижать меня? Неужели причинение мне физической боли он посчитал недостаточным наказанием? И почему этой женщине он позволяет держаться с ним на равных, а мне — нет? Неужели всё дело только в моем провинциальном происхождении и танцевальном прошлом? И как долго мне ещё предстоит терпеть такое его к себе отношение?»

Красоты Бад-Гаштайна уже не радовали, отдых был безнадежно испорчен. Беспокойные мысли пульсировали в голове Натальи вплоть до возвращения в Москву. Впрочем, успокоение не приходило и там…

***

Как обычно, Олеся вышла из клуба в половине третьего утра. Возле «Дикой кошки» всегда дежурили водители-частники, готовые отвезти танцовщиц в любой конец Москвы, но сегодня к ней подрулила машина, чёртиком выскочившая из соседнего переулка. Однако намотавшуюся у шеста Олесю это не насторожило: очень уж хотелось поскорее добраться до дома и лечь спать.

— Куда? — коротко поинтересовался водила.

— Строительный переулок… — начала Олеся.

— Знаю, по пути. Садись, подкину.

— Эй! — возмутились бомбилы. — Ты куда без очереди прешь?!

Но самозванец оставил их вопли без внимания и, как только пассажирка плюхнулась на переднее сиденье рядом с ним, вдарил по газам.

Бедная Олеся и опомниться не успела, а в её шею уже впилась веревочная удавка.

— Привет, красотка, потанцуем? — раздался насмешливый мужской голос сзади.

А в руках водителя блеснул нож.

— Будешь трепыхаться — прирежу… — пообещал он.

…Спустя какое-то время Олеся, с ног до головы обмотанная веревкой, словно русалка рыбацкой сетью, уже висела в воздухе, а к ней приближался некто в длинном балахоне и низко спущенном на глаза капюшоне.

Этот некто молча подошел к девушке и бесцеремонно ощупал её тело прямо через веревки. Затем зашел сзади, и Олеся ощутила прикосновение к ягодицам уже не сухих жестких пальцев, а чего-то твердого и гладкого. В следующее мгновение её как будто с маху насадили на вертикально торчащий кол, и она содрогнулась от дикой боли…

Как долго мужчина в балахоне насиловал её, Олеся не знала — она потеряла счет времени. Сквозь пелену помутившегося сознания почувствовала только, что её, наконец, сняли с крюка и положили на пол. От веревок тоже освободили, но руки оставили связанными. Однако «покой» продлился недолго: спустя полчаса после ухода «балахона» ноги Олеси грубо раздвинул очередной насильник — один из её дорожных похитителей. Взгромоздившись на беспомощную жертву, он сладострастно засопел и усердно заерзал членом в её уже практически потерявшем чувствительность влагалище…

— Ты что, сдурел?! — раздался вдруг резкий окрик, и Олеся узнала голос водителя. — Тебе кто позволил девку трахать?!

— Да я всего разочек, — неохотно оторвался от девушки его пособник. — Убудет от нее, что ли? Чай, не мыло — не измылится… Всё равно ведь она хозяину больше не нужна, раз он приказал не только не кормить её, а даже и воды ей не давать. Вон, глянь, она и без того уже на ладан дышит, не сегодня-завтра сдохнет... Так чего ж добру пропадать? Советую и тебе её попробовать — девка молодая, самый смак. Небось, нечасто нам такие грудастенькие да длинноногие достаются...

— И то верно, — кивнул водитель. — Сегодня хозяин уже точно не приедет, а до следующего его визита она наверняка успеет концы отдать...

Похитители радели над Олесей долго — по очереди. Она несколько раз теряла сознание, но её приводили в чувство хлесткими оплеухами. Когда же на очередную порцию пощёчин не последовало никакой реакции, насильники озадаченно переглянулись.

— Кажись, мы её до смерти затрахали, — почесал затылок водитель, — синеть уж вон начала... Ладно, сегодня я уже притомился что-то, а завтра с утречка отволочем её во двор и в сугробе пока закопаем. Чтоб перед шефом потом отчитаться...

— Иди отдыхай, раз притомился, — хмыкнул подельник, — а я её ещё разок трахну... Напоследок, так сказать, пока тепленькая! — И он снова взгромоздился на недвижное тело девушки.

***

...— Леся, детка, очнись! — настойчиво звучал в ушах знакомый голос. — Вставай, тебе надо уходить...

Олеся чуть приподняла ресницы и увидела лицо склонившейся над ней Ирины Николаевны, Наташиной мамы.

— Ирина Николаевна, вы живы?! — удивленно прошептала она одними губами. — Или это я... умерла?

— Умрешь, если не сбежишь отсюда... Вставай, девочка, вставай...

Олеся очнулась. Поводила вокруг глазами. Поняла, что лежит на полу убогой деревенской комнатушки, а в низенькое оконце светит луна, имеющая почему-то черты доброго лица Ирины Николаевны.

Постепенно начала возвращаться память...

В доме царила тишина, мучителей поблизости не было. «Спят, наверное, — догадалась девушка, — ведь если на небе луна, значит, ночь...»

Связанные за спиной руки затекли и практически потеряли чувствительность, но Олеся, превозмогая боль во всём теле, прижала колени к груди и резко, чтобы не закричать, выпростала обмотанные верёвкой запястья из-под себя. Танцевальные навыки и природная гибкость сослужили добрую службу: повторять трюк не пришлось.

Распрямив колени и, чуть отдышавшись, Олеся принялась теребить верёвочный узел зубами. Когда ей удалось, наконец, избавиться от пут, она энергично, насколько это было возможно в её обессиленном состоянии, потёрла ладонью о ладонь и помассировала пальцы, чтобы вернуть рукам былую чувствительность. Потом поднялась на четвереньки и поползла к окну. Ухватившись за подоконник, встала на ноги, осмотрела через давно не мытое стекло двор — никого. Пусто и тихо. Оконные задвижки поддались легко, и вот уже обнажённое тело девушки обожгло январским холодом.

Олеся зябко поёжилась, оглянулась, дотянулась до стоявшего неподалёку стола, стянула с него скатерть и обвязалась ею как индийским сари. А спустя ещё пару минут она уже бежала от страшного притона прочь...

Глава 9

Олеся бежала, не разбирая дороги, куда глаза глядят, мысленно твердя лишь об одном: «Не хочу умирать! Хочу жить! Жить! Жить! Жить...» Остатки сил готовы были покинуть её в любой момент, но жажда жизни и страх снова оказаться в лапах мучителей гнали и гнали вперед, заставив забыть о боли и холоде. Лишь когда просветы между деревьями увеличились и в них замелькали редкие огоньки автомобильных фар, Олеся позволила себе ненадолго остановиться — чтобы проглотить пару горстей снега. Утолив давно мучившую её жажду и словно, получив таким образом подпитку иссякавшим ресурсам измученного организма, она даже смогла потом ускорить бег. Достигнув же автомобильной трассы, сразу выскочила на проезжую часть и застыла изваянием прямо посреди шоссе.

…Журналист подмосковной газеты Андрей Баринов ехал на своем раздолбанном «жигуленке» домой. Настроение было поганым: шеф в очередной раз зарубил его материал, а вдобавок ещё и объявил ультиматум: «Не найдешь сенсацию, Баринов, – уволю!»

Езда по ночным подмосковным дорогам, да ещё и покрытым ледяной коркой, требовала определенной сноровки, поэтому Андрей вел машину осторожно, на средней скорости. Он уже докуривал очередную сигарету, как вдруг автомобильные фары выхватили из темноты странную фигуру посреди дороги. Андрей посигналил, но фигура продолжала стоять столбом, причем, как назло, прямо на пути его следования.

Помянув недобрым словом всех чертей вкупе с их бабушкой, Баринов затормозил. На всякий случай взял с соседнего сиденья бейсбольную биту (вынужденное, но необходимое для здешних глухих мест средство обороны), открыл дверцу машины, высунулся по пояс и крикнул:

— Эй ты, придурок! Тебе что, жить надоело?

Фигура ничего не ответила, однако ожила: слегка покачиваясь, начала медленно приближаться. Баринов насторожился, но когда разглядел в свете фар женщину, обмотанную одной лишь легкой тряпкой, мысленно присвистнул: «Мать честная! Никак, наркоманка?! Этого мне только не хватало!»

Он вышел из машины и, угрожающе помахивая битой, двинулся навстречу, твердо решив освободить проезжую часть от столь досадного препятствия.

— Помогите мне… помогите… — взмолилась вдруг «наркоманка».

— Нашла место, где на дозу клянчить! — вспылил Баринов. — А ну, пошла вон с дороги!

— Нет, мне не надо денег… Отвезите меня в полицию, пожалуйста…

Чутье, наработанное за десять лет службы в отделе криминальной хроники, мгновенно подсказало Баринову, что перед ним не наркоманка, а жертва разбойничьего нападения, причем, совсем молоденькая.

— Господи! — воскликнул он уже сочувственно. — Милая, да как же тебя угораздило-то оказаться здесь в таком виде и в столь позднее время?

— Меня похитили… — еле слышно прошептала в ответ незнакомка и, лишившись, видимо, последних сил, начала вдруг медленно оседать.

Отбросив биту, Андрей подхватил её на руки и отнес в машину. Уложил на заднее сиденье, заботливо накрыл своей курткой, а сам сел за руль и включил «печку» на полную мощность. Потом тронулся с места, мысленно усмехнувшись: «Надо же, сенсация сама в руки приплыла…»

— А куда вы меня везете? — послышался сзади тревожный девичий голосок.

— Для начала к себе домой, — ответил Андрей, не оборачиваясь. И извинился: — Прости, я не представился… Меня зовут Андрей, работаю журналистом в местной газетенке. Освещаю, так сказать, криминальную жизнь района: кто где кого избил, зарезал, ограбил и так далее… Хочу вот и о тебе теперь написать…

— Покормите меня лучше сначала… Пожалуйста… Я уже не помню, когда последний раз ела…

— Вот чёрт, — чертыхнулся Баринов, — а у меня в холодильнике, как назло, шаром покати! Ладно, не переживай! По дороге заеду в магазин, куплю чего-нибудь.

— Спасибо…

— И давай на «ты», я не люблю, когда мне «выкают».

— Хорошо… — совсем тихо пролепетала в ответ девушка, проваливаясь в глубокий сон.

Помня об обещании, Баринов подрулил к первому же ночному придорожному магазинчику, заглушил мотор и вышел из машины, тихо, чтобы не разбудить горемычную пассажирку, прикрыв за собой дверцу. В магазине придирчиво осмотрел выложенный на полках и витринах стандартный продуктовый ассортимент: спиртное, сигареты, пиво, чипсы, сухарики, нарезки копченой колбасы бог весть какой давности… На его счастье, в продаже оказались пластиковые баночки с непросроченным салатом из кальмаров. Порадовавшись мысленно, что не успел спустить полученную на прошлой неделе зарплату до копейки, Андрей купил пару салатов, бутылку недорого вина, коробку конфет, банку кофе и пакет овсяного печенья. Поколебавшись немного, взял и колбасную нарезку. Расплатившись, вернулся к машине: девчонка беспробудно спала, свернувшись калачиком под его курткой.

Баринов снова тронулся в путь и вплоть до дома размышлял только о своей нелепой «находке»: «Если девчонка не врет и её действительно похитили, то с какой целью? Если с целью выкупа, то почему тогда она голая? Может, её насиловали? Мда… Вопросов много — ответов нет… Пока в себя не придет и сама обо всем не расскажет — гадать бесполезно… Что ж, придется завтра с утра отпроситься у шефа, устроить себе, так сказать, внеочередной выходной. Попробую самостоятельно привести девчонку в чувство, а потом расспросить обо всем подробно. Глядишь, что-нибудь интересное для будущей статьи и поведает…»

…Тем временем доморощенные «тюремщики» обнаружили пропажу «покойницы». Поняв, что объявить живую девчонку мертвой он поторопился, водитель не на шутку перепугался: такая ошибка могла обойтись ему дорого.

— Это ты, некрофил грёбаный, во всём виноват! — сорвал он зло на напарнике. — Это ты последним с ней тешился! Неужто, болван, не смог распознать, что она ещё дышит?! И почему, кстати, ты обратно на крюк её не повесил?!

Приятель понуро отмалчивался.

Выпустив пары, водитель, как старший в их преступном «дуэте», потащил «подчиненного» на поиски беглянки:

— Не могла она в таком состоянии далеко уйти! Если не разыщем её — хозяин с нас три шкуры спустит!

Цепочка следов босых ног на снегу брала начало под открытым окном избы и вела в сторону небольшого леска, за которым, как было известно обоим, проходила автомобильная трасса. Не раздумывая больше ни минуты, подельники бросились по этой цепочке в погоню. Однако, добежав до трассы, разом сникли: и без слов стало ясно, что девчонку подобрала попутная машина.

— И что теперь будем делать? — первым подал голос водитель, чуть отдышавшись.

— Смываться надо! — уверенно произнес напарник. — А заказчика нового потом найдем, на наш век извращенцев хватит…

— Надо же, — криво усмехнулся водитель, — впервые слышу от тебя, дебила, дельное предложение. Хотя всегда считал, что мозгов у тебя вообще нет… Но сейчас ты прав: надо сматываться и как можно скорее!

Вернувшись обратно, приятели быстро собрали принадлежавший им нехитрый скарб и погрузили его в машину. Потом водитель достал из багажника запасную канистру бензина, облил горючей жидкостью весь дом по периметру и поджег. Прыгнув на водительское сиденье, привычно вдарил по газам.

— Поджигать обязательно надо было? — лениво поинтересовался сидевший рядом кореш.

— Для верности. Вдруг девка ментов на этот адрес выведет? А домик-то уже — тю-тю! Ищи теперь ветра в поле!

— Да вряд ли она дорогу вспомнит, — засомневался сообщник. — Сюда её с завязанными глазами привезли, отсюда она ночью сбежала, в темноте…

— Не умничай! — одернул разговорившегося приятеля водитель. — Бережёного бог бережёт…

…Подогнав машину прямо к подъезду, Баринов сначала поднялся в квартиру один: отпер дверь, включил свет и подготовил для нежданной гостьи спальное место на диване в одной из комнат своей двухкомнатной малогабаритки. Потом вернулся к машине, осторожно извлек спящую девушку из салона, ногой аккуратно прикрыл дверцу. Лифта в пятиэтажной «хрущевке» не было, поэтому живую «ношу» пришлось нести на третий этаж на руках. «Надо же, с виду фигуристая, а при этом легкая как пушинка», — подивился он мысленно.

Несмотря на предпринятые меры осторожности, стоило, однако, Андрею положить девушку на диван и прикрыть её пледом, как она тотчас открыла глаза.

— Где я? — спросила тревожно.

— У меня дома, — успокоил её хозяин квартиры, — не волнуйся. Я сейчас сумку с продуктами из машины принесу и покормлю тебя.

— Пить хочу… — жалобно пискнула «гостья».

Андрей сходил на кухню, принёс стакан молока. Девушка жадно осушила его до дна и снова попросила:

— Ещё…

Пока Олеся утоляла жажду вторым стаканом молока, Андрей сбегал на улицу и запер машину. Вернувшись в квартиру уже с обещанными продуктами, услышал, к своему удивлению, шум воды в ванной. Улыбнувшись, приоткрыл дверь и крикнул:

— В углу на вешалке висит синий махровый халат, можешь взять! Полотенце бери любое, на выбор!

— Спасибо! — коротко поблагодарила его истосковавшаяся по тёплой воде Олеся, с наслаждением растирая мочалкой гель для душа по телу и то и дело постанывая от боли.

Не сдержав любопытства, Баринов всё же заглянул в дверную щелку. По-мужски оценил: «Эх, хороша девчонка! И стройная как тростинка, и складненькая при этом…» Увидев кровоподтёки и синяки на теле девушки, нахмурился: «Это какими же садистами надо быть, чтобы так издеваться над беззащитной девчушкой?»

Когда Олеся, слегка пошатываясь, добрела до кухни и увидела накрытый стол, то набросилась на еду подобно голодной волчице.

— Да ты хоть присядь, — придвинул ей табуретку

Андрей. — Чего стоя-то?

— Не могу сесть, болит всё, — призналась она с набитым ртом.

— Айн момент! — бодро воскликнул он и, метнувшись в комнату, приволок оттуда кресло с подушкой. — Вот, садись! Думаю, так тебе удобней будет.

Олеся осторожно, бочком уселась, и Андрей придвинул её вместе с креслом к столу. Присел на табурет напротив, спросил:

— Как хоть зовут-то тебя, болезная?

— Олеся... — представилась девушка, отправляя в рот очередную ложку салата. — Работаю танцовщицей... В стрип-клубе «Дикая кошка»... Слышал о таком?

— Расскажешь мне свою историю, Олеся? — осторожно поинтересовался Андрей, оставив её вопрос без ответа.

— Угу... Вот только салат доем...

Организм, переживший совсем недавно изощренные издевательства, требовал немедленного насыщения. Да и приобретенная в голодном детстве закалка сказывалась.

**

Лишь окончательно насытившись, Олеся приступила к обещанному рассказу о себе и последних страшных событиях в своей жизни. Андрей слушал её очень внимательно, не забывая попутно делать мысленные пометки: «Похоже, у клуба действительно ждали именно её... Вывезли из города... Куда, интересно? Судя по описанной ею старой деревянной избе, скорее всего в какую-нибудь заброшенную деревеньку в области... Надо будет карту посмотреть, прикинуть, какие населенные пункты находятся вблизи того места, где я её подобрал...»

— Итак, подытожим, — произнес Баринов тоном

мудрого старшего товарища, когда Олеся смолкла. — Во-первых, красавица, тебе надо всенепременно показаться врачу. Не спорь! У меня, кстати, соседка — гинеколог. Замечательная женщина, доброй души человек. Завтра попрошу её осмотреть тебя, думаю, она не откажет. Во-вторых, тебе сейчас надо затаиться где-то, как бы исчез-нуть для всех на время.

— Почему? — удивилась Олеся.

— Потому что те нелюди, от которых ты сбежала, могут начать тебя разыскивать. Насколько я понял из тво-его рассказа, они охотились именно за тобой, но — по чьему-то заказу! Вспомни: может, ты ненароком обидела кого-нибудь из посетителей своего стрип-клуба? Толсто-сумы — они ведь злопамятные…

— Да никого я не обижала вроде, — пожала плеча-ми Олеся. — Поклонникам никогда во внимании не отка-зывала, так что им грех на меня жаловаться…

— Тем не менее, мужик в балахоне — явно заказ-чик. И интуиция мне подсказывает, что глаз на тебя он положил именно в клубе. Неужели никого не подозрева-ешь?

Олеся наморщила лобик, помолчала с минуту.

— Нет, никто на ум не приходит… — отрицательно покачала она головой.

— Хорошо, тогда перейдём ко второму пункту. До-мой, как мы выяснили, тебе возвращаться нельзя. Поэто-му подумай, у кого бы ты могла пожить некоторое время.

Олеся снова задумалась. Потом тяжело вздохнула и сказала извиняющимся тоном:

— Только у тебя…

— Ну, на том и порешим, — подвел Андрей итог их беседе, по-доброму улыбнувшись и отметив про себя, что сейчас, с чистыми влажными волосами и в его махровом халате, случайная «находка» выглядит приятно уютной и домашней. — Теперь отправляйся спать, а я ещё посижу — обдумаю план на завтра…

Утром Андрей тихо, чтобы не разбудить спавшую на диване Олесю, достал из тумбочки карту Подмосковья и так же бесшумно удалился с нею на кухню. Развернул карту на столе, отыскал нужное шоссе и карандашом отметил на нём примерное место встречи с беглянкой. Внимательно изучил все прилегающие к этому месту окрестности и остановил свой выбор на расположенной в полутора-двух километрах от трассы заброшенной деревне. Нашел и ведущую от шоссе к этой деревеньке старую грунтовую дорогу, которой, видимо, и пользовались похитители, добираясь до своего логова на машине. «Ну, раз их автомобиль проскочил, то и мой, значит, проскочит, — удовлетворенно подумал Андрей. — Тем более по зимней, хорошо промерзшей дороге».

Определившись с топографией, он позвонил шефу и, извинившись за ранний звонок, попросил дать ему парочку свободных дней для «поиска сенсации». Шеф сонным голосом проворчал: «Да делай ты что хочешь, только отстань», и Андрей похвалил себя за удачно выбранное для звонка время.

Забросив в машину карту, фотоаппарат и лыжи, журналист отправился «на разведку». Место, где подобрал Олесю, он нашел быстро — сработала профессиональная память. Остановился, сверился с картой и проехал ещё немного — до ответвления от шоссе неширокой проселочной дороги. Свернул с трассы, въехал в лес и, дабы не привлекать к себе лишнего внимания, оставил машину на укромной полянке среди деревьев. Сам же отправился дальше на лыжах, не забыв, разумеется, прихватить фотоаппарат.

Не пройдя и ста метров, Андрей ощутил отчетливый запах гари, причем гари свежей, недавней. Когда же достиг искомой деревни, то и впрямь увидел обуглившиеся и ещё теплившиеся бревна, оставшиеся от некогда жилого деревянного строения.

— Похоже, я взял верный след, — пробормотал Баринов себе под нос. — Однако чисто сработали, гады, не подкопаешься… Теперь и писать-то уже вроде как не о чем… Об Олесе нельзя — чтобы не подвергать её лишней опасности… Но тогда, получается, я так и остался без сенсации?..

Размышления журналиста прервал звук мотора приближающегося автомобиля. «Интересно, кому ещё кроме меня приспичило на пепелище взглянуть?», — подумал Андрей, ретируясь за ближайшее дерево и одновременно вскидывая фотоаппарат к глазам. Реакцией, как и памятью, он обладал отменной.

Между тем к пожарищу подъехал чёрный джип марки Porsche Cayenne и остановился. Из джипа вышел мужчина в новомодных джинсах и короткой кожаной куртке с дорогим меховым воротником. «На американца похож, сукин сын…», — машинально отметил про себя Андрей и сделал несколько снимков машины и её владельца на фоне пепелища.

Мужчина несколько минут побродил вокруг головешек с выражением крайнего удивления на лице, из чего Баринов сделал вывод, что к недавнему пожару тот никакого отношения не имеет. «Видимо, его подручные сожгли дом по своей прихоти, — предположил он. — Заметали следы, так сказать. Если, конечно, не сгорели вместе с домом сами… По пьяни, например…»

Осмотрев пепелище, мужчина сел за руль, и вскоре его джип скрылся в лесу. Андрей вышел из-за дерева, на всякий случай ещё пару раз щелкнул кнопкой фотоаппарата и лишь после этого тоже устремился «со всех лыж» к своей машине.

«Итак, один потенциальный фигурант у меня вроде бы нарисовался, — размышлял он, выруливая с просёлочной дороги на шоссе. — Но что мне это дает, если нет ни одной прямой улики? Ровным счетом ничего… Фото визита какого-то мужика на пепелище — не улика: факт заказа похищения — и тем более участия в насилии! — с помощью моих снимков не докажешь… К тому же мужик, судя по крутому прикиду и навороченной иномарке, финансово состоятелен и, значит, при желании легко сможет развести меня на непосильный штраф, обвинив в клевете… Но подобное я уже проходил, и повторения пройденного совсем не хочется…»

Олесю Андрей застал уже проснувшейся, принявшей душ и даже позавтракавшей остатками вчерашней трапезы. Выглядела она не в пример лучше, чем накануне, однако от мысли о медицинском осмотре Андрей не отказался, поэтому сразу отправился к доброй соседке-гинекологине.

До выхода на пенсию Елена Фёдоровна много лет проработала в местной женской консультации, а теперь консультировала на дому. Обращались к ней, как к опытному врачу, довольно часто, так что просьба соседа-журналиста осмотреть его знакомую девушку её нисколько не удивила.

— Приводи, конечно, — запросто разрешила она.

Осмотр длился минут сорок, не меньше. Когда же закончился, Андрей проводил Олесю обратно в свою квартиру, а сам вернулся к Елене Фёдоровне — за медицинским «вердиктом».

— Увы, результаты неутешительные, мой юный

друг, — не стала его обнадёживать соседка. — Твоя знакомая нуждается в срочной госпитализации! И можешь мне ничего не объяснять, — она протестующе подняла руку, — я всё прекрасно поняла: многочисленные гематомы на теле девушки красноречиво свидетельствуют о том, что её насиловал какой-то садист.

— Если бы дело было только в этом, — вздохнул Баринов.

— Я что-то упустила из виду? — недоверчиво спросила Елена Фёдоровна, пристально посмотрев на него поверх очков.

— Олесе угрожает опасность, — нехотя ответил Андрей, — так что воспользоваться услугами официальной медицины не считаю возможным. Ни близких, ни друзей у девочки здесь нет, и вся ответственность за нее легла, по воле случая, на меня. В общем, мне не хотелось бы рисковать жизнью Олеси…

— Ох, Андрюша, — укоризненно покачала головой Елена Фёдоровна, — опять ты, я гляжу, в какую-то тёмную историю ввязался… Забыл, что из-за своего последнего журналистского расследования и работу в Москве потерял, и квартиру в престижном районе? Ну, ничему тебя жизнь не учит!

— Елена Фёдоровна, дорогая, — прервал беззлобное ворчание пожилой женщины Баринов, — речь сейчас не обо мне. Понимаете, Олеся — важный свидетель! И если люди, от которых она сбежала, найдут её, они не остановятся ни перед чем. Скорее всего, просто-напросто убьют её.

— Свят-свят-свят! — заполошно всплеснула руками сердобольная женщина. — Так бы сразу и сказал! Ладно, помогу тебе, жалко девчонку… Она и так натерпелась, бедняжка… В общем, слушай меня внимательно,

Андрюша! Километрах в двадцати от наших мест есть прекрасный лесной санаторий, которым заведует моя младшая сестра. Туда и отправим твою подопечную. Не беспокойся, там её никто не сыщет! Зато сама она и подлечится, и отдохнет, и сил наберется… Согласен? — Андрей кивнул. — Тогда — сутки на сборы! А я пока сестре позвоню — обрисую в двух словах ситуацию…

Вернувшись домой, Андрей пересказал Олесе свой с соседкой разговор, а потом сообщил:

— Сегодня утром я ездил к тому дому, где тебя держали…

Олеся побледнела.

— Т-ты… ты видел этих… ублюдков?

— Нет. Собственно, я и самого дома-то не видел — от него остались лишь головешки. Подозреваю, твои похитители подожгли дом, когда обнаружили, что ты сбежала… Однако мне удалось там кое-кого сфотографировать, — он протянул Олесе свой фотоаппарат с включенным экраном-дисплеем.

Всмотревшись в изображение, Олеся ахнула.

— Что? Что? — затеребил её Андрей. — Ты его знаешь?

— Да… Это Игорь Горский, влиятельный столичный бизнесмен, банкир… А с некоторых пор — ещё и покровитель Наташки Ильиной, моей лучшей подружки…

Глава 10

Наталья продолжала всячески угождать Игорю, чтобы не нарваться лишний раз на его немилость. Однажды, правда, не выдержала — попросила у него разрешения сделать хотя бы один звонок Олесе: уж больно соскучилась по общению с подружкой! Однако Игорь в ответ как-то странно усмехнулся и процедил неохотно:

— Боюсь, вряд ли ты теперь до нее дозвонишься...

— Почему? – удивлённо округлила глаза Наталья.

— Слышал я, что сбежала твоя подружка из Москвы... В неизвестном направлении... — И поторопился сменить тему: — Кстати, твой мобильник со всеми прежними контактами я выбросил, а тебе купил новый.

Словно пропустив последнюю фразу Горского мимо ушей, Наталья сникла. Она вдруг отчетливо осознала, что всю её недолгую пока жизнь легко можно разделить на несколько конкретных временных этапов. Первый — с момента рождения до смерти мамы. Второй — со дня похорон мамы до переезда в Москву. А третий, и самый злосчастный жизненный этап начался с её глупого согласия на свидание с Горским. «Закончится ли этот этап когда-нибудь? — с тоской подумала Наталья. — И какой у него будет финал, интересно?»

— Ты не рада подарку? — нахмурился Горский, заметив печаль на лице любовницы.

Наталья натянуто улыбнулась:

— Ну что ты! Очень даже рада!

— Тогда держи! — Игорь жестом всемогущего благодетеля вложил ей в ладонь последнюю модель Nokia с золотистым корпусом и сенсорным управлением.

— Ой, какой красивый! — не удержалась Наталья от восторженного восклицания.

— Вижу, понравился... — довольно констатировал Горский. — Но это ещё не всё. Поскольку ты научилась, кажется, вести себя правильно, я решил порадовать тебя ещё кое-чем... Во-первых, купил тебе машину! Правда, выезжать на ней в город ты сможешь только в сопровождении моего верного человека — отныне он будет для тебя и водителем, и телохранителем.

«Кто-то из твоих горилл?» — чуть было не сорвалось с языка Натальи.

— Ты его знаешь, — невозмутимо продолжал меж тем Горский, — это Анатолий, один из моих охранников. Он человек семейный, ответственный, рассудительный, к тому же намного старше тебя, так что на «амуры» с ним можешь не рассчитывать. Во-вторых, я оформил тебе в своем банке золотую пластиковую карту, и теперь ты сможешь делать покупки самостоятельно. Но предупреждаю сразу: сумма на карте строго лимитирована, поэтому покупай только самое необходимое! Можешь, конечно, истратить деньги и за неделю, просто помни: до следующего месяца всё равно ни копейки не получишь!
— Со столь «щедрым» напутствием Горский одной рукой протянул пластиковую карту изумленной Наталье (доселе наличными деньгами он её не баловал), а другой — расстегнул молнию на своих джинсах: — Взамен хочу получить благодарность и от тебя…

…На следующий день, как только Горский отбыл на работу, Наталья, наскоро приведя себя в порядок, вызвала к себе Анатолия и объявила ему о своем решении совершить автомобильную вылазку в город. Конечно же, больше всего ей хотелось незамедлительно отправиться на бывшую съемную квартиру или в «Дикую кошку», чтобы выяснить хоть что-то о судьбе Олеси, но, прекрасно понимая, что Анатолий будет докладывать Игорю о каждом её шаге, для начала решила притупить его бдительность. Поэтому целью их совместной поездки обозначила ближайший престижный торговый центр «Рублево-Плаза».

Без особого воодушевления пробежав по этажам и сделав несколько недорогих покупок, Наталья зашла в одно из многочисленных кафе, коими был нашпигован торговый центр, и заказала себе чашечку кофе. Молчаливый Анатолий расположился за соседним столиком, но она, не обращая на него внимания и неспешно потягивая кофе, погрузилась в ставшие уже привычными размышления на тему «что делать дальше?».

Чувствуя себя в руках Горского всего лишь красивой куклой, сама Наталья считала его, тем не менее, не только состоятельным, но и интересным мужчиной. И даже, несмотря на некоторые не очень приятные ей сексуальные пристрастия и явную склонность к жестокости, — сексуально притягательным партнером. Впрочем, в том не было ничего удивительного, ведь именно Горский, взяв Наталью в свой дом неопытной девственницей, сделал её женщиной и тем самым как бы «взрастил» для себя.

Понимала Наталья и то, что такие мужчины как Горский на танцовщицах из стрип-клуба не женятся. И всё же... Всё же в её душе теплилась надежда: а вдруг случится чудо и Игорь сделает ей предложение? «Может, мне забеременеть от него? — мелькнула шальная мысль. — Ведь не всегда же он занимается со мной только анальным сексом! А значит, шанс зачать ребёнка у меня есть!» Увы, мечта о беременности и замужестве показалась Наталье недосягаемо призрачной, и она, поднеся чашку с кофе к губам, украдкой вздохнула.

Зато вместе с очередным глотком отменно приготовленного бодрящего напитка голову Натальи посетила другая смелая мысль: «Надо уговорить Игоря разрешить мне выйти на работу! Причем обязательно попросить, чтобы он сам подыскал мне какое-нибудь необременительное, но достойное место! В конце концов, копеечку Горский считать умеет, а если у меня появятся собственные деньги — ему же легче будет...» Мысль показалась Наталье вполне здравой, и она, облегченно допив кофе, на радостях сделала ещё один круг по магазину и даже прикупила пару комплектов нижнего белья, показавшихся ей самыми эротическими.

Тем же вечером за ужином Наталья, смущаясь и робея, озвучила свою идею Горскому.

— Игорь, выслушай меня, пожалуйста! — умоляющим тоном начала она. — Если моя затея тебе не понравится, я откажусь от нее по первому же твоему слову!

— Говори.

— Игорь, я хочу пойти работать! — выпалила, собравшись с духом, Наталья. И поспешно добавила: — Разумеется, туда, куда ты разрешишь.

— Тебе чего-то не хватает? — удивленно вздыбил он одну бровь.

— Нет, нет, я всем довольна! Просто… Пойми меня правильно, пожалуйста! Я ведь знаю, что молодость — не вечна, вот мне и хочется успеть научиться чему-то новому. Проще горя, я хотела бы получить какую-нибудь специальность, пока молодая… К тому же, согласись, если у меня появятся собственные карманные деньги, твои расходы — пусть и ненамного — уменьшатся…

К удивлению Натальи, Горский отнесся к её предложению благосклонно.

— Ну что ж, — раздумчиво проговорил он после некоторой паузы, — я не против. Образование у тебя действительно только школьное, а с ним ни одна уважающая себя фирма даже на должность секретарши тебя не возьмёт. Поэтому… Попробую, пожалуй, тебе помочь… Ты ведь, кажется, серьезно занималась хореографией?

— Да! — с жаром подтвердила Наталья.

— А других обучать танцам смогла бы?

— Да… — ответила Наталья уже менее уверенно.

— Дело в том, — продолжал развивать свою мысль Горский, — что мой друг владеет сетью фитнес-клубов в Москве, и один из его клубов находится как раз здесь, неподалеку, на Рублевке. Если освоишь аэробику, я мог бы убедить его доверить тебе вести женскую группу... Впрочем, нет, аэробика уже выходит из моды. Сейчас началось повальное увлечение латиноамериканскими танцами. Справишься?

— Да, Игорь, да! — воскликнула Наталья по возможности пылко, чтобы Горский, не дай бог, не усомнился в её способностях. — Спасибо тебе большое, ты самый лучший мужчина на свете!

— Рано ещё благодарить, — важно отмахнулся падкий на лесть Горский. — Вот если мой разговор с другом пройдет удачно, тогда и будешь радоваться. Хотя вынужден признать, что не ожидал от тебя столь дельной идеи... Думал, что у тебя, как у всех женщин, мозги куриные. А ты вон делом решила заняться... Молодец. Заодно и пользу богатым толстухам принесешь — научишь их модным танцам, — добавил он с саркастической усмешкой.

Наталья ликовала: ей удалось хоть немного возвыситься в глазах Игоря. А если появится ещё и возможность реализовать себя и как-то самоутвердиться в жизни, то, может, он перестанет воспринимать её пустоголовой куклой?

***

Из одежды у Олеси были только пресловутая скатерть и хозяйский халат, поэтому для пребывания в санатории Андрей выделил ей из своего гардероба джинсы и пару рубах.

— Примерь, — сказал он, протягивая ей их. — Женского белья, сама понимаешь, не держу, так что авось перебьешься этим.

Джинсы оказались велики на добрую пару размеров, и Олеся, поняв, что выглядит в них нелепо, грустно вздохнула.

— М-да, цирк уехал, позабыв клоуна, — констатировал Баринов, едва сдерживая улыбку от презабавного вида девушки. — Похоже, придется купить тебе что-нибудь более подходящее.

— Эх, вот если б ты смог привезти мою одежду! — мечтательно закатила глаза Олеся.

— А почему бы и нет?! — тотчас бодро откликнулся Андрей. — Вряд ли меня там будут дожидаться твои похитители, а тем более их работодатель!

— Но у меня нет ключа от квартиры, — охладила его пыл Олеся. — Так что придется ушить твои джинсы и ходить без трусиков.

— Ну, уж на покупку трусиков денег у меня точно хватит, — улыбнулся Баринов, — только ты не забывай, что имеешь дело с журналистом криминальной хроники! — Заговорщически подмигнув Олесе, он метнулся в коридор, погремел там ящиками шкафчика для мелочей и вернулся, гордо позвякивая связкой каких-то железок. — Вот, нашел! — И пояснил ничего не понимающей девушке: — Это отмычки. Случайно достались как-то от одного воришки. Решил их сберечь, подумал, мало ли что в жизни может случиться, вдруг пригодятся! Пять лет без пользы провалялись, и вот, как видишь, пригодились! А дверь, кстати, у твоей квартиры какая?

— Железная. Но самая простая, кажется... Китайская вроде...

— Тогда точно открою, — удовлетворенно кивнул Андрей.

Взяв у Олеси точный адрес и список с примерным местонахождением в квартире нужных ей вещёй, он отправился в Москву, а она, оставшись одна, решила позвонить Наташе и поделиться с ней своими подозрениями насчет Горского. Номер мобильного телефона подруги Олеся помнила наизусть, поэтому уверенно набрала его с домашнего телефонного аппарата Баринова. Увы, её ждало разочарование: резкий женский голос в трубке оповестил, что «данный номер не обслуживается».

«Сим-карту сменила, что ли? — расстроилась Олеся. — Но тогда почему не позвонила мне, не предупредила? — И тут же хлопнула себя по лбу: — Вот башка я садовая! И куда же, интересно, Наташка мне позвонит, если я осталась без мобильника и на съемной квартире не появляюсь?! Но как мне тогда установить с ней контакт? — Она вздохнула: — Опять вся надежда на Баринова...»

...Андрей вернулся с «добычей» (Олесиной одеждой) и довольно отчитался: подозрительных лиц близ квартиры не обнаружено, дверь была вскрыта легко и бесшумно, проникновение в квартиру и последующий выход из нее произошли незаметно для глаз соседей. Поблагодарив его и изрядно повеселев, Олеся отобрала самое необходимое, компактно упаковала в любезно одолженную Андреем спортивную сумку, и он отнес багаж в машину.

По дороге в санаторий Олеся без обиняков призналась:

— Пока тебя не было, я позвонила Наташке. Той самой своей подружке, что пользуется сейчас покровительством Горского... — Андрей понимающе кивнул. — Но её прежний номер оказался недействительным, и я теперь места себе не нахожу: уж не случилось ли чего с Натальей? Хотя раньше, до моего похищения, мы с ней периодически общались, и она никогда на своего благодетеля не жаловалась... Может, до сих пор не знает, с кем связалась? Я имею в виду садистские наклонности Горского...

Андрей пожал плечами.

— Трудно сказать… Может, не знает, а может, подозревает… Понимаешь, Олесь, если человек склонен к насилию, то рано или поздно эта склонность непременно проявится в повседневной жизни. Понятное дело, что он не станет насиловать девушек в своем офисе, а вот в других местах — дома или на стороне — запросто может проявлять жестокость во время интима.

— Ты хочешь сказать, что Горский жестоко обращается с Наташкой, а она терпит это?! — ужаснулась Олеся.

— Я не утверждаю — я предполагаю. Просто никогда не поверю, что мужчина, способный организовать тайный притон для удовлетворения своих сексуальных извращений, ласков и нежен в постели с любовницей. Другой вопрос — как относится к его дурным наклонностям твоя подруга? Почему-то не сомневаюсь, что терпит. Ибо, согласно статистике, жестокому обращению в интимной жизни, равно как и насилию, подвергается достаточно большой процент женщин, однако мало кто из них обращается за помощью к третьим лицам. Причины тому разные: кто-то стесняется либо боится огласки, кто-то всецело зависит от мучителя — будь он хоть мужем, хоть любовником, хоть банальным насильником…

— Но это же чудовищно!

— Согласен. Так что, считай, со мной тебе повезло: я подобными патологиями не страдаю…

Олеся искоса взглянула на Андрея: плотный, коренастый, среднего роста, далеко не красавец… Однако от него исходили одновременно и уверенность, и какая-то старомодная порядочность, поэтому рядом с ним она действительно чувствовала себя как за каменной стеной. «А что? Вот за тебя я, пожалуй, и замуж пошла бы, — подумалось вдруг ей. — Ну и пусть, что состояния не нажил! С тобой никакие богатства не нужны». Вслух же сказала:

— Мне неловко просить тебя, Андрей... Ты и так очень много для меня сделал...

— Не трать слов понапрасну, — перебил её Баринов. — Ты хочешь, чтобы я навел справки о Горском?! Легко! Старые связи в Москве у меня ещё остались.

— Ой, какой же ты догадливый! Мне действительно с тобой очень повезло! Только... Только у меня есть ещё одна просьба...

— Какая?

— Разыщи мою Наталью, пожалуйста!

— Хм... Обещать ничего не буду, но попробую. А что ей передать, если вдруг разыщу?

— Просто расскажи всё о том, что случилось со мной! — решительно выпалила Олеся после секундной заминки. — И про свое расследование расскажи! И обязательно покажи фотографии Горского! А дальше... А дальше пусть она сама решает — жить ей с ним или бежать от него.

Глава 11

Баринов остановил машину наискосок от дома Горского, на противоположной стороне улицы. Окинул строение оценивающим взглядом, подумал: «Да уж, хоромы ты себе отгрохал знатные... Банкир, твою мать... Наверняка и биографию имеешь чистенькую — не подкопаться... Но и я не лыком шит — уж как-нибудь постараюсь...» Додумать свою мысль Баринов не успел — из ворот «объекта наблюдения» выехал новенький BMW, через лобовое стекло которого отчетливо просматривался одинокий силуэт водителя, а боковые и заднее окна были тонированными. «Так, поскольку Горский ездит на джипе и водит его сам, — принялся соображать Баринов, — значит, за рулем БМВ не он. А что, если за спиной водилы, скрытая тонированными стеклами, сидит Наталья? Пожалуй, стоит проверить… Чем чёрт не шутит?»

Не раздумывая больше ни минуты, сыщик-журналист поехал следом за BMW, держась от него на некотором расстоянии, и вскоре припарковался вместе с ним на автостоянке торгового центра «Рублево-Плаза». Вышедшая из машины элегантная девушка направилась к центральному входу супермаркета, а за ней, как привязанный, зашагал водитель. «Ага, значит, Горский приставил к девчонке охрану! — догадался Андрей. В том, что на BMW приехала именно Наталья, он уже почему-то нисколько не сомневался. — С какой целью, интересно? Если для её безопасности — значит, дорожит ею, а если на водителя-охранника возложены ещё и функции соглядатая — тогда, получается, не доверяет ей…»

Сделав первые выводы, Баринов тоже отправился в торговый центр, и потом битый час наматывал круги по зданию, наблюдая издали за Натальей и её телохранителем, который, как цепной пёс, не выпускал любовницу хозяина из поля зрения, следуя ровно в двух шагах позади нее. При такой плотности слежения рассчитывать на контакт с подругой Олеси не приходилось, и раздосадованный Баринов вернулся в машину.

И, как оказалось, вовремя! Ибо стоило ему только усесться за руль, как зазвонил мобильный телефон, и тот же старый знакомый, который раздобыл для него домашний адрес Горского, поведал очередную информацию. Оказывается, на завтра была назначена презентация банка Горского, причем с приглашением прессы. Разумеется, Баринов загорелся идеей непременно попасть на это мероприятие, поэтому подключил к решению своей задачи ещё одного верного московского друга. И тот не подвел. Правда, обеспечил ему аккредитацию в качестве не журналиста, а представителя крупного инвестиционного фонда столицы. Заодно познакомил и с человеком, который грамотно проконсультировал Андрея, как вести себя и что говорить, дабы сойти за аналитика.

Подготовившись таким образом, и одолжив у очередного доброго друга дорогой итальянский костюм, Баринов отправился на презентацию.

По счастью, официальная часть оказалась незатянутой, и когда заумные выступления напыщенных бизнесменов закончились, Андрей с облегчением передислоцировался вместе с другими участниками мероприятия в фуршетный зал. Там, стараясь не привлекать к себе излишнего внимания, он стал неторопливо прохаживаться взад-вперед, исподволь наблюдая за современной финансовой «элитой». Жены новоявленных богатеев негласно соревновались между собой в блеске нарядов и драгоценностей, а их мужья, явно пресытившись обществом спутниц, разбились на небольшие группы и продолжали обсуждать свои дела, потягивая вино из изысканной красоты бокалов. Представители же прессы, коих было не так уж и много, шустро лавировали между группами банкиров, финансовых аналитиков и директоров всевозможных фондов, собирая информацию для своих изданий.

Вскоре и к Андрею, впечатлившись, видимо, его дорогим заграничным костюмом, подрулила молоденькая кудрявая журналистка по имени Яна и сходу начала задавать разные «умные» вопросы. Он, как ему и советовал консультант, отвечал солидно и уверенно, но пространно, без конкретики. В уме же прокручивал варианты возможного использования напористой журналистки для достижения своей основной цели – установления контакта с Натальей. Всё это время Андрей не выпускал подружку Олеси из виду, но, к большому его сожалению, Горский не отпускал свою пассию от себя ни на шаг. Он явно демонстрировал её искушённой публике как своего рода очередное ценное приобретение, а она заученно расточала направо и налево ослепительные улыбки.

— Яночка, вам не кажется, что финансовая аналитика — ужасно скучная штука? — приступил, наконец, Андрей к осуществлению своего плана. – Особенно для таких симпатичных девушек, как вы? Может, построим нашу беседу в духе… ну, например, светской хроники? Как вам моя идея?

Журналистка оживилась: судя по всему, Баринов выбрал верное направление разговора.

— Предлагайте тему! — азартно откликнулась она.

— Ну, допустим… — Андрей сделал паузу, нарочито скептически оглядев публику, — …как вам юная спутница банкира Горского? — Взяв с подноса проходившего мимо официанта два бокала вина, он галантно передал один из них Яне, указав при этом глазами на якобы случайно заинтересовавшую его пару.

— А-а, так это его новая любовница, — небрежно изрекла журналистка, показав тем самым свою осведомленность не только в области финансовой аналитики. — Она милашка, конечно, но для Горского — всего лишь одна из многих. За ним ведь давно закрепилась слава чрезвычайно любвеобильного, но почему-то очень непостоянного мужчины. Во всяком случае, ни одна женщина рядом с ним долго не задерживается…

— О, так вы в курсе и светских сплетен? — непритворно изумился Андрей.

— Ну да, водится за мной такой грешок, — кокетливо повела плечиком Яна, явно довольная произведенным эффектом. И тут же обиженно надула губки: — По правде говоря, я всегда тяготела именно к светской хронике, но руководство отправило меня тянуть лямку совершенно в другой теме...

Дабы предупредить назревающий поток жалоб в адрес начальства, Андрей поспешил успокоить девушку и повернуть разговор в другое русло:

— Не огорчайтесь, Яночка! Как говорится, какие ваши годы! Я уверен, что рано или поздно будет и на вашей улице праздник. А пока просто набирайтесь опыта, набивайте, так сказать, перо... Кстати, можете попробовать прямо сейчас, — произнес он тоном заговорщика, и глаза Яны снова азартно заблестели. — Представьте, например, что я – ваш шеф-редактор, и вы должны сдать мне материал о Горском и его новой возлюбленной. Как бы вы подали материал? С чего бы начали?

— С его прежних увлечений! — выпалила журналистка после секундной паузы. — Написала бы, что фотомодель Юлия Бессонова, с которой банкир Горский не так давно расстался, уверяет всех, что ушла от него по собственной инициативе, однако сам он утверждает обратное...

— И кто из них говорит правду, как вы думаете? — осторожно поинтересовался Баринов.

— А зачем мне думать? — легкомысленно отмахнулась Яна. — Мое дело — заинтриговать читателей! То есть — написать погорячее!

«Вот оно, новое поколение журналистов, — с грустью подумал Баринов. — Молодежь совсем разучилась мозги включать!»

— Я, конечно, не журналист, — смущенно откашлялся он, — но, Яна, разве собранный для написания статьи материал не требует тщательного анализа?

— Нет, — поморщилась журналистка, — если анализировать — статья скучной получится.

— Сдаюсь! — Андрей шутливо вскинул руки вверх. — И всё же хотелось бы убедиться в вашей профессиональной хватке воочию...

— Что мне для этого нужно сделать? — мгновенно включилась Яна в очередную предложенную ей «игру».

— Предлагаю довести тему «новая любовница Горского» до логического завершения. Если вы не против, конечно.

— Я согласна! В чем заключается моя задача?

— Поскольку я продолжаю играть роль вашего шеф-редактора, — улыбнулся Баринов, — поручаю вам... — Он сделал вид, что задумался. — Ну, допустим, для начала познакомиться с этой юной красавицей, не настроив против себя её спутника, то бишь Горского.

— Легко! — Яна приняла «охотничью стойку». — Какую информацию нужно из нее выудить?

— О нет, это было бы слишком просто, — ещё шире улыбнулся Андрей. — Я вам дам задание посложнее: незаметно оттеснить девочку от Горского и так же незаметно представить ей меня. По рукам?

— По рукам! Готовьте гонорар!

Решительно тряхнув светлыми непокорными кудряшками, Яна отправилась «выполнять задание», а Андрей двинулся за ней, «равнодушно» поглядывая по сторонам. К его удивлению, девушка оказалась бойкой и смышленой не только на словах, но и на деле. Так, подскочив к Горскому, она, не моргнув и глазом, сказала ему, что кто-то якобы просит его зайти в конференц-зал для конфиденциального разговора. Уловка, как ни странно, сработала: всегда отличавшийся недоверчивостью и подозрительностью Горский удалился в заданном направлении, оставив Наталью одну.

Яна, не дав любовнице Горского опомниться, тотчас засыпала её комплиментами по поводу восхитительного фасона платья, одновременно выискивая глазами своего мифического «шеф-редактора». Баринов не заставил себя долго ждать. Приблизившись к девушкам, он почтительно поклонился Яне, и та гордо представила его Наталье:

— Позвольте познакомить вас с моим другом Андреем.

Любовница Горского вежливо улыбнулась:

— Очень приятно. Наталья.

Не растерявшись, Андрей запечатлел на её руке поцелуй, по-гусарски склонив голову и щелкнув каблуками.

— Безмерно рад знакомству, — искренне добавил он. Потом повернулся к Яне, глазами попросил оставить его с Натальей наедине и, когда та с несколько недоуменным выражением лица отошла в сторону, продолжил вполголоса: — Сделайте вид, что мы с вами непринужденно беседуем…

Наталья испуганно округлила глаза:

— Что вам от меня нужно?! Я сейчас позову охрану!

— Наташа, умоляю вас, не привлекайте к нам внимания окружающих! Я всего лишь хочу передать вам привет от Олеси…

— Она… здесь? — мгновенно понизила голос Наталья. — С вами?

— Нет, но я пришел сюда по её просьбе, — торопливо проговорил Андрей. — Дело в том, что Олеся не может до вас дозвониться по вашему старому телефонному номеру, а сама она вынуждена пока скрываться…

— Ей грозит опасность?!

— К сожалению, да. Если вы не будете меня перебивать, то, возможно, я успею рассказать вам о подруге до возвращения вашего спутника…

— Но почему я должна вам верить?!

Предвидевший подобный вопрос Баринов извлек из кармана пиджака цепочку с кулоном в виде совы:

— Узнаёте?

— Да, — прошептала Наталья, — эту цепочку я подарила Олеське два года назад…

— Тогда слушайте и не перебивайте…

Девушка послушно замолчала, и Андрей начал быстро рассказывать ей о выпавших на долю Олеси злоключениях. При первом же упоминании о человеке в балахоне у Натальи вдруг задрожали руки, и он, прервав повествование, задал вопрос в лоб:

— Вам тоже приходилось сталкиваться с этим человеком, не так ли?

Наталья машинально кивнула и залилась краской. Потом, нехотя выдавливая из себя слова, призналась:

— Да, я тоже побывала однажды в логове этого маньяка… Так получилось, что после первой же ночи… проведенной с Горским… — видно было, что каждое слово дается ей с трудом, — …я сбежала из его дома. И меня так же, как и Олесю, похитили прямо с дороги какие-то подонки… и отвезли на машине в незнакомое место… в какой-то заброшенный дом… И если бы не Игорь, я имею в виду Горского, вряд ли мы сейчас разговаривали бы с вами… Ведь это именно Игорь, узнав о моем исчезновении, поднял на ноги всю полицию и спас меня!

Баринов досадливо прикусил нижнюю губу: с минуты на минуту вернется Горский, и за это короткое время ему вряд ли удастся убедить Наталью, что её спасение — всего лишь фарс, разыгранный самим Горским с целью, например, полного подчинения новой любовницы своей воле…

— Вы любите Горского? — решил он уточнить на всякий случай.

— Да, — бесхитростно призналась Наталья.

Баринов вздохнул: значит, теперь любые его доводы, направленные против Горского, будут бесполезны, ибо Наталья ему попросту не поверит. Да и как иначе, если тот для нее — «спаситель»! «Похоже, господин Горский полностью завладел разумом девушки», — огорченно подумал Андрей и в этот момент заметил вернувшегося в фуршетный зал банкира, злобно высматривающего в многолюдной публике нагло дезинформировавшую его кудрявую девчонку. Дабы вывести из-под удара ни в чем не повинную Яну и не навлечь «хозяйского» гнева на Наталью, Андрей был вынужден спешно ретироваться.

…Вечером следующего дня Баринов наведался в санаторий к Олесе и подробно рассказал ей о своем разговоре с Натальей.

— Как?! Наташку тоже держали в том проклятом доме?! — потрясенно воскликнула Олеся, выслушав его. — И её тоже насиловал человек в балахоне?! Но ведь это был сам Горский, я теперь даже не сомневаюсь! Одного только не понимаю: зачем ему это нужно, если Наталья и так жила у него?!

— Она обмолвилась, что после первой же проведенной с Горским ночи хотела уйти от него. Так что, возможно, именно поэтому он и решил прибегнуть к известному тебе сценарию с похищением силами двух подручных. Когда же вышел «на сцену» сам и гордо провозгласил себя «спасителем», твоя подруга, полностью подавленная к тому временем насилием и прочими унижениями, и помыслить, разумеется, не могла, что мучитель в балахоне и «спаситель» — одно лицо! Зато сам Горский своей цели добился: мало того, что заполучил Наталью обратно, так ещё и превратив её в полностью ему покорную и по гроб жизни благодарную любовницу.

— Он не человек, он — чудовище! — с ненавистью воскликнула Олеся.

— Не спорю. Потому и настаиваю на соблюдении предельной осторожности. Кстати, ты уже думала, что будешь делать, когда курс лечения в санатории закончится?

— Вернусь домой, в родной город.

— Есть к кому?

— Нет. Родители, наверно, уже и не помнят, что у них есть дочь… Был там, правда, у меня один ухажер… Если семьей пока не обзавелся — придется выйти за него замуж. В противном случае — искать работу, чтобы как-то прокормиться…

— У меня остаться не хочешь? — спросил вдруг Баринов. И торопливо добавил: — На близких отношениях не настаиваю! Можем жить по-соседски. Или как брат с сестрой, например…

— Очень неожиданное предложение… — растерянно проговорила Олеся. — Даже не знаю… Я и без того голову сломала, как тебя отблагодарить за всё, что ты для меня сделал… К тому же я не хочу сидеть у тебя не шее…

— Насчет работы я почву уже прозондировал на всякий случай. С детьми сможешь заниматься?

— Да кто ж меня к ним пустит без педагогического образования? — вздохнула Олеся.

— Зато, насколько я понял, ты получила неплохую хореографическую подготовку! — воодушевился Андрей. — А я вчера позвонил одной своей знакомой, и она сказала, что им нужен преподаватель хореографии. В платный детский садик. Деньги там, правда, платят не бог весть какие, но на хлеб с маслом хватит. И даже на пирожные останется…

Олеся, не сдержав охватившей её радости, бросилась к Андрею, обвила руками его шею и жарко прошептала ему в ухо:

— Я не хочу жить с тобой как соседка! И быть для тебя сестрой не хочу!

— Я тебя понял, — расплылся в счастливой улыбке Андрей и крепко прижал её к себе.

Глава 12

К первому рабочему дню Наталья готовилась тщательно. Даже зная, что в короткой юбке и туфлях на каблуке выглядит лучше, предпочтение она, тем не менее, решила отдать удобству. С этой целью и посетила один из модных спортивных магазинов, где приобрела соответствующий предстоящим занятиям костюм: легинсы в сочетании с закрытым купальником и удобные спортивные тапочки.

Всю дорогу по пути на работу Наталья очень волновалась, ведь одно дело — уметь танцевать самой, и совсем другое — передать свои умения дилетантам. Первое занятие должно было начаться ровно в шестнадцать часов, но из-за волнения и нетерпения Наталья приехала на полчаса раньше.

Когда она вышла из машины, Анатолий пожелал ей вслед:

— Ни пуха, ни пера!

— К черту! — дерзко ответила Наталья и решительно направилась к входным дверям фитнес-клуба, в котором ей отныне предстояло работать.

В вестибюле Наталью встретил администратор — молодой парень смазливой наружности. Она представилась.

— Очень приятно, — сказал парень, плотоядно оглядев её точеную фигурку, — меня зовут Виталий. Вы по поводу помещёния для танцев?

— Да.

Он раскрыл блокнот:

— На сегодняшний день к вам записались пять женщин, разного возраста…

Для Натальи это было первой победой. «Конечно, самое оптимальное число — десять человек, — подумала она, — но и пять – очень даже неплохо для начала…»

Виталий любезно проводил Наталью в зал и распахнул перед ней одну из дверей.

— Вот в этом помещёнии и будете заниматься с группой. Утром и после семи часов вечера оно занято, а днем — свободно.

Выделенная Наталье танцевальная комната располагалась на первом этаже клуба и была не очень большой, однако она сочла её вполне приемлемой. С замиранием сердца Наталья прошла по выстеленному паркетной доской полу, скользнула взглядом по увешанным зеркалами стенам, поинтересовалась деловито:

— А где раздевалка?

— Рядом. Идемте, я покажу вам, — услужливо улыбнулся Виталий.

Крохотная раздевалка тоже пришлась Наталье по душе: десять индивидуальных шкафчиков, две скамейки, три душевые — всё чистенько и компактно.

— А что вы делаете сегодня вечером? — спросил вдруг провожатый.

— Занята. И сегодня. И завтра. И — всегда, — холодно отчеканила Наталья.

Натянуто улыбнувшись, незадачливый ухажер-администратор молча удалился.

Наталья же, переодевшись в спортивное трико и уняв новую вспышку волнения, вышла из раздевалки в танцкласс. Практически одновременно с ней туда же со стороны зала вошли две женщины лет сорока.

— Мы записались на латиноамериканские танцы, администратор направил нас сюда, — сказала одна из них.

— Добрый день! Всё верно, вы пришли по адресу. Проходите, переодевайтесь, раздевалка — направо от входа.

А вскоре перед Натальей стояли уже все пять женщин, пять её первых учениц. «Возраст колеблется от двадцати до сорока», — мысленно отметила она, снова усилием воли подавив волнение, и приступила к ознакомительному занятию:

— Здравствуйте, меня зовут Наталья Ильина. Я — ваш хореограф. Прежде чем приступить к изучению танцев, мы с вами научимся правильно двигаться и дышать…

Первый урок прошел без сучка, без задоринки. Наталья и сама не подозревала, что обладает столь действенным преподавательским даром. Во всяком случае, ученицы остались довольны и даже, определившись со временем, решили, что будут посещать занятия не два, а три раза в неделю.

Не имея возможности связаться с Олесей, истосковавшись по простому женскому общению и давно мечтая обзавестись близкой подругой, во время урока Наталья невольно присматривалась к своим ученицам и в итоге остановила выбор на Кристине — эффектной блондинке лет двадцати восьми. После урока Наталья отправилась в раздевалку вместе со всеми и там, слово за слово, неожиданно разговорилась именно с Кристиной, благо выяснилось, что они и живут по соседству. Из разговора с новой знакомой Наталья узнала также, что муж Кристины занимается кинобизнесом, а сама она владеет достаточно известным в киношных кругах агентством, обеспечивающим проведение актерских кастингов, и что услугами её агентства пользуются даже маститые режиссеры и продюсеры.

Наталья пребывала на седьмом небе от счастья: Кристина показалась ей рассудительной девушкой, умудренной опытом обитания на Рублевке и готовой этим опытом поделиться. Так, непринужденно болтая, они и вышли из фитнес-клуба.

— Поскольку нам всё равно по пути, могу тебя подвезти, — предложила Кристина, запросто переходя на «ты» и доставая из сумочки ключи от машины.

— Я бы с удовольствием, — вздохнула Наталья, — но меня ждет водитель…

— Если он не дурак, то догадается и поедет вслед за нами, — резонно заметила Кристина, после чего нажала пульт сигнализации, и её серебристая «Ауди» тонко пискнула.

Не устояв перед соблазном продлить общение с новой знакомой, Наталья уселась в её машину.

Наблюдавший за ними Анатолий решил не вмешиваться: в хозяйке «Ауди» он узнал жену известного кинопродюсера Ивана Золотинского, который не только соседствовал, но и приятельствовал с Горским.

Брак Золотинского вызвал в своё время много пересудов не только на Рублевке, но и в столичной прессе. Так, одни считали, что начинающая актриса, хваткая провинциальная Кристина, забыв о женской гордости, преследовала своего избранника буквально круглосуточно и в итоге, путем изощренных интриг, всё-таки затащила его сначала в постель, а потом и под венец. Другие же, напротив, утверждали, что Золотинский сам с первого же взгляда влюбился в молоденькую актрису, потерял от любви голову и уже через месяц знакомства предложил ей руку и сердце.

Так или иначе, но факт оставался фактом: брак Кристины и Ивана Золотинских длился вот уже почти восемь лет, а с рождением очаровательной сероглазой дочурки Снежаны стихли вскоре и все пересуды. Иван дочку безмерно обожал и старался проводить с ней каждую свободную минуту, а она, в свою очередь, отвечала отцу такой взаимностью, что Кристина порой даже ревновала её к супругу…

Обо всем этом Наталья узнала от самой Кристины за время их совместной поездки на автомобиле. Откровенность новой знакомой слегка смутила Наталью, и Кристина это заметила.

— Думаешь, в доверие к тебе втираюсь? — усмехнулась она. — Ошибаешься, мне это без пользы. Просто за время жизни на Рублевке успела усвоить: не расскажу о себе всё сама — непременно найдутся доброхоты, которые напоют обо мне с три короба, что было и чего не было. Привыкай! Здесь у каждого дома есть уши — любая молва распространяется со скоростью света. Вот как о тебе, например…

— А ты здесь со всеми знакома? — поспешила сменить тему Наталья, опасаясь услышать о себе что-нибудь нелицеприятное.

— Почти. Это ведь раньше Рублевку населяли простые люди, обычные работяги. А потом разномастные богатеи их дома снесли, расчистив место для новой, благополучной, так называемой «золотой» жизни. Так что имей в виду: последние десять-пятнадцать лет здесь только богатые детки родятся. А большинство здешних красавиц — отнюдь не москвички, кстати: по ним российскую географию изучать можно.

Наташа опустила глаза: «Прямо как я...»

— Ты сама-то откуда? — словно прочитала её мысли Кристина.

— Из Сурска...

— Мать честная! Это на каких же куличках находится?

— В Пензенской области...

— Ладно, потом расскажешь, мы уже приехали, — объявила Кристина, остановив машину. – Ты заходи, если что... Пообщаться под бутылочку Мартини, например. Я вижу, ты девушка простая, не успела ещё огламуриться и рублевским лоском покрыться. Именно это-то, поверь, меня в тебе и привлекло. Потому и хочу научить тебя, как с местными «львицами» держаться и как с ними разговаривать, чтобы не быть «съеденной» ими в первый же день знакомства. Считай это моей платой за уроки танцев, надеюсь научиться двигаться так же легко, как ты. До встречи, подруга!

Окрыленная последней фразой Кристины, Наталья выпорхнула из «Ауди» как бабочка и со всех ног помчалась к дому Горского: перед машиной Анатолия уже открывались ворота...

Сам Игорь позвонил примерно через час после её возвращения с работы.

— Вечером поедем в ресторан, — коротко оповестил он, — когда заеду за тобой — ты должна уже быть при полном параде. — И повесил трубку.

«Даже не спросил, как прошел мой первый рабочий день», — обиженно подумала Наталья, направляясь к ломящемуся от её роскошных дорогих нарядов встроенному платяному шкафу...

Игорь, заехав после работы домой, окинул любовницу придирчивым взглядом и удовлетворенно констатировал:

— Выглядишь, как всегда, сногсшибательно. Постарайся держать марку и в ресторане, поскольку сегодня у меня — ужин с важными людьми! Все они, как обычно, придут с женами или любовницами — у кого на что фантазии и денег хватит, — так что ты должна затмить всех других дам!

По пути в ресторан Наталья несколько раз пыталась завести разговор о своем первом рабочем дне, но Горский слушал рассеянно: лишь изредка равнодушно кивал, явно прокручивая в голове какие-то свои, ведомые только ему мысли.

Ресторан «Ермак» встретил их множеством фонарных огней, ведь стоял конец зимы, и в девять часов вечера без искусственного освещёния было уже темно как ночью.

Сдав верхнюю одежду в гардероб, Горский и Наталья проследовали в банкетный зал и заняли отведенные им за столом места. Присмотревшись к прибывшим на званый ужин парам, Наталья пришла к выводу, что лишь несколько деловых партнеров Горского явились в ресторан с женами. Большинство же — либо с любовницами, либо с так называемым «эскортом сопровождения» — девушками модельной внешности, выполнявшими по мере необходимости роль то секретарей, то телохранителей, то сексуальных партнерш.

Ужин показался Наталье утомительным. Горский постоянно обсуждал что-то со своими «важными людьми», и соседка по столу, дама среднего возраста, заметив одиночество Натальи, начала изливать ей душу. Опасаясь сказать что-нибудь лишнее или невпопад, Наталья слушала её молча, лишь изредка мило улыбаясь в ответ.

— Мой муж думает о своем бизнесе круглосуточно! — жаловалась словоохотливая дама. — Даже в постели, когда мы занимаемся с ним любовью, у него в голове, по-моему, одни сплошные активы!

Наталья сдержанно улыбнулась: Горский тоже был постоянно занят, но в постели он о работе забывал — полностью переключался на неё, Наталью.

Вскоре, утомившись односторонней беседой, Наталья под благовидным предлогом покинула даму и стала неторопливо прогуливаться среди разбредшихся по залу гостей. Проходя мимо небольшой группы женщин, неожиданно услышала презрительное:

— Вы знаете, что эта девица — бывшая танцовщица-стриптизерша? Не понимаю, как Горский мог опуститься до такого уровня...

Поняв, что разговор идет о ней, Наталья вспыхнула от обиды и, чтобы не разреветься, быстро отошла к окну.

— Скучаете? — раздался вдруг за её спиной бархатный мужской баритон.

Наталья оглянулась: перед ней, в роскошном костюме и дорогущих ботинках из крокодиловой кожи, стоял солидный седовласый мужчина лет сорока пяти. «Один из многочисленных партнеров Горского», — догадалась она. Поэтому ответила как можно вежливее:

—Просто захотелось немного побыть одной...

— А кто ваш спутник, если не секрет?

— Игорь Горский.

— Ах, да, как же я сразу не сообразил?! — мужчина шутливо хлопнул себя ладонью по лбу. — Ведь всем давно известно, что самая красивая девушка, встреченная в каком бы то ни было обществе, непременно принадлежит Горскому!

— Благодарю за комплимент.

— И как давно длится ваш… э-э… союз? — спросил вдруг бархатный баритон.

— А почему вас это интересует? – насторожилась Наталья.

— Просто, будучи наслышан о довольно… хм… странных наклонностях Горского, решил предложить вам сменить партнера. Здесь мои контактные данные, — мужчина достал из внутреннего кармана пиджака визитку и бесцеремонно сунул её в декольте вечернего платья Натальи. — Если надумаешь — звони, — добавил он совсем уж панибратски.

Наталья от его наглости слегка опешила, но тут же возмутилась:

— Что вы себе позволяете?! Кто дал вам право разговаривать со мной в таком тоне?

— Ой, ну только не надо строить из себя гимназистку, — поморщился мужчина. — Я прекрасно знаю, что Горский подобрал тебя в «Дикой кошке», где ты заманивала в свои сети таких как он бесстыдными танцами у шеста…

Наталья вдруг почувствовала себя перед этим человеком совершенно голой, и её щеки непроизвольно залились стыдливым румянцем. Но уже в следующее мгновение стыд сменился гневом, и она с вызовом выпалила:

— Да, я бывшая стриптизерша! Но не вижу в том ничего зазорного: для меня танцы у шеста были всего лишь работой! Так что мое прошлое не дает вам права считать, будто я готова отдаться каждому встречному…

— Каждому встречному и не надо, а мне — можно, — перебил её «баритон». — И, кстати, о моем предложении Горскому лучше не говори, это в твоих же интересах. Уж больно, я слыхал, он тяжел на руку…

С этими словами мужчина откланялся и вальяжно удалился, а Наталья осталась стоять около окна в надежде поскорее успокоиться. Когда же увидела, что Горский поднялся из-за стола и направляется к ней, у нее тревожно засосало под ложечкой.

— Что было нужно от тебя Прозорову? — грубо спросил Игорь, приблизившись.

— Ты об этом мужчине, который только что отошел? — растерянно залепетала Наталья, не успев собраться с мыслями. — Я и не знала его фамилию… Он даже не представился…

— А это что? — Горский брезгливо, двумя пальцами вытянул визитку из её декольте.

Смутившись ещё больше, Наталья начала беспомощно оправдываться:

— Игорь, я не виновата… Он сунул мне эту визитку так быстро, что от неожиданности я и слова не успела вымолвить… К тому же я думала, что он твой друг, и не хотела показаться ему грубой…

— Грубой?! — глухо прорычал Горский. — С тобой обращаются как с дешевой шлюхой, а ты боишься показаться грубой?!

Наталья поняла: тучи сгущаются — грозы не миновать.

— Но он… ну, этот Прозоров… не сказал мне ничего оскорбительного! — предприняла она ещё одну попытку унять гнев любовника. Увы, тщетно.

— Не заговаривай мне зубы! — ещё пуще разъярился он. — Я этого мудака Прозорова хорошо знаю! Ладно, с ним потом разберусь, а вот ты собирайся! Всё, вечер закончен! Едем домой!

На протяжении всего обратного пути Горский молчал, словно воды в рот набрал. Наталью бил озноб, она укутывалась в шубу всё плотнее и плотнее, но это не помогало. «Изобьет? Опять напоит какой-нибудь возбуждающей дрянью? — пыталась она угадать предстоявшую ей меру наказания. — Господи, зачем я живу с ним, если так люто боюсь его? И почему все вокруг знают, что я — бывшая стриптизерша, но при этом никто не знает, что я досталась Горскому девственницей?...»

Опасения Натальи полностью подтвердились: не успели они войти в спальню, как Горский со всего размаха ударил её кулаком в живот. Она начала ловить воздух ртом словно выброшенная на берег рыба, но после второго удара рухнула на пол, скорчившись от боли.

— Вставай, сучка! — прорычал Горский, схватив её за волосы. — Сегодня всю ночь языком работать будешь! С ног до головы меня вылижешь и оближешь!

...Когда ближе к утру любовник, наконец, утихомирился и заснул, Наталья на цыпочках пробралась в ванную. Посмотрела на себя в зеркало: губы распухли до неправдоподобных размеров, язык с трудом умещался во рту... Накинув халатик, она бесшумной тенью проскользнула на кухню, достала из холодильника пакет яблочного сока, но, сделав один глоток, чуть не вскрикнула от боли: видимо, нёбо и язык были натерты до такой степени, что на них появились мелкие ссадины. Облокотившись на барную стойку, Наталья тихо, но горько заплакала. «Почему, ну почему он так жесток со мной? Или ему просто доставляет удовольствие причинять мне боль? Может, зря я не согласилась на предложение того мужика из ресторана?...»

Глава 13

На следующий день занятий с танц-группой у Натальи не было, поэтому, дождавшись отъезда Горского на работу, она решила погулять по окрестностям, благо с некоторых пор охранники стали выпускать её за ворота беспрепятственно. Ей хотелось уйти от дома Горского как можно дальше, побродить в тишине и одиночестве, чтобы собраться с мыслями и прийти хоть к какому-то выводу относительно своего будущего.

Облачившись в зимний спортивный костюм на меху и теплые кроссовки, Наталья отправилась на прогулку. Время от времени она вспоминала о своих распухших донельзя губах, и тогда её захлестывало чувство жгучего стыда. «Слава богу, что меня мама сейчас не видит», — думала в такие минуты Наталья.

Неожиданно впереди, уже совсем близко, показались голые чёрные стволы деревьев: сама того не заметив, погруженная в невеселые думы Наталья удалилась от частного сектора Рублевки на весьма приличное расстояние. Однако возвращаться пока не хотелось, поэтому по протоптанной кем-то тропинке Наталья смело углубилась в рощу. От припорошенных снегом деревьев веяло спокойствием и умиротворением, и душа Натальи постепенно начала оттаивать. А вскоре деревья расступились, открыв взору небольшую полянку, посреди которой стояла старая деревянная часовня с крышей, увенчанной снежным сугробом, словно меховой шапкой.

Любопытство заставило Наталью приблизиться к странному, почти сказочному строению. Из заколоченного фанерой окна торчал кусок чугунной трубы, из которой струился дымок, и Наталья поняла, что часовня обитаема. «Неужели бомжи уже и до святых мест добрались?» — с некоторым испугом подумала она и на всякий случай громко крикнула:

— Эй, есть тут кто живой?!

Почти тотчас изнутри донеслись звуки шагов, и дверь часовни отворилась. В покосившемся дверном проеме возник мужчина неопределенного возраста в просторном черном одеянии. Длинные чёрные волосы с проседью и борода выглядели неухожено, но вот глаза!... Наталью поразили именно глаза незнакомца — тёмные, точно угли, цепкие, умные, проницательные...

— Зачем пожаловала? — спокойно, без тени малейшего удивления поинтересовался обитатель часовни.

— Да просто гуляла, задумалась, и тропинка сама привела меня сюда, — честно ответила Наталья.

— Из местных будешь, из рублевских?

— Наверное, можно и так сказать. Только я живу здесь недолго, всего несколько месяцев...

— У любовника?

«Наверное, по моим распухшим губам догадался!», — пристыженно подумала Наталья, но всё же призналась:

— Да... Это плохо?

— Отчего же... Слово «любовник» происходит от слова «любить», а любовь — светлое чувство, основанное на взаимопонимании и взаимоуважении, — нравоучительно изрек мужчина. — Только люди почему-то стыдятся слова «любовник», подменяя его разными другими — бойфренд, друг, спонсор, гражданский муж... — Заметив, что юная незваная гостья вконец стушевалась, он неожиданно спросил напрямик: — Тебя что-то гнетет, терзает что-то?

— Да... — снова призналась девушка, подивившись проницательности незнакомого человека. — На душе очень неспокойно...

— Тогда заходи, — приветливо улыбнулся лесной отшельник. — Угощу тебя чаем, заодно и согреешься…

— Спасибо, вы очень добры ко мне.

Бесстрашно шагнув в слабо освещённое и довольно тесное помещение, Наталья окинула беглым взглядом его внутреннее пространство, и её глаза невольно остановились на висевших на стене напротив входа нескольких иконах.

— Я часто здесь бываю, вот и повесил, — пояснил мужчина. — Меня, кстати, Николаем зовут.

— А меня — Натальей, — представилась и она. — А вы священник?

— Нет. Да ты не стесняйся — присаживайся!

Наталья уселась на стоявший подле низкого, грубо сколоченного стола табурет, и Николай, недолго посуетившись у печки-буржуйки, поставил перед ней алюминиевую кружку с чаем.

— Вку-усно, — блаженно протянула Наталья, отведав горячего душистого напитка.

— На травах настоян, — предвосхитил её вопрос Николай.

— А чем вы в этой часовне занимаетесь? — спросила, окончательно осмелев, Наталья.

— Думаю, — коротко ответил Николай. — В основном о душе.

— Понятно: раз вы не священник, но часто здесь бываете и думаете о душе, значит вы — философ! — резюмировала Наталья.

Николай рассмеялся.

— Ну, что-то вроде того… Видимо, в какой-то мере я действительно философ, коль изучаю философию души.

— И как, успешно?

— Душа — субстанция эфемерная, наукой до сих

пор не изучена. При этом она есть у каждого из нас, точнее, почти у каждого. Не зря же доброго человека называют «душевным», а злого — «бездушным»! В этих словах, я уверен, заложен великий смысл! Вот у тебя, например, есть душа, как ты считаешь?

Наталья ответила не сразу.

— Надеюсь, есть… — проговорила она, наконец, негромко. — Но мне всё-таки кажется, что душа есть у каждого человека.

— А у твоего любовника? — задал неожиданный вопрос Николай.

Вмиг припомнив все отвратительные перипетии минувшей ночи, Наталья испытала чувство страшной неловкости, поэтому поставила кружку на стол и поднялась с табурета.

— Мне пора, спасибо за чай, — выпалила она скороговоркой уже по пути к двери.

— Будет желание — заходи! — крикнул Николай ей вдогонку. — У меня тут много разных людей бывает! Они-то и протоптали тропинку…

На обратном пути Наталье показалось, что сбоку от нее за деревьями мелькнула чья-то тень, но она не придала этому значения — слишком уж взволновал её почему-то разговор с обитателем ветхой часовни. Возможно, именно поэтому она и отправилась, не заходя в дом Горского, сразу к Кристине.

Коммуникабельная соседка обрадовалась визиту Натальи.

— Вовремя зашла, — весело воскликнула она, — я как раз обедать собралась! Составишь компанию? Дочь с гувернанткой гуляет, так что можем поболтать по душам, посплетничать…

Наталья, нагулявшая на свежем воздухе воистину

волчий аппетит, с удовольствием присоединилась к трапезе, однако её несколько подавленное настроение не укрылось от внимательных глаз более взрослой подруги. Заметила она, разумеется, и опухшие губы юной соседки, но виду не подала. Напротив, желая хоть как-то растормошить понурую гостью, сразу после обеда заявила тоном, не терпящим возражений:

— А теперь — в бассейн, подруга! В нашем доме, конечно, и свой имеется, но мы с тобой отправимся в фитнес-клуб — там и бассейн побольше, и с интересными людьми пообщаться можно! Так что даже не вздумай отказываться!

— Что, прямо сейчас? — растерялась Наталья.

— А зачем удовольствие откладывать? Золотинский мой в отъезде, дочь — под присмотром няни и гувернантки, так что нужно ловить момент! Заодно и ты развеешься! Пока доедем — обед наш в желудках утрамбуется, так что не волнуйся — не утонем!

— Но у меня даже купальника с собой нет! — всё ещё противилась Наталья.

— Зато у меня их — навалом, в том числе и новых, ни разу ни надеванных! Сможешь выбрать себе и по росту, и по фигуре, и даже — любимого цвета! — Не дожидаясь очередных возражений, Кристина взяла Наталью за руку и утянула с кухни на примерку купальников.

Вскоре новоиспечённые подруги подъехали на машине Кристины к фитнес-клубу и через пятнадцать минут уже плавали в бассейне.

— А ты отлично плаваешь! — похвалила Кристина Наталью, понаблюдав за её точными, сильными и уверенными движениями на воде.

— В моем родном городе речка есть, Сура называется, так я её запросто туда и обратно переплывала! — не без гордости поведала Наталья.

— Ты, кстати, приглядись к здешнему мужскому контингенту, — смешливо посоветовала вдруг Кристина. — Главные достоинства практически на виду, с размерчиком не ошибёшься!

Наталья смутилась: она и помыслить не могла, что посещёние бассейна может быть связано с какими-то другими целями кроме непосредственно плавания. Тем не менее Кристина оказалась права: приглядевшись к окружающим, Наталья заметила, что из пловцов и пловчих то и дело образуются недвусмысленные пары... А вскоре уже и сама Кристина попивала на «берегу» сок в компании импозантного мужчины, многозначительно с ним переглядываясь.

Наталья поняла: пока продюсер Иван Золотинский восстанавливает загубленный перестройкой и бурными девяностыми российский кинематограф, его жена не лишает себя любовных интрижек на стороне. И, судя по всему, занимается этим регулярно, поскольку явно пользуется у мужчин успехом...

Вскоре к Кристине и её импозантному кавалеру подошел ещё один мужчина, молодой и статный, и они, обменявшись приветствиями и парой-тройкой реплик, неожиданно устремили все три пары глаз на Наталью. Будучи застигнутой в своем любопытстве врасплох, Наталья нырнула на дно бассейна в надежде, что о ней сейчас же забудут. Однако когда вынырнула, все трое по-прежнему смотрели на нее и приветливо улыбались, а Кристина ещё и призывно махала рукой: выходи, мол, из воды, мы тебя ждем!

Не желая обидеть новую подругу и показаться глупой её друзьям, Наталья присоединилась к их компании. Молодой мужчина оказался хорошо знакомым ей по «Дикой кошке» Станиславом Кареловым — бывшем любовником Олеси и другом Горского. При виде её обтянутой мокрым купальником изящной фигурки он восхищенно клацнул языком, но при этом повел себя на редкость тактично: даже намеком не выдал их давнего знакомства. И Наталья сразу почувствовала себя рядом с ним комфортно и спокойно.

Между тем Кристина начала активно разжигать интерес Карелова к Наталье:

— Если б ты знал, Стас, как мне повезло с новой подругой! Кстати, Наташа мне не только подруга — она ещё и моя, если можно так выразиться, учительница, поскольку ведет в этом фитнес-клубе группу латиноамериканских танцев, обучая им меня и других женщин. Наташа очень способный хореограф!

Карелов спрятал улыбку: ему ли не знать о танцевальных способностях Натальи? Вслух же сказал:

— Жаль, что группа женская, а то я тоже записался бы. Обожаю всё, что связано с Латинской Америкой, особенно тамошние карнавалы! Кстати, о танцах... Милые девушки, я знаю одно шикарное место, где можно отлично отдохнуть и вдоволь натанцеваться, поэтому приглашаю вас туда! — Карелов с надеждой посмотрел на Наталью.

Соблазн был велик. И в первую очередь — из-за Олеси. Тот странный молодой человек, который невесть откуда вырос перед ней на презентации банка Горского, так и не успел рассказать о нынешнем местонахождении подруги детства. Может, Стас знает, где прячется Олеся? А может, тот парень с презентации наврал, и Леська по-прежнему танцует в «Дикой кошке»? Мысли неслись в голове, перегоняя одна другую, но внезапно перед внутренним взором возникло перекошенное гневом лицо

Игоря…

— К сожалению, я не смогу составить вам компанию, — тихо сказала Наталья.

— Жаль… — искренне расстроился Стас. — Тогда, может быть, в другой раз?

— Возможно… — неуверенно ответила она.

…Горский в тот день по каким-то причинам дома не ночевал, но Наталья была этому только рада: и выспаться, наконец, смогла, и опухоль с губ к утру спала. Поэтому на работу, на очередное занятие с танц-группой, она отправилась на следующий день в приподнятом настроении.

Однако едва переступила порог фитнес-клуба, как к ней подлетел «непотопляемый» администратор Виталий.

— Привет! — панибратски хлопнул он её по плечу. — Ну а на сегодняшний вечер какие у тебя планы?

— Виталий, — резко отстранилась от него Наталья, — сколько можно повторять одно и то же?! Я ведь уже дала вам понять, что несвободна!

— Да твой спонсор, небось, круглосуточно бабло заколачивает, и ему не до тебя! — сально осклабился смазливый юноша. — Так почему бы тебе не развлечься со мной в его отсутствие? Не робей – бери пример со своей подружки Кристины!

От обиды за новую подругу Наталью охватила ярость.

— Не смей чернить Кристину своим грязным языком! — Она влепила самонадеянному наглецу звонкую пощечину. — И вообще не смей лезть в её жизнь! И в мою — тоже!…

В этот момент в вестибюль клуба вошли две сорокалетние ученицы танц-класса, и Виталий, вынужденно отступив от Натальи, злобно прошипел:

— Ты мне за эту оплеуху ещё ответиш-ш-шь... Ещё вспомниш-ш-шь... Ещё пожалееш-ш-шь...

— Сволочь ты, — брезгливо парировала Наталья, внутренне уже настраиваясь на рабочий лад.

Глава 14

В течение нескольких дней Горский не баловал Наталью своим вниманием: то ли с головой погрузился в бизнес, то ли завёл роман на стороне — она не знала. Поэтому коротала теперь свободное от работы время в основном в обществе Кристины, с которой успела не на шутку сдружиться. Даже Горский, узнав о их довольно частом общении, обошёлся без традиционных недовольных выговоров Наталье. Напротив, однажды, заскочив ненадолго домой, заметил почти одобрительно:

— Наконец-то ты начала общаться с дамами из высшего общества! Золотинская, конечно, та ещё штучка, но она, по крайней мере, всегда была полна желания казаться почтенной матроной и смогла, кажется, забыть о своём сомнительном прошлом и провинциальном происхождении. К тому же, насколько мне известно, её не прельщают тусовки в ночных клубах, и если даже она и наставляет рога Ивану, то не трезвонит об этом на каждом перекрестке.

Получив столь своеобразное «благословление», Наталья стала встречаться с Кристиной ещё чаще. Помимо совместных походов по магазинам они по-прежнему посещали бассейн, и вскоре Наталья перезнакомилась практически со всеми его завсегдатаями. Несколько раз Кристина брала с собой Наталью на разного рода творческие мероприятия, благодаря чему её юная подруга приобщилась постепенно и к киношной тусовке.

Однажды, заскочив перекусить в одно из кафе «Плазы», Наталья неожиданно вспомнила о таинственном Николае из лесной часовни и поинтересовалась у подруги:

— Кристин, а тебе известно что-нибудь о человеке, который живет в лесу, в старой часовне?

Кристина, отставив чашку с кофе, воззрилась на нее с неподдельным изумлением.

— А ты-то откуда о нем узнала?!

— Случайно встретила, — пожала плечами Наталья. — Гуляла как-то по лесу, задумалась, и протоптанная на снегу тропинка вывела меня к старой деревянной часовне. Оказалось, что в ней обитает Николай, весьма престранная личность…

— Ну, раз имя знаешь, значит, пообщалась с ним, — констатировала Кристина.

— Немного. Но так и не поняла, кто он…

— Бывший актер Петровский, в прошлом — довольно известный и популярный.

Наталья округлила глаза:

— Тот самый Петровский?! А разве он не умер?

— Как ты сама успела убедиться, жив и здоров. В смысле, здоров физически. А вот душевное здоровье Петровского у многих вызывает сомнения…

— Да, мне он тоже показался несколько странным, — согласилась Наталья. — Расскажи мне о нем, пожалуйста, ты ведь наверняка его лучше знаешь!

— Расскажу, конечно, но, признаться, я знаю о Петровском то же, что и все. В общем, женился он рано, когда ему, кажется, и двадцати лет ещё не исполнилось. Женился, правда, банально — «по залёту». То есть когда его сокурсница Ира Всеволожская от него забеременела, он поступил как порядочный человек — сочетался с ней законным браком. Первой у них родилась девочка, а ещё через пару лет — мальчик. Всеволожская тогда тоже подавала надежды как перспективная талантливая актриса, но с рождением детей она оставила профессию и с головой погрузилась в домашне-семейный быт. Кстати, мужа своего, надо отдать ей должное, Ирина обожала! Он же, как человек творческий, постоянно пребывал в поисках и метаниях… Вот и «дометался» — встретил однажды… мужчину своей мечты.

— Ты хочешь сказать, что Петровский — гей?! — Наталья даже рот раскрыла от изумления. — Будучи женат и имея детей?!

— И, заметь, достаточно уже взрослых детей! — многозначительно подчеркнула Кристина. — Если память мне не изменяет, его сыну было на тот момент двенадцать, а дочери – четырнадцать лет. Но я не думаю, что Петровский — стопроцентный гей. Скорее всего, он просто бисексуал, а это среди современных мужчин — достаточно распространенное явление. Однако вернемся к чете Петровских… В общем, когда Всеволожская узнала о связи мужа с мужчиной, она, естественно, пережила настоящий шок. Первое время ещё пыталась как-то образумить мужа, но он, несмотря на все обещания, продолжал тайно встречаться с любовником. В итоге Всеволожская выследила их как-то на машине и… сбила обоих. Любовник скончался на месте, а Петровского врачи буквально с того света вытащили… Сама же Всеволожская, покинув место преступления, покончила с собой. Вот такая вот печальная история…

— И Петровский с тех пор поселился в часовне?

— Нет, он там наездами обретается. Насколько мне известно, часовня эта очень древняя, вроде бы восемнадцатого века. Так вот Петровский сам её отремонтировал, приспособил для жилья, книги привез, иконы повесил… Когда обитатели окрестностей о том прослышали, потянулись к нему один за другим… Сначала — те, что попроще, так сказать, из народа, а потом и жители рублёвских особняков к ним постепенно присоединились. В том числе и я, кстати, — призналась Кристина. – За Петровским ведь закрепилась слава своего рода бесплатного психолога. Ему даже соответствующее образование не требуется — он сам много чего пережил. Как говорится, хлебнул лиха по полной…

— А ты с какой проблемой к нему ходила? — заинтересовалась Наталья.

— Да примерно полгода назад мне вдруг тошно стало, что изо дня в день всё одно и то же повторяется, — вздохнула Кристина. — Разве я о такой жизни мечтала?

— А о какой? — удивилась Наталья. — На мой взгляд, у тебя всё отлично сложилось: муж, дом, ребёнок, агентство, достаток, размеренный образ жизни…

— Вот именно от этого «размеренного образа жизни» я однажды и взвыла, — кивнула Кристина. — Я ведь с детства мечтала стать известной актрисой! Так что замуж за продюсера Золотинского, чего уж греха таить, выходила не только по любви, но и с определенным расчетом. Однако после свадьбы Золотинский меня быстро «приземлил»: ему-де в доме не актриса нужна, а жена и хозяйка. Да и актерского таланта, сказал, у меня нет…

— А разве это плохо — иметь любящего мужа и быть ему просто женой? — с ноткой зависти в голосе спросила Наталья.

— Вот и Петровский мне то же самое сказал, — улыбнулась Кристина. — И добавил: цени, мол, то, что имеешь, чтобы не жалеть о нем, когда потеряешь. И ещё одну его фразу я запомнила — «Живи настоящим, надейся на будущее и уважай прошлое». А, каково?! Ну точно философ!

После этого разговора с Кристиной Наталье захотелось снова наведаться к Петровскому — поговорить о жизни, совета попросить... «Совета? — одернула она сама себя. — Насчет чего? Как изменить Горского? Так вряд ли это подвластно Петровскому... Нет, если уж просить совета — то только насчет изменения собственных приоритетов...»

С такими мыслями Наталья и отправилась на следующий день в знакомую рощицу. Время близилось к полудню, зимнее яркое солнце заливало светом всю округу, и в какой-то момент Наталья почувствовала, что кто-то крадется за ней. Она резко обернулась и увидела затаившуюся за густым кустарником фигуру. Если Наталья и сдрейфила, то лишь в первую секунду, поскольку уже в следующую взяла себя в руки и громко крикнула:

— Эй ты, следопыт! Выходи, я тебя засекла!

Сухие ветки глухо зашуршали, и из-за кустов сконфуженно вышел водитель Анатолий.

— Не надоело шпионить? — саркастически усмехнулась Наталья.

— Так я ж не по своей воле...

— Да я знаю. Но тогда почему ведешь себя как слон в посудной лавке? Я ведь ещё в прошлую свою прогулку по лесу тебя срисовала!

— Увы, шпионскому ремеслу не обучен, — развел руками Анатолий, — я ведь больше по охранной части... А Игорь Николаевич за вас беспокоится: девушка вы привлекательная, мало ли что может случиться... Времена нынче опасные...

— Ага, как же — за безопасность мою он беспокоится! — снова съехидничала Наталья. — Скорее уж боится, что я ради остроты ощущений первому же встреченному лыжнику прямо на снегу отдамся!

— Ну, мысли хозяина вам лучше ведомы, - резонно заметил Анатолий, — однако напрасно вы в эту лесную часовню зачастили. В ней бывший актер грехи замаливает, а он, всем известно, сумасшедший. Мало ли что ему в голову взбредет…

— А по-моему, он никакой опасности для окружающих не представляет! — вступилась за отшельника-философа Наталья.

— Из-за него два человека погибли, — стоял на своем Анатолий, — дети фактически сиротами остались! И хоть некоторые окрестные жители его чуть ли не святым считают, душу повадились ему изливать, а для меня он — самый настоящий моральный урод! Это ж надо было удумать — при живой жене с мужиком тешиться?!

— Да, но…

— Вот видите, и вам голову заморочил! Слыхал я от людей, что говорит он больно складно, так прямо в душу и лезет, дьявол! Потому и призываю вас к осторожности…

Поняв, что препираться с недалеким охранником можно до бесконечности, Наталья пошла на хитрость: потупив очи долу, покорно произнесла:

— Я поняла тебя, Анатолий. Обещаю быть осторожной… Спасибо за заботу обо мне, ты настоящий друг. Кстати, а о первом моем посещёнии часовни ты доложил Игорю?

— А как же!

«Странно… — подумала Наталья. — Почему же тогда Горский, с его-то скверным характером, не только мне взбучку не устроил, но даже и словом о своей осведомленности не обмолвился? Может, окончательно потерял ко мне интерес? Вот ведь и не поймешь так сразу – хорошо это или плохо… Тогда тем более надо идти за советом к Петровскому!»

— Хороший ты мужик, Анатолий, — сменила она тактику, — но если сейчас же не отправишься домой и не оставишь меня одну, я нажалуюсь Горскому, что соглядатай из тебя — никудышный! — И погрозила пальцем для пущей острастки: — Скажу, что я дважды тебя рассекретила!

Анатолий набычился, но, пожевав губами и поскрипев мозгами, выдал альтернативный вариант:

— Нет, один я вернуться домой не могу — коллеги или кто другой из прислуги сразу донесут об этом хозяину, а мне неприятности не нужны… Так что лучше уж я вас здесь подожду, а вы, так и быть, идите к этому извращенцу, раз приспичило. Но если что — кричите громче: я ему его сатанинские рога-то пообломаю, даже не сомневайтесь!

— Договорились! — согласно кивнула Наталья и, не желая больше тратить время на упертого телохранителя, торопливо удалилась по направлению к часовне.

…Знакомая поляна встретила её морозным безмолвием, и даже на оклик Николая по имени никто на сей раз почему-то не отозвался. Пришлось навалиться на сухую покосившуюся дверь плечом.

—Николай! — снова позвала хозяина Наталья, шагнув внутрь древней избушки. — Вы здесь?

Ответом по-прежнему была тишина…

Наталья подошла к печке-буржуйке — от той исходило тепло. «Значит, недавно покинул свое убежище», — поняла она. Когда же глаза привыкли к полумраку, увидела лежавший на полу у дальней стены спальный мешок, а рядом с ним — большую спортивную сумку. Опасливо приблизившись, Наталья напрягла зрение и разглядела спавшую в мешке молодую женщину. Почувствовав, видимо, её пристальный взгляд, женщина открыла глаза и, увидев склонившуюся над собой незнакомку, пронзительно завизжала.

— Не кричите, пожалуйста! — взмолилась Наталья, опасаясь, что сейчас на визг женщины примчится Анатолий. — Я пришла к Николаю! Где он?

Видимо, растерянный вид и юное лицо визитерши несколько успокоили женщину. Во всяком случае она змейкой выскользнула из спального мешка и, зябко поеживаясь, подошла к печке. Но всё-таки спросила подозрительно:

— Тебя кто послал?

— Никто, — поспешила заверить её Наталья. — Я к Николаю пришла…

Женщина облегченно вздохнула.

— Понятно… Значит, одна из нас…

— Из кого — из вас?! — опешила Наталья.

— Ну, ты ведь пришла к Николаю за советом, так?

— Так…

— Вот и получается, что одна из нас — то есть из тех, кто не знает, как жить дальше…

— Вы правы… - опустила глаза Наталья.

— Что, тоже познала все плюсы и минусы «золотой клетки» на своей шкуре? — сочувствующе поинтересовалась женщина.

— Кажется, да… Но где всё-таки Николай? — попыталась перевести разговор в другое русло Наталья, не желая исповедоваться перед незнакомкой.

— За продуктами пошёл, съестные припасы закончились. Я ведь уже три дня тут у него живу… От мужа сбежала… — Женщине явно хотелось выговориться ещё кому-то, помимо психолога-философа Петровского. — Сам-то он роскошествует по-прежнему, олигарх проклятый, а я вот нищей осталась… Всего лишилась — даже детей грозится отсудить! И ведь отсудит — у него все законы куплены! — она неожиданно расплакалась.

— Так, может, не стоило от него сбегать? — сделала Наталья неуклюжую попытку успокоить собеседницу.

— А у меня другого выхода не было! — разревелась та ещё пуще. — Он себе новую дурочку завел, в два раз меня моложе, вот я и стала ему не нужна! Но мне сейчас не себя жалко — детей! Ему ведь эта вертихвостка других наследников нарожает, а я теперь, в тридцать лет, кому нужна?! Повеситься хотела, да вот спасибо Николаю — образумил…

Дверь с легким скрипом отворилась — в часовню, с объемистыми продуктовыми пакетами в обеих руках, вошел Петровский. Прищурился, рассматривая в полумраке очередную гостью.

— Ну здравствуй, Наталья… — безошибочно узнал он её. — Пришла всё-таки… Тогда прошу обеих дам к столу — сейчас чай с мятными пряниками пить будем…

Однако Наталья, отчего-то смутившись, снова скоропалительно откланялась:

— Ой, не хочу вам мешать… Да и ждут меня… Я лучше в другой раз зайду… На следующей неделе постараюсь…

…На протяжении всего обратного пути, сопровождаемая твердокаменным Анатолием, так и не покинувшим свой «пост», Наталья думала почему-то не о Николае, а о встреченной в часовне женщине. Вернее, о рассказанной ею истории. «Неужели все законы в нашей стране пишутся только для богатых? — недоумевала она. — Разве законная жена не должна получить при разводе часть имущества? И на каком основании мать лишают родных детей, а детей — родной матери?! А я, дура, ещё собиралась рожать от Горского?! Нет, судьба всё-таки не зря послала мне встречу с этой несчастной женщиной...»

Глава 15

Вечером Горский явился домой в мрачном настроении, и Наталья поняла, что его сейчас лучше не нервировать. Горничная сноровисто сервировала стол, но и за ужином Горский молчал, словно воды в рот набрал. Наталья, успевшая привыкнуть к частым перепадам его настроения, подчёркнуто усердно налегала на еду, тоже храня молчание.

После ужина горничная принесла на маленьком подносе почту — Горский имел привычку просматривать её дважды в день: утром и вечером.

— Очередной благотворительный фонд... - впервые за весь вечер проговорил он, вскрыв специальным ножичком верхний конверт и кисло скривившись. — Они там, наверное, думают, что у меня деньги на комнатном фикусе растут. И ведь не в офис прислали — домашний адрес не поленились узнать! Так, а здесь что? Презентация... Опять презентация... — продолжал морщиться Горский, бегло просматривая стопку других писем. — Можно подумать, что у меня не жизнь, а сплошные увеселения... — Наконец он добрался до нижнего, самого пухлого конверта размером с маленькую бандероль, и с прежним раздражённым выражением лица его распечатал. Когда же выудил из конверта пачку цветных фотографий и увидел на первой из них Наталью — в откровенном купальнике, да ещё и в обнимку со Стасом Кареловым! — раздражение мгновенно сменилось сначала удивлением, а потом и негодованием.

— Как обстоят дела на работе? — вперил он злобный взгляд в любовницу.

Наталья внутренне похолодела от недобрых предчувствий, но постаралась скрыть волнение и ответила ровно и спокойно:

— Нормально. Во всяком случае мои ученицы, все пять женщин из группы, мною довольны.

— А в свободное от работы время чем занимаешься?

— Провожу его обычно с Кристиной. Иногда по магазинам с ней ходим, иногда — бассейн вместе посещаем. Если захочется вдруг расслабиться…

— Я вижу, как ты расслабляешься! — прорычал вдруг Горский, грозно поднимаясь со стула.

— О чем ты, Игорь? — пролепетала Наталья, еле живая от страха. — Я тебя не понимаю…

— Сейчас поймешь! — Приблизившись, он наотмашь ударил её по лицу.

Удар оказался такой силы, что Наталья, не удержав равновесия, грохнулась вместе со стулом на пол.

— Похотливая сучка! Шлюха! — начал избивать её ногами Горский, продолжая бесноваться. — Стриптизерша неисправимая! Деревенщина неотесанная! Я дал тебе всё, о чем другие только мечтать могут, а ты никак не уймешься?!

Остальные его оскорбления Наталья уже не слышала, поскольку потеряла сознание.

Горский же, выпустив пар, брезгливо сбросил на её тело фотографии со стола и покинул дом, буркнув горничной, что ночевать не придет.

Как только дверь за ним захлопнулась, женщина вошла в столовую. Увидев Наталью недвижно лежащей на полу, присела рядом, взяла за руку, пощупала пульс.

— Очухается, — бесстрастно констатировала она и как ни в чем ни бывало принялась за уборку посуды.

...Придя в себя, Наталья попыталась открыть глаза, но правый глаз категорически отказывался подчиняться. Тогда, превозмогая боль во всём теле, девушка поднялась на четвереньки, доползла до ближней ножки стола и оперлась на нее спиной — сил подтянуть к себе стул и сесть на него не хватило. Голова кружилась, во рту ощущался соленый привкус крови, живот болел, ноги тряслись...

Взглянув на то место, где только что лежала, увидела разбросанные по ковру фотографии. Застонав от боли, поползла обратно. Подтянув к себе ближнюю, увидела на ней себя с Кареловым: рука Стаса лежала на бретельке её купальника... Наталья вспомнила, что уже в следующий момент вежливо, но твердо убрала тогда его руку со своего плеча, однако, постепенно перебрав все снимки, убедилась, что эту сцену неизвестный фотограф почему-то не снял...

«Вот, оказывается, из-за чего взбеленился Игорь, — подумала она опустошенно. — Мало того, что я на всех этих фотографиях фигурирую исключительно в окружении мужчин, так ещё и с его другом Кареловым!... Интересно, какая же тварь исподтишка меня нащелкала? Кому я так сильно насолила?...»

Наталья с трудом поднялась с пола и побрела в ванную, попутно пытаясь разгадать личность «доброжелателя» — таинственного папарацци, пошедшего на столь подлый шантаж...

Загадка разрешилась сама собой, когда на следующее утро Наталья позвонила в фитнес-клуб, чтобы отпроситься с работы, сославшись на... простуду. К трубке подошел администратор Виталий, и стоило ему с ехидным смешком поинтересоваться причиной её недомогания, как она всё поняла. «Вот ведь гадёныш! — выругалась мысленно Наталья. — Всё-таки отомстил мне, как обещал, за ту мою оплеуху! А возможно, и за двойной отказ от близости! Странно, но ведь я его ни разу среди посетителей бассейна не видела… Значит, нанял и подослал кого-то! — догадалась она. И тут же злорадно подумала: — Ну ладно, ещё посмотрим — кто кого… Цыплят по осени считают… Хорошо смеётся тот, кто смеется последним…» Но вслух, конечно, ничего этого Виталию не сказала. Тем более что и плана мести как такового у нее пока не было — в голове крутились лишь мудрые и потому обнадеживающие народные пословицы и поговорки. Но одно Наталья знала уже точно — она отомстит гнусному слизняку Виталию его же методом! То есть — исподтишка, неожиданно и… чужими руками.

Не желая лишний раз попадаться Горскому на глаза, Наталья перебралась в самую дальнюю, гостевую комнату его дома, и там «зализывала» раны в течение почти целой недели. Единственным связующим звеном с внешним миром служила неразговорчивая горничная, исправно приносившая еду и лекарства. Правда, несколько раз звонила ещё и Кристина, и тогда Наталье приходилось нарочито громко кашлять в трубку, дабы у подруги не возникло сомнений в том, что она действительно «простужена».

Горский же за всю неделю так ни разу и не попытался разыскать любовницу в собственном доме, чему Наталья, по правде говоря, была рада. Более того, она даже твердо вознамерилась уйти от него. Поэтому, почувствовав себя по истечении недели чуть лучше и зная, что в дневное время суток Горского дома не бывает, покинула свое убежище и прокралась в гардеробную, где хранились её вещи. Упаковав всё самое необходимое в свой старый чемодан — тот самый, с которым приехала когда-то в Москву, — она прошла в спальню и открыла верхний ящик комода, чтобы забрать свой паспорт. Увы, документа там не оказалось. Не обнаружилось его и в сумочке. Зато выяснилось, что исчезли также деньги и пластиковая карточка.

Поняв, что без денег и документов ей до родного города не добраться, Наталья растерялась: что же делать? «Может, обратиться за помощью к Кристине? — мелькнула спасительная мысль. Однако уже в следующую минуту Наталья отмела её: — Но тогда ведь придется признаться, что Горский меня избил, спрятал мой паспорт и отнял все деньги, а это очень унизительно...»

Так и не придя ни к какому здравому решению, Наталья незаметно для себя оказалась в столовой перед баром со спиртными напитками. «Вот и решение — напиться и забыться, — обреченно подумала она. — Всё равно ничего другого мне остается...»

Спустя час, опустошив в одиночку полбутылки скотча, Наталья уже спала на диване, мертвецки пьяная.
***
Андрей Баринов открыл дверь своим ключом и позвал с порога:

— Олеся! Ты дома?!

— Недавно из магазина пришла! — откликнулась с кухни девушка. – Мой скорей руки и иди ужинать!

Послушно помыв руки и сев за стол, Андрей с довольным видом сообщил:

— Я придумал, как подобраться к твоей подруге!

— И как же? — недоверчиво спросила Олеся, поставив перед ним тарелку со стряпней собственного приготовления.

— Я навел по некоторым своим каналам справки о домашнем персонале Горского и узнал кое-что интересное, — загадочно произнес Андрей, с удовольствием надкусывая сочную котлетку.

— Баринов, ну что у тебя за манера такая — тянуть кота за хвост?! — Олеся заерзала на табурете от нетерпения. — Говори, не томи!

Однако Андрей с олимпийским спокойствием дожевал котлету и лишь потом приступил к рассказу:

— Горничной у Горского служит некая Елизавета Борисовна Струнина, сорока двух лет от роду. Я покопался в её прошлом и выяснил, что раньше она работала надзирательницей в женской колонии. Но дело не в этом… Главное, что она, оказывается, заставляла женщин-заключенных оказывать ей сексуальные услуги!

— Лесбиянка?! — ахнула Олеся.

— Именно, — кивнул Баринов, накалывая на вилку ломтики жареного картофеля.

— Но что нам это даёт?

— Учись, пионерка, пока я жив! — с напускной гордостью вскинул подбородок Баринов. — Поскольку возле твоей Натальи вечно вьется водитель-телохранитель, напрямую к ней не подобраться. Значит, остается только прижать эту Струнину и заставить её передать письмо адресату. Женщину я, разумеется, беру на себя, ну а ты… пиши письмо подруге!

— Андрюшка, какой же ты у меня умный! — восторженно завизжала Олеся.

— Угу, ещё бы вот только деньги зарабатывать умел, — застеснялся вдруг Баринов.

— Ничего, Андрюш, мы с тобой свое ещё наверстаем! — успокоила его Олеся. — Вот увидишь!

— Твои бы слова — да Богу в уши! — отшутился он.

…По договоренности с хозяином, Игорем Горским, Елизавета Струнина работала в его доме с восьми утра до восьми вечера (с одним выходным в неделю), а ночевать уезжала в свою московскую квартиру. Чтобы добраться до хозяйского особняка на Рублевке вовремя, женщина всегда выходила из дома рано. Не изменила своей привычке и в этот день — когда Андрей Баринов внимательно наблюдал за её подъездом из салона своего «жигуленка».

Заметив, что нужная ему персона вышла из подъезда и двинулась к автобусной остановке, Баринов тотчас вышел из автомобиля и поспешил следом. Догнав, окликнул её:

— Доброе утро, Елизавета Борисовна!

Женщина остановилась и, подозрительно оглядев незнакомца, грубо отрезала:

— Если ты от моей матери, то не надейся — разговора не выйдет! Так этой ведьме и передай!

— Вы не угадали — я пришел отнюдь не по просьбе вашей матушки! — Видя, что женщина собирается развернуться и уйти, Андрей ухватил её за рукав пальто.

— Пусти! — злобно прошипела она. — Закричу!

— Не советую. Ибо тогда мне придется довести до сведения вашего работодателя Горского кое-какую информацию о вашем доблестном прошлом. О том, что вы работали надзирательницей в женской колонии, он наверняка знает, а вот о ваших сексуальных домогательствах к охраняемым вами молодым женщинам — вряд ли. Иначе вряд ли позволил бы вам работать в непосредственной близости от своей любовницы, не так ли?

Женщина помрачнела.

— Чего вы хотите? Денег?

— И снова не угадали! — Чтобы расположить к себе сурово нахохлившуюся Струнину, Баринов улыбнулся ей как можно дружелюбнее и, не мешкая, протянул извлеченный из кармана куртки запечатанный конверт. — Попрошу лишь передать это письмо Наталье Ильиной, любовнице вашего хозяина. Поверьте мне на слово — это послание от её подруги, а не от какого-нибудь бывшего любовника, так что опасаться вам совершенно нечего…

Секунду поколебавшись, женщина выхватила у него конверт и не глядя сунула его в сумку.

— Так и быть, я передам ей письмо, — проговорила она с расстановкой, взвешивая каждое слово, — но только если вы дадите гарантию, что впредь оставите меня в покое!

— Гарантии дают только патологоанатомы! — весело подмигнул ей Баринов. — Лучше обрисуйте в двух словах, каково Наталье живется в хоромах Горского?!

— Плохо, иногда мне даже жалко её становится, - вдруг зачастила скороговоркой женщина, — но, как вы, надеюсь, понимаете, я не имею права на проявление сантиментов в служебное врем… К тому же девчонка сама виновата — польстилась на чужое богатство, вот и расплачивается теперь… А по мне, так все зажиточные мужики — скоты… Хоть с Рублевки, хоть с Люблино… Ой, мой автобус идет… Мне пора…

Не попрощавшись, Струнина шустро засеменила к автобусной остановке.

***

Как только хозяин отбыл на работу, горничная загрузила сервировочный столик едой, спрятала ненавистный конверт за лиф передника и отправилась в дальнюю гостевую комнату, где Наталья всё ещё укрывалась от своего грозного любовника. Войдя в комнату и увидев, что девчонка, отрешенно раскачиваясь из стороны в сторону, сидит на полу, она по обыкновению сухо объявила:

— Завтрак!

Наталья, однако, никак на её слова не отреагировала, поэтому женщине пришлось подойти к ней, коснуться плеча и повторить чуть мягче:

— Завтрак…

— Я отказываюсь от еды, — услышала она вдруг в ответ, — я хочу умереть от голода…

Поняв, что девушка впала в крайнюю степень отчаяния, горничная наклонилась к ней и, вытянув конверт из-под лифа накрахмаленного передника, произнесла негромко:

— Вот, возьмите… Просили вам передать… Сказали, что это письмо от вашей подруги… Но как только прочитаете — уничтожьте его, пожалуйста! Иначе гнев Игоря Николаевича обрушится на обе наши головы…

Наталья, не веря своим ушам и глазам, схватила письмо.

— Спасибо тебе, Лизавета, спасибо! — впервые за всё прожитое в доме Горского время назвала она горничную по имени.

— Но учтите, — уже холоднее продолжила та, - в дальнейшем я вам помогать не стану! Сами уж как-нибудь свои проблемы решайте…

— Всё равно спасибо, Елизаветушка, — благодарно повторила Наталья и нетерпеливо вскрыла конверт.

Почерк Олеси она узнала сразу. Подруга писала:

«Дорогая Наташка!

Не буду тратить слов для описания того, как я скучаю по тебе! Да у тебя и времени-то, наверное, нет, чтобы читать длинные письма: у тебя ведь теперь новая жизнь, новые друзья и знакомые, другие интересы… К тому же, подозреваю, твой Горский запрещает тебе общаться и со мной, и с другими нашими девочками из «Дикой кошки».

Но я всё же решила отправить тебе весточку, благо появилась такая возможность. Надеюсь, ты помнишь того молодого человека, который подходил к тебе на одной из презентаций банка Горского и передавал от меня привет? Так вот он действительно мой новый друг, его зовут Андрей. Он журналист и, поверь, очень добрый, отзывчивый и надежный человек! Именно он и придумал способ передачи тебе этого письма. Только ты, пожалуйста, уничтожь его сразу, как только прочтешь! Хоть сожги, хоть съешь, — главное, чтобы оно не попало в руки Горского! Почему — сейчас поймешь...

Когда Андрей пересказал мне ваш с ним разговор на той презентации, я пришла в ужас: оказывается, ты тоже побывала в лапах насильников в том страшном доме! Не знаю, как ты, а я до сих пор содрогаюсь при воспоминании о тех издевательствах, которые пришлось там пережить... По счастью, мне удалось сбежать из этого вертепа и выбраться к шоссе, где меня как раз и подобрал (в буквальном смысле слова) журналист Андрей, ехавший в тот момент на машине домой. Кстати, я живу сейчас у него, но речь не об этом...

Андрей сказал, что ты считаешь Горского своим спасителем, а я вот почему-то уверена, что Горский и есть тот человек в балахоне — главный насильник и предводитель двух отморозков! (При упоминании о человеке в балахоне Наталью сотрясла мелкая дрожь, а отождествление его с Игорем привело её в легкий ступор. Собравшись с мыслями, она продолжила чтение.) Сейчас объясню, почему у меня возникли такие подозрения...

Как я уже писала выше, меня, измученную и почти окоченевшую от холода, подобрал на дороге Андрей. Привез к себе, накормил, расспросил... Я рассказала ему всё как на духу! Моя история тронула его не только как человека, но и как профессионального журналиста, поэтому он провел потом собственное расследование. И в итоге смог не только «вычислить» координаты того страшного места, но и лично побывать там! Правда, к моменту его приезда от дома-тюрьмы остались лишь головешки (видимо, обнаружив мое исчезновение, те два подонка-похитителя испугались наказания, которое могло последовать от человека в балахоне, и сбежали, на всякий случай спалив свое логово), но зато Андрей встретил там… Горского! (У Натальи перехватило дыхание.) Да-да, твоего разлюбезного покровителя — собственной персоной! Горский приехал на своем джипе один, какое-то время бродил вокруг пепелища и о чем-то размышлял…

Андрей, заслышав шум машины, заблаговременно спрятался за дерево, поэтому Горский его не видел. Зато мой друг успел сделать несколько фотоснимков Горского и его джипа на фоне ещё дымившихся головешек, что, собственно, и заставило меня заподозрить твоего возлюбленного в причастности к нашим похищениям. Наташ, ну сама посуди: чего ради банкиру Горскому переться в глушь к заброшенному дому?! У него что, других забот нет? Да и по лицу его (на фотках) видно, что место ему хорошо знакомо… А поскольку организатором похищений был, безусловно, человек в балахоне, всё сводится к тому, что он и есть — Горский.

Одного до сих пор не могу понять: зачем ему нужно было меня-то похищать?! С тобой-то как раз всё понятно: «проучил», чтобы впредь не рыпалась. Да ещё и спасителем себя выставил, подлец! Мой Андрей, кстати, ещё на той презентации хотел раскрыть тебе глаза на твоего сожителя, но, к сожалению, не успел… Да ты тогда ему, мало знакомому человеку, и не поверила бы, *наверное…*

*Так поверь хотя бы мне, своей давней и верной под-
руге! Тем более что для подкрепления своих слов я специально выслала тебе вместе с этим письмом одну из
фотографий, сделанных Андреем на пепелище того про-
клятого дома. На ней и Горского отчетливо видно, и его
машину…*

*Умоляю тебя, Наташка, беги от него! Твой Горский
— чудовище! Уж если даже я, посторонний ему человек,
вынуждена скрываться от него из-за страха перед ним,
то о твоем будущем мне и помыслить страшно! Поверь:
я проклинаю тот день, когда уговорила тебя отдаться
ему! Прости меня, если сможешь…*

Твоя Леська».

Дочитав письмо, Наталья дрожащими от волнения
руками вытянула из конверта фотографию. Действительно: на фоне обуглившихся бревен с задумчивым видом
стоял Игорь, а чуть поодаль — его Porsche Cayenne с хорошо известными ей номерами. Да и панорама двора —
покосившийся забор, хилые деревца — была до отвращения знакома…

Сколько времени длилось состояние оцепенения,
Наталья не знала: ей показалось, что она провалилась в
пустоту навсегда. К реальности её вернул голос горничной:

— Вижу, что дочитали. Тогда давайте письмо мне
— я сама его уничтожу. На вас надежды нет — сами на
себя не похожи…

Наталья безропотно протянула письмо вместе с
конвертом и фотографией женщине и безучастно просле-
дила, как та прошла в примыкавший к гостевой комнате
санузел, сожгла с помощью зажигалки весь «компромат»
над унитазом и смыла пепел мощной струей воды.

Вернувшись в комнату, горничная вдруг сказала Наталье почти сердечно:

— Сходите на улицу, подышите свежим воздухом, вам это сейчас не помешает. — И добавила как бы между прочим: — На заднем дворе, кстати, камера видеонаблюдения в последнее время барахлит…

— Хорошо… — бесцветным голосом отозвалась Наталья. И вдруг встрепенулась мысленно: «Николай! Надо немедленно увидеться с ним! Он поможет! Он даст верный совет!»

Глава 16

Наталья быстро привела себя в порядок, тепло оделась и задумалась: как выбраться из дома так, чтобы Анатолий её не заметил и не увязался за ней? Через главные ворота не выскользнуть — охранники всегда на посту. Вариант с задними воротами тоже отпадал, поскольку ключи от них также хранились в специальной ключнице в комнате охраны. Значит, оставался один путь — каким-то образом перемахнуть через ворота! С учетом их двухметровой высоты и гладкой кирпичной кладки задачка виделась непростой…

Вспомнив подсказку горничной насчет «барахлящей» камеры видеонаблюдения, Наталья прошмыгнула в домашнюю прачечную, выходившую окнами как раз на задний двор. На её счастье, в помещении никого из прислуги не оказалось. Наталья распахнула центральное окно и, высунувшись из него почти по пояс, внимательно осмотрела доступный обзору участок двора. Удача ей улыбнулась: у стены соседней пристройки, выполнявшей функции хозблока, она увидела лестницу. Не раздумывая более ни секунды, Наталья сиганула прямо в окно (благо прачечная располагалась на первом этаже), вихрем промчалась к хозблоку и потом короткими порывистыми перебежками подтянула спасительную лестницу к забору.

Оказавшись, наконец, на вершине кирпичной кладки, она осмотрелась и, не заметив вокруг ничего подозрительного, перекрестилась, зажмурилась и... спрыгнула с двухметровой верхотуры вниз. И опять ей повезло — она угодила в высокий плотный сугроб. Выкарабкавшись из него и наскоро отряхнув с себя снег, Наталья быстрым шагом, временами переходящим в бег, устремилась знакомой тропинкой к заветной часовне.

— Господи, только бы Николай был здесь, — прошептала она, когда, задыхаясь от бега и волнения, поднялась на крыльцо и постучала в дверь.

Её надежда оправдалась и на этот раз: дверь ей отворил сам Николай.

— У тебя что-то случилось, Наташа? — спросил он встревоженно вместо приветствия.

— Да... — только и смогла выдохнуть Наталья.

Ни о чем больше не спрашивая, Николай подхватил её под руку и провел внутрь. В часовне было тепло — печка-буржуйка трудилась на славу. Николай усадил гостью на табурет и, пока она приводила дыхание в порядок, традиционно приготовил ароматный травяной чай.

— Спасибо, очень вкусно, — поблагодарила Наталья, допив напиток. — Ваш чай мне ещё тогда, в первый раз понравился...

— Но ты ведь пришла сюда не ради чая? — ободряюще улыбнулся Николай, явно стараясь облегчить ей переход к более важному для нее разговору.

— Да, вы правы... Я пришла к вам за советом, хотя, не скрою, слышала о вас разное...

Николай усмехнулся.

— Догадываюсь, что тебе обо мне наговорили! Растерявший былую славу актер и развращенный бисексуал, доведший своими любовными похождениями жену до самоубийства! Так ведь?

Наталья застенчиво кивнула.

— Но если поверила, что я такой, зачем же пришла ко мне?

— Вы многое пережили...

— Это верно. Врагу не пожелаю пережить подобное...

— Просто я понадеялась, что вы сможете меня понять... - беспомощно произнесла Наталья, не зная, как сгладить возникшую из-за её неосмотрительной фразы неловкую ситуацию.

— Правильно понадеялась, — успокоил гостью хозяин. — Во всяком случае, я очень постараюсь тебя понять. Ко мне ведь люди с разными порывами души приходят: кому-то хочется наболевшее излить, кому-то выпить не с кем, кто-то утешения ищет, кто-то — поддержки. Чаще всего, кстати, женщины захаживают...

— Из «золотых клеток»? — спросила Наталья, вспомнив женщину в спальном мешке.

— Посетительниц с Рублевки тоже хватает... Но, к сожалению, мерилом человеческих взаимоотношений для многих из них давно уже стали деньги и прочие материальные ценности... — Николай бросил на девушку испытующий взгляд.

— Да, я тоже успела привыкнуть к деньгам, но, тем не менее, очень хочу вырваться из «клетки», в которую угодила по молодости, глупости и недомыслию! — запальчиво выкрикнула в ответ Наталья. И тут же снова поникла: — Но не знаю, как это сделать. Дело в том, что мой... — она запнулась.

— Не хочешь называть его любовником?

— Угу… Язык не поворачивается…

— Тогда называй по имени, — посоветовал Николай. — Так тебе будет проще, вот увидишь…

— Да, вы как всегда правы… Так вот, Игорь очень ревнив, вспыльчив и… жесток. Ему доставляет удовольствие причинять мне боль да же в моменты… интимной близости. А неделю назад он беспричинно избил меня так, что я даже потеряла сознание! Когда же очнулась, твердо решила уйти от него, но обнаружила, что он… спрятал мой паспорт! И даже деньги из сумочки все до копейки забрал! Денег, правда, было немного, но мне хватило бы, чтобы добраться до Сурска — это мой родной город, он находится в Пензенской области, — и продержаться там хотя бы первое время…

— А сможешь ли ты жить в провинциальном городке, пусть и родном, после роскошеств Рублевки? – поинтересовался Николай.

— Смогу! — уверенно ответила Наталья. — Ведь раньше жила как-то! Да, жизнь там, конечно, не такая яркая как в Москве, люди там от зарплаты до зарплаты живут и каждую копейку считают, и всё-таки я мечтаю вернуться туда! Главное — подальше от Игоря!

— Раз он спрятал твой паспорт, значит, подозревает, что ты можешь уйти, — принялся Николай вслух анализировать ситуацию. — Следовательно, путем изъятия паспорта он решил помешать тебе это сделать…

— Да, я знаю, что Игорь не хочет отпускать меня! — перебила Наталья собеседника. — Но не потому, что любит, а потому, что считает своей собственностью!

— Не горячись. Может, ещё чаю? — предложил Николай.

— Нет, спасибо, — отказалась девушка.

— Тогда продолжим… Допустим, тебе удалось уйти

от Игоря и вернуться в родной город… А ты уверена, что он не разыщет тебя и не накажет ещё строже? Мне, кстати, знаком такой тип людей: для них одно дело, когда они бросают кого-то сами, и совсем другое — когда бросают их. В последнем случае они воспринимают это как смертельное оскорбление и предпринимают всё, чтобы найти «обидчика» и либо достойно отомстить ему, либо — вернуть его обратно и продолжать подвергать всевозможным унижениям…

— Ну, уж нет, меня Игорю вернуть не удастся! — возмущенно воскликнула Наталья. — Дудки! Я ему не вещь!

— Для того чтобы вернуть человека, существует множество способов, поверь мне, — остудил её пыл Николай. — Твой Игорь запросто может сделать так, что ты и сама к нему прибежишь! Ты ведь, как я уже понял, девушка излишне доверчивая. Небось, сразу поверила, что я — бисексуал? — хитро подмигнул он ей.

— Мне об этом подруга сказала, — залилась краской Наталья, — а я ей доверяю…

— А подруга наверняка пересказала тебе то, что прочитала в газетах многолетней давности! — расхохотался Николай. — Вот и получается, что подруга тебя обманула: я нормальный полноценный мужчина и люблю только женщин! При этом жене своей, кстати, никогда не изменял!

Наталья округлила глаза.

— Откуда же тогда взялись все эти истории про вашего любовника и самоубийство жены?!

— Скажу пока только одно: самоубийство было, а любовника — нет. Просто это долгая и печальная история, а у меня сейчас не то настроение, чтобы предаваться грустным воспоминаниям. К тому же мы ещё не разобрались с твоей проблемой…

— А вы сможете в ней разобраться и помочь мне решить её? — с надеждой спросила Наталья.

— Да созрела уже одна мыслишка… — проговорил, растягивая слова, Николай. — Думаю, тебе надо исчезнуть…

— Без паспорта и денег?!

— А скажи-ка, Наташа, — задумчиво продолжил Николай, не обратив внимания на её вопросительное восклицание, — хотелось ли тебе когда-нибудь стать актрисой?

— Разве что в детстве мечтала, — недоуменно пожала плечами она.

— Уже хорошо, — одобрительно кивнул Николай. — Значит, наверняка разыгрывала, пусть даже только в детском воображении, разные жизненные сценки. Тогда предлагаю снова представить себя актрисой! Допустим, тебе дали роль женщины, которая на первый взгляд выглядит всецело покорной воле мужчины-деспота. На самом же деле её покорность — одна лишь видимость! Поскольку главная цель у этой женщины — усыпить бдительность тирана, чтобы потом… навсегда исчезнуть из его жизни! Разумеется, предварительно подготовив для этого и деньги, и документы, и всё необходимое… А главное, обязательно обставить свое исчезновение так, чтобы у него даже мысли не возникло её искать!

— Ну, чтобы Игорь меня не искал, мне остается разве что умереть, — вздохнула Наталья.

— Правильно мыслишь! — поддержал её Николай. — Абсолютно верно — умереть! Но — понарошку, как в кино.

— Инсценировать свою смерть?! — догадалась, наконец, девушка.

164

На протяжении всего обратного пути Наталья размышляла, как ей «умереть», чтобы жить потом, не опасаясь завтрашнего дня... План Николая ей понравился, и она решила, что начнет воплощать его в жизнь прямо с сегодняшнего вечера. «Лесной философ» прав: Горский не оставит её в покое, и инсценировка смерти — единственный способ избавиться от него и обрести былое душевное равновесие. Конечно, можно было бы попробовать добиться того, чтобы Горский бросил её сам, но такой вариант казался Наталье более трудоемким и, что ещё обиднее, совершенно непредсказуемым.

Наталья составила план действий, необходимых для усыпления бдительности Горского. Разумеется, в первую очередь она должна помириться с ним, а для этого — быть готовой к раскаянию, покаянию и признанию себя виновной во всех грехах. Что ж, если это поможет ей достичь цели – жизни без страха и унижений, — она готова!

Подойдя к тому месту, где два часа назад ловко спрыгнула с кирпичного забора, Наталья растерялась: «Чёрт, как же я попаду обратно, если оставила лестницу с той стороны?! Идти через главные ворота нельзя — охранники непременно донесут Игорю, и тогда — прощай, примирение!» Неожиданно из-за забора донесся скрип дерева по кирпичу, и через минуту к ногам Натальи свалилась заветная лестница.

— Ничего себе... — проборматала она озадаченно. — Похоже, у меня в доме завелся помощник. Неужели Елизавета?! Ладно, потом разберемся...

Наталья приставила лестницу к забору и вскоре снова оказалась сначала на заднем дворе, а затем и дома.

...Покинув свое временное убежище и принарядившись, вечером она ждала возвращения Игоря с работы в гостиной, сидя в красивой позе на диване и неторопливо листая глянцевый журнал. Когда Горский вошел в гостиную, Наталья оторвалась от созерцания красочных страниц, одарила его ослепительной улыбкой и проворковала:

— Добрый вечер, любимый…

Горский, явно не ожидая от любовницы такого приема, растерянно сморгнул.

— Здравствуй, котёнок! — сказал он после секундной заминки и, подсев к Наталье, обнял её.

Она, именно на такой вариант и рассчитывавшая, тотчас прильнула к нему и соблазняющее прошептала:

— Я соскучилась…

Горский растаял.

— Прости меня, детка, я был несправедлив к тебе! На днях я разговаривал с Кареловым, и он пересказал мне все ваши разговоры чуть ли не слово в слово. Даже о том, как ты отшила его…

— Я рада, что ты убедился в моей верности, любимый! — Наталья ликовала: всё складывалось на редкость удачно.

— Но мне не дает покоя другое: кто сделал те злосчастные снимки и с какой целью прислал их мне? – продолжил Горский со свойственной ему практичностью. – На шантаж не похоже… С целью подмочить мою репутацию? Слишком мелко…

— Я знаю, кто сделал эти фотографии, — пришла ему на помощь Наталья.

— Кто же? — удивился Игорь.

— Виталий, администратор нашего фитнес-клуба, — безжалостно выдала Наталья любовнику имя обидчика. — Он неоднократно и нагло добивался от меня взаимности, а когда я в очередной раз отказала ему и даже влепила пощечину, то обещал отомстить. Как видишь, он рассчитал всё правильно — сыграл на твоей ревности и известной всем вспыльчивости...

Горский крепко прижал Наталью к себе.

— Котёнок! Прости меня! Я погорячился... А этому ушлому слизняку я член оторву и ломтиками нашинкую!

Наталья невольно улыбнулась, представив столь живописную картину, и тут же мягко продолжила гнуть свою линию:

— Милый, но теперь-то ты, надеюсь, не станешь запрещать мне общаться с Кристиной?

— Конечно нет, котёнок! — горячо заверил Игорь. — Мне так не хватало тебя все эти дни... — он начал покусывать мочку уха Натальи, постепенно заводясь. — Я так хочу тебя...

Наталья стала активно помогать ему стонами, вздохами и ответными ласками, и буквально в считанные секунды естество любовника пришло в полную боевую готовность. Поэтому горничной, собиравшейся накрывать стол к ужину в гостиной, пришлось спешно ретироваться от двери, из-за которой слышались недвусмысленные вздохи и возгласы.

— Помирились... — проворчала она, возвращаясь с сервировочным столиком на кухню, где повар уже накрывал отдельный стол для обслуживающего персонала. — Надолго ли?

...Жизнь Натальи вошла в прежнее русло. Более того, Горский пообещал купить ей права, и теперь она под чутким руководством Анатолия осваивала ещё и науку вождения автомобиля. Ни на минуту, разумеется, не забывая о подготовке к бегству, о «смерти понарошку».

Однажды, уже в начале весны, Наталья и Кристина наслаждались, как обычно, плаванием в бассейне, а неподалеку дурачились в воде несколько изрядно подвыпивших молодых людей. В итоге один из них не рассчитал свои силы и, захлебнувшись водой, потерял сознание. Посетители бассейна дружно запаниковали, и лишь когда профессиональные действия явившейся на вызов дежурной медсестры привели горе-пловца в чувство, вздохнули с облегчением. Наталья же, наблюдавшая, как и все, эту сцену со стороны, неожиданно подумала: «А почему бы и мне не утонуть? Не в бассейне, понятное дело, а в реке, например... Вон сколько народу в нашей Суре ежегодно тонет! А мое ненайденное тело спишут, скажем, на подводное течение...»

С этого дня Наталья начала обдумывать детали своей «смерти» в качестве «утопленницы».

Глава 17

В конце апреля Наталья решила поделиться своим дерзким планом с Кристиной, поскольку по-прежнему доверяла ей. Явившись с этой целью к Золотинским, первым делом поинтересовалась у подруги:

— Мы можем где-нибудь уединиться и посекретничать так, чтобы нас никто не услышал даже случайно?

— Конечно, — удивленно округлила глаза Кристина. — Муж укатил в Европу на очередной киноконкурс, дочь сейчас на занятиях, но для пущей надежности мы можем пойти в библиотеку — уж там-то нас точно ни одна живая душа не услышит!

Наталья согласилась, и девушки прошли в домашнюю библиотеку Золотинских. Плотно закрыв входную дверь, расположились в уютных креслах друг против друга, и Кристина полюбопытствовала:

— А с чего бы такая таинственность?

— Сейчас объясню, — пообещала Наталья. И собралась уж было приступить к рассказу, как вдруг поняла, что вся подготовленная речь растворилась в памяти, словно предрассветный туман в первых лучах солнца. Она стушевалась.

Заметив смятение подруги, Кристина подбодрила её:

— Мне ты можешь довериться, Наташ! Я секреты хранить умею…

— Знаю, потому и пришла… Просто не знаю, с чего начать…

— Начни с главного, — посоветовала Кристина.

И тогда Наталья, собравшись с духом, выпалила:

— Я хочу уйти от Горского!

Как ни странно, Кристина даже не удивилась. Напротив, сказала, снисходительно усмехнувшись:

— Наконец-то созрела! Я давно подозревала, что этот страдающий нарциссизмом банкир — тот ещё козёл! И поражалась тому, что ты ещё так долго живёшь с ним. До тебя ведь у него столько баб перебывало — не счесть! И ни одна больше двух-трех месяцев не задерживалась.

— А знаешь — почему?

- Догадываюсь. Самовлюбленный эгоист! Как, впрочем, и все мужики…

— Хуже, Крис! Горский — садист! Ему доставляет удовольствие причинять женщине не только душевную, но и физическую боль!

— Он бил тебя?! — Кристина оторопела. — И ты терпела?! Но почему?!

— Потому что боюсь его… Ты даже не представляешь, какое это чудовище — банкир Горский!

— Тогда уходи от него, не раздумывая! Первое время поживешь у меня, а потом что-нибудь придумаем…

— Спасибо, Крис, я знала, что могу на тебя положиться. Но… ты ещё не всё знаешь…

И далее Наталья со всеми душераздирающими подробностями поведала Кристине о своей жизни с момента знакомства с Горским. О том, как её похитили прямо с дороги и отвезли в какую-то тьмутаракань какие-то подонки, как насиловал потом, опутав с головы до ног верёвками, человек в балахоне, как аналогичная участь постигла чуть позже подругу детства… Рассказала и о письме Олеси, и о фотографии, сделанной её другом-журналистом Андреем… Когда же, выговорившись, умолкла, Кристина несколько минут сидела молча, с широко раскрытыми от потрясения глазами.

— Идём в гостиную, нам надо срочно выпить, — выдавила, наконец, она из себя, поднимаясь с кресла и направляясь к двери.

Наталья последовала её примеру.

В гостиной разговор продолжился лишь после того, как обе залпом осушили по бокалу креплёного вина.

— Я всё поняла, — сказала Кристина, отставив бокал. — Если ты от него уйдёшь — он тебя даже из-под земли достанет. Обращаться в полицию с версией о причастности Горского к похищениям и насилию бесполезно — прямых улик против него всё равно нет. Снимок, сделанный журналистом, — это косвенная улика, стопроцентно вины Горского не подтверждающая. Пока даже не вижу выхода из сложившейся ситуации… Если у тебя есть какой-то план — говори! Обсудим, обмозгуем вдвоём как следует, и чем смогу — помогу. В конце концов, мы ведь с тобой – одного поля ягоды: я – бывшая актриса, ты — бывшая танцовщица, обе приехали из провинции покорять Москву. Как видишь, у нас много общего.

— С одной лишь разницей — ты Москву всё же покорила, — поправила подругу Наталья. — По крайней мере, нашла себе достойного мужа, родила ему ребёнка, живете дружно и в достатке. Одно слово — семья!

— Да, — согласилась Кристина, — иногда мне и самой кажется, что я бываю несправедлива к своему Золотинскому. Но уж теперь, после твоего рассказа о Горском, буду ценить его на вес золота! Мне даже представить страшно, что мой Иван мог бы оказаться таким, как твой Горский! При знакомстве ведь в мозги к мужикам не влезешь, вот они и кружат вокруг нас как павлины — чей хвост пышнее и ярче... А мы, дурочки, клюем на их внешний лоск и в итоге оказываемся на крючке... Ну а дальше — кому какой крючок достанется, тут уж правило лотереи срабатывает... Тебе с «крючком» катастрофически не повезло, чего уж тут говорить... И ведь самое страшное в случае с твоим Горским — это то, что он непоколебимо уверен в своей безнаказанности!

— Поэтому я и решила «умереть», — прервала Наталья словоизлияние подруги.

— Умереть?! — Кристина аж подпрыгнула на стуле. — Ты с ума сошла?! Ты хочешь покончить с собой из-за этого ублюдка?!

— Нет, конечно, — успокоила её Наталья. — Я хочу умереть, чтобы жить, но — без него... Проще говоря, я хочу инсценировать свою смерть. Но в одиночку с этой задумкой не справлюсь... Поможешь?

Вместо ответа Кристина вдруг начала повторять на все лады одну из сказанных Натальей фраз:

— Умереть, чтобы жить... Жить, чтобы умереть... А что? По-моему, прекрасное название для полнометражного фильма. Думаю, Золотинскому понравится... Хотя нет, ещё лучше — хочу жить и умереть!

— Так ты поможешь мне или нет? — переспросила Наталья, приготовившись обидеться.

— Ой, ну, конечно же, помогу, Наташ! — оторвалась Кристина от творческих размышлений. — Даже не сомневайся! Говори, что от меня требуется!

— Для начала купи мне по доверенности машину. Недорогую, можно не новую, но главное — неприметную, чтобы внимания не привлекала. «Жигули», я думаю, вполне подойдут...

И далее Наталья посвятила подругу во все детали своего хитроумного плана. Кристине Золотинской оставалось лишь слушать да диву даваться, как в голове восемнадцатилетней девчонки могла зародиться столь блестящая идея...

***

Благодаря четкому следованию выбранной стратегии поведения Наталья вскоре обрела «право свободного перемещёния». Другими словами, Горский избавил её от необходимости постоянного сопровождения Анатолием, и теперь тот не ходил за ней по пятам.

Воспользовавшись столь благоприятным обстоятельством, в один из дней Наталья облачилась в спортивный костюм и, беспрепятственно покинув дом, сразу же направилась в лес. Ей не терпелось увидеться с Николаем, поговорить с ним, заручиться его поддержкой, хотя бы моральной.

Конец апреля выдался теплым, и девушка, наслаждаясь запахом прелой прошлогодней листвы, дошла до часовни довольно быстро. Ей даже показалось, что и само древнее строение с приходом весны как-то преобразилось, помолодело, что ли...

На этот раз Наталье и стучаться не пришлось — стоило ей приблизиться к знакомой двери, как та, словно по волшебству, сама собой распахнулась, причем даже без характерного скрипа. На пороге стоял Николай...

Наталья не сразу узнала его — настолько он изменился. Черты лица разгладились, серо-голубые глаза уже не казались потухшими и тёмными, а горели жаждой жизни. Неопределенного цвета волосы, прежде не имевшие никакой формы, были аккуратно пострижены и оказались красивого тёмно-русого оттенка с первыми проблесками седины на висках. На смену всегдашнему черному одеянию пришли джинсы и светло-серый свитер, под которыми обнаружилась подтянутая спортивная фигура...

— Здравствуйте, Николай...

Он улыбнулся.

— Я ждал тебя... Почему-то знал, что ты придешь именно сегодня... — Николай отступил, галантно пропуская гостью внутрь часовни.

Убранство лесного убежища бывшего актера осталось прежним: на стене — иконы, у окна — буржуйка, на столе — стопка книг...

— Надо же, последний раз я была здесь зимой, когда кругом лежал снег... — смущенно произнесла Наталья, не зная, с чего начать разговор.

— Верно, зимой. А сейчас вовсю разгулялась весна — время возрождения не только природы, но и человека... Но ты, я гляжу, так и не решилась изменить свою жизнь?

Наталья подошла к окну.

— Вы заменили стекла?

— Да... Но ты не ответила на мой вопрос.

— Готовлюсь и намерена сделать это в ближайшее время. Потому, собственно, и пришла — проститься. Вдруг мы больше никогда не увидимся?

— Мир тесен... Но я искренне рад, что ты всё-таки выбрала «смерть» ради жизни, — одобрительно кивнул Николай. — Между прочим, такой выбор весьма символичен, однако я не хочу сейчас забивать тебе голову всякой философской чепухой.

— В вашей жизни произошли какие-то изменения? Вы как будто помолодели…

— Это ты точно подметила! Я наладил контакт с детьми, вот и помолодел, видимо, благодаря общению с ними. Они, правда, наоборот — повзрослели, зато я, наконец, смог рассказать им всю правду.

— Они… простили вас?

— Скорее поняли, что меня не за что прощать и тем более винить. В итоге я снова обрел семью. На днях мы даже все вместе посетили могилу моей жены, их матери…

— Я очень рада за вас, Николай!

— Спасибо. А я рад, что ты зашла… Рад, что не забыла меня…

Наталья смутилась.

— Чаю? – привычно осведомился Николай.

— Нет, благодарю.

— Когда ты намерена осуществить свой план?

— С точной датой пока не определилась, но думаю, что скоро. Очень скоро…

— Может, успеешь зайти сюда ещё раз?

— Не знаю… Не уверена… — тихо произнесла Наталья. И вдруг поняла, что её словно магнитом тянет к этому красивому, странному и загадочному мужчине. И что она не хочет отсюда уходить. «А ведь ему, наверное, уже около сорока… — подумала она. — По возрасту мне в отцы годится… Но…»

Умудренный жизненным опытом и закаленный посланными судьбой несчастьями Николай догадался о внутреннем смятении девушки. Равно как и о том, что за её простыми будничными фразами скрывается нечто большее, просто в силу молодости ещё недоступное её пониманию.

— Ты слышала когда-нибудь выражение — «голод сердца»? — спросил он, приблизившись к Наталье почти вплотную.

— Голод сердца... — зачарованно повторила она. И призналась: — Нет, не слышала. А что оно означает?

— Состояние, когда человек долго-долго жил без любви и уже, можно сказать, отчаялся обрести её заново, как вдруг встретил удивительную, не похожую на других женщину, и у него появилось желание утолить голод своего сердца именно с ней. Вот как у меня — с тобой... — закончил он неожиданно.

Наталья словно прозрела: вот почему её так часто тянуло сюда, к Николаю! Она тоже хотела утолить голод сердца! Утолить голод сердца — с ним! Ведь в постели с Горским ей даже страсть приходилось изображать — ибо в сердце-то царила пустота...

Ощутив вдруг страстное желание полной близости с Николаем, Наталья вспомнила, что они находятся в часовне, и на мгновение греховность собственных мыслей испугала её. Но желание оказалось сильнее... «Господь простит меня, — успокоила она себя. — Обоюдное желание – это не грех... Грех — потакать в постели извращенцу Горскому...»

Пальцы сами собой потянулись к замочку молнии на спортивной куртке, взгляд затуманился... Николай, казалось, только и ждал этого момента: стиснув девушку в объятиях, он буквально впился поцелуем ей в губы...

Оба начали лихорадочно скидывать с себя одежду, и когда последние «преграды» пали к их ногам, Николай сильными мускулистыми руками подхватил Наталью под ягодицы и посадил на «себя». Она, в свою очередь, крепко обвила его торс гибкими стройными ногами, и два изголодавшихся по теплу и ласке тела сплелись в порыве взаимной страсти. Наталью впервые в жизни захлестнула волна подлинного неистового возбуждения: ощущая в себе упругий мужской орган, она громко стонала, поскольку получала настоящее, а не наигранно-показное удовольствие. Николай умело её направлял и поддерживал, и ей казалось, что она никогда им не насытится... Никогда не утолит накопившегося любовного голода...

...Возвращаясь домой, Наталья бежала по лесу так, словно за спиной у нее выросли крылья. В голове пульсировали слова, сказанные Николаем при прощании: «Уходи от него! Я брошу к твоим ногам всё, что у меня есть – свою любовь! И тебе не придется умирать даже понарошку...»

Впереди показался просвет — лес заканчивался. Наталья остановилась, прислонилась к дереву, возде́ла руки к небу:

— Господи, ну почему в жизни всё складывается не так, как хочется? Почему я не встретила Николая раньше? Почему судьба связала меня не с ним, а с Горским?!

Глава 18

Горский сдержал обещание: купил любовнице водительские права, как только она научилась водить машину самостоятельно. И теперь Наталья разъезжала по Москве чуть ли ни днями напролет, с поводом или без, а иногда и просто каталась по Рублёвскому шоссе взад-вперед, получая удовольствие от езды и нарабатывая навыки вождения.

Подруга Кристина, усевшись как-то на переднее сиденье в качестве пассажирки, призналась:

— Когда я впервые села за руль, меня тоже, помню,

охватило чувство собственной значимости. Я так же, как и ты, из-за руля не вылезала, но через пару месяцев это прошло — водительский пыл поубавился…

— Но это же так здорово — ездить самой, без водителя! - воскликнула в ответ Наталья и ещё энергичнее закрутила «баранкой».

— Тогда рули в «Плазу» — посмотрим, какие там новые коллекции одежды выкинули. Чего без пользы по Рублевке гонять?

Накупив полбагажника новомодных брендов, подруги зашли перекусить в одно из кафешек «Плазы».

— Я жутко проголодалась, шопинг всегда возбуждает у меня аппетит, — сказала Кристина, набрасываясь на креветочный салат.

Наталье есть не хотелось, поэтому она равнодушно ковырялась вилкой в тарелке просто за компанию.

— Я на днях была в лесной часовне, виделась с Николаем, — обронила Наталья как бы между прочим.

— А, совсем забыла рассказать тебе потрясающую новость о нем! — встрепенулась Кристина. - Представляешь, Петровский будет сниматься в новом фильме, который продюсирует мой Иван!

Наталья чуть вилку из рук не выронила.

— И давно ты об этом знаешь?

— Да уж пару недель примерно… Мой благоверный ни с того ни с сего вспомнил о Петровском и решил вытащить его из небытия. Говорит, проект с участием скандально-загадочного актера обещает быть потрясающим!

— И что, Николай дал согласие? — уточнила Наталья.

— Разумеется!

— Странно… А мне он сказал, что помирился с детьми…

— Угу, помирился... Тоже, кстати, по настоянию моего Золотинского! Надо же было репутацию Петровского как-то реанимировать...

Наталья сникла. «Значит, когда мы занимались с Николаем любовью, — огорченно подумала она, — он уже знал, что будет сниматься у Золотинского. Но мне почему-то об этом не сказал... Впрочем, а с какой стати он должен делиться со мной своими планами? Кто я ему? Так, одна из многих... Недаром ведь он мне не замуж за него выйти предлагал, а всего лишь свою любовь... А это, как известно, не одно и то же...»

Вечером того же дня Наталья посетила лесную часовню, но Николая в ней не застала. Затем в течение недели приходила туда ещё дважды, однако древнее строение всякий раз встречало её пустотой и безмолвием...

На майские праздники Горский увез Наталью в Италию, но на протяжении всего отдыха её голову сверлила одна и та же мысль: «Петровский просто использовал меня... Утолил не голод сердца, а всего лишь свою похоть, воспользовавшись удобным моментом и моей слабостью...» Чем больше Наталья об этом думала, тем тяжелее становилось у нее на душе. Любовные утехи с Горским стали теперь и вовсе невыносимыми, но, следуя своему плану, она по-прежнему терпеливо притворялась, что довольна любовником. Именно в солнечной Италии Наталья окончательно и бесповоротно решила «умереть», но сначала — непременно встретиться и объясниться с Петровским.

***

«Неужели я «умру», так и не увидев его?» - мысленно спросила себя Наталья, входя в часовню в очередной раз.

Расстраивалась она зря: Николай сидел за столом и читал книгу.

178

— Я снова предчувствовал, что ты придешь сегодня, — сказал он и поднялся навстречу.

Наталья растерялась.

— Я... Я пришла проститься... — пролепетала она чуть слышно. — В ближайшие дни я собираюсь «умереть»... Вернее, утонуть...

— А почему бы тебе просто не уйти ко мне, как я предлагал? Я от своих слов не отказываюсь.

— Ты же знаешь: Горский всё равно найдет меня и заставит вернуться... К тому же, как мне сказала Кристина Золотинская, ты оставляешь затворническую жизнь и возвращаешься в кинематограф...

— Да, это правда. Иван Золотинский пригласил меня в свой новый проект...

— Но ты ведь знал об этом уже тогда... - Наталья хотела добавить: «...когда мы утоляли голод сердца», но не решилась произнести эти слова вслух.

— Знал, — кивнул Петровский. — А разве это что-нибудь меняет?

— Многое... Ты снова станешь популярным и знаменитым, за тобой будут увиваться вереницы красивых женщин... А я? Что буду делать я, ничего собой не представляющая восемнадцатилетняя девчонка, рядом с тобой — известным актером и солидным сорокалетним мужчиной? Ты очень скоро начнешь тяготиться мною...

Николай привлек Наталью к себе, сказал ласково:

— Мы занимались с тобой любовью в этой часовне, под иконами. Можно считать, сам Господь благословил нас... Разве нам было плохо? Что тебе ещё нужно?

В памяти девушки всплыли события того незабываемого дня, сердце учащенно забилось...

— Я хочу определенности в отношениях и хотя бы относительной независимости в своих решениях, - призналась она.

— Ты сможешь заниматься тем, чем захочешь, — пообещал Николай.

— А твои дети? Они никогда не примут меня.

—Дети уже взрослые, у них скоро появятся свои семьи, и им будет не до нас с тобой…

— А ещё меня слегка пугает печальная участь твоей жены, — озвучила, наконец, Наталья давно тяготившую её мысль.

Николай отстранился от девушки, пристально посмотрел в её бездонные голубые глаза.

— Почему ты мне раньше об этом не говорила? Хорошо… Я тебе расскажу, как там всё случилось на самом деле…

Усадив Наталью на табурет, Николай подошел к висевшим на стене иконам и какое-то время постоял перед ними, словно беззвучно помолился. Потом глухо заговорил:

— Шесть лет назад умер мой отец. Перед смертью он рассказал мне, что у него есть внебрачный сын, и попросил меня о нем позаботиться. Я исполнил отцовскую волю: разыскал брата и стал ему по мере сил помогать. А поскольку к моменту нашего знакомства он уже окончил школу, помог ему, в частности, и поступить в Щукинское театральное училище. Тогда-то злые языки и распространили слух, что якобы я изменяю жене с молоденьким мальчиком. Между мной и женой состоялся неприятный разговор, в ходе которого я объяснил ей, что «подозреваемый» юноша – мой брат по отцу. К сожалению, подтвердить этот факт было некому — мать парня и наш с ним общий отец к тому времени уже умерли. Жена, правда, поверила мне на слово и успокоилась, но, как оказалось, ненадолго. Однажды кто-то прислал ей снимки, на которых – благодаря умелому фотомонтажу — мы с братом были изображены предающимися плотским утехам. Жена, разумеется, снова вспылила и, выследив нас с братом, сбила обоих машиной. Брат умер на месте, я попал в реанимацию, а жена вернулась домой и приняла большую дозу снотворного. Словом, заснула и больше не проснулась... Тесть с тещёй забрали наших детей к себе и до недавнего времени запрещали мне с ними общаться... Вот, собственно, и вся история... — Николай перевел дух. Видно было, что рассказ дался ему с трудом.

— Но кому понадобилось фабриковать фотографии? — недоуменно спросила Наталья.

— Издержки популярности, — грустно улыбнулся он. — В то время я был на пике славы и карьеры, вот и не обошлось без завистников...

— Или отвергнутых женщин, — добавила Наталья.

— И такой вариант возможен, — не стал спорить Петровский.

Наталья встала, подошла к нему и прислонила голову к его груди. Сказала:

— Спасибо, что рассказал мне правду. Но я всё-таки настроилась «умереть» и не хочу менять это решение. Вряд ли мы сможем быть вместе: у тебя свой путь, у меня — свой. Лучше, если ты не против, давай ещё раз утолим общий «голод сердца»... На прощание...

Николай припал к её губам страстным поцелуем...

***

На следующее утро Наталья проснулась с чувством скорых перемен в своей жизни. Горский уже уехал в офис, поэтому завтракала она в одиночестве. Потом, традиционно облачившись в любимый спортивный костюм, отправилась в лес. Там — вдали от жилых домов, но неподалеку от грунтовой дороги, — стояла легковая машина, скрытая от посторонних глаз высокими деревьями и густым кустарником. Как Наталья и просила, Кристина купила ей по доверенности автомобиль «Жигули» седьмой модели неброского бежевого цвета.

Приблизившись к легковушке и нажав кнопочку на брелке сигнализации, Наталья открыла багажник и на всякий случай ещё раз проверила его содержимое: пластиковые бутылки с питьевой водой, консервы, одежда — всё было на месте. Итак, она запаслась всем, что могло ей потребоваться не только в дороге, но и на первое время в другой, свободной жизни. В родной город Наталья планировала заехать лишь для того, чтобы забрать дорогие сердцу некоторые мамины вещи. Задерживаться в Сурске она не собиралась, так как знала, что обладающий серьёзными связями Горский легко может её там найти. В том случае, конечно, если вдруг не поверит в её «смерть»…

Два дня назад Наталья сказала Горскому, что во время очередного визита в «Плазу» у нее якобы украли сумочку, в которой помимо кошелька и золотой пластиковой карты (предварительно «опустошённой» самой Натальей!) находились паспорт и водительские права. Горский, конечно же, отпустил в адрес растяпы-любовницы несколько нелицеприятных фраз и приказал одному из своих служащих заблокировать карту. Исполнительный клерк, оперативно произведя надлежащие действия, был, однако, вынужден огорчить босса: «воришка» успел обнулить счет. Горский пришел в бешенство и даже пригрозил Наталье, что новую карту она от него больше не получит, и ей для вида пришлось как бы «расстроиться»…

Сейчас Наталья достала из кармана куртки паспорт, водительские права и кошелек с дальновидно снятыми с карты деньгами, рассовала их среди прочих вещёй и закрыла багажник. Огляделась. Далеко за деревьями мелькали силуэты мужчины и женщины, выгуливавших собак… Больше никого в поле зрения не было, и девушка, облегченно вздохнув, отправилась по привычке в часовню.

Николая там не оказалось. Не обнаружила Наталья и книг, всегда лежавших на столе, не досчиталась и одной из икон — с ликом Серафима Саровского. Наталья поняла: обратно Николай уже не вернется – в одну реку нельзя войти дважды…

Она вышла из часовни и обошла вокруг нее, словно хотела запечатлеть в памяти каждую деталь, каждую мелочь. Как ни крути, а это место было ей по-настоящему дорого, ведь оно всё ещё хранило тепло и энергию Николая. И именно здесь Наталья впервые познала и всепоглощающую любовную страсть, и желание раствориться в партнере, слиться с ним воедино. С Горским она не испытывала подобных чувств никогда, и сейчас совсем не была уверена, что испытает когда-нибудь с другим мужчиной…

Неожиданно из леса на поляну вышла женщина и направилась по единственной тропинке к часовне. На ухоженном лице женщины застыло выражение глубокой печали.

— Вы пришли к Николаю? —окликнула незнакомку Наталья.

— Да, — подтвердила та.

Наталья оглядела её: лет сорока-сорока пяти, одета в дорогой джинсовый костюм, подтянутая, старательно молодится…

— Вряд ли он снова сюда вернется, — огорошила она женщину.

— Почему вы так решили? — всполошилась та. — Вы это точно знаете? Или…

— Я это чувствую... — развела руками Наталья.

— Жаль, очень жаль... — искренне расстроилась женщина. – Николай — особенный человек, с ним было интересно общаться. В наше время таких отзывчивых людей нечасто встретишь — никому нет дела до чужих проблем... После смерти мужа я часто приходила сюда, разговоры с Николаем помогли мне пережить траур, научили не так остро ощущать свое одиночество...

Наталья ощутила горечь в горле.

— Мне тоже жаль, что я больше его не увижу...

— Вы говорите так, словно потеряли очень близкого человека, — безошибочно определила женщина, цепко оглядев юную собеседницу. – Неужели...

— Всего лишь так же, как вы, беседовала с ним, — поспешила заверить её Наталья, уже сожалея, что не смогла сдержать чувств. — Николай Петровский — талантливый актер, и теперь годы его забвения закончились. Скоро мы увидим его на экранах...

— Ох, часовню-то как жалко — окончательно теперь разрушится! — заохала-запричитала женщина. – Она ведь очень старинная и наверняка историческую ценность имеет... Я сама видела, как заботливо Николай её восстанавливал, приводил в порядок... Может, зайдем внутрь на прощанье?

Наталья согласно кивнула, и они вдвоем вошли в часовню.

— Надо же, Серафима Саровского нет, а Казанская Божья матерь и Николай Чудотворец остались, — указала женщина рукой на иконы. — Давайте, девушка, заберем их, всё равно ведь утащат! Я возьму Николая Чудотворца, а вы совсем ещё молоденькая, так что вам Казанская Божья матерь пригодится по жизни...

Наталья была несильна в богословии, поэтому

спросила:

— А вы не знаете, почему Николай забрал именно Серафима Саровского?

— Отчего же не знаю — знаю. Николай сам говорил мне, что, прочитав «Житие» этого святого, черпал потом из него для себя пример обретения силы и успокоения.

Поблагодарив женщину за пояснение и совет, Наталья подошла к стене и сняла икону Казанской Божьей матери. Ей показалось, что та ещё хранит тепло рук Николая и словно бы символизирует для нее начало новой жизни...

Глава 19

В середине мая Иван Золотинский, недавно вернувшийся из Европы, решил устроить для нескольких близких друзей, коллег и просто хороших знакомых пикник на свежем воздухе с последующей прогулкой на его яхте. Горский и Наталья тоже оказались в числе приглашенных — на правах соседей.

День увеселительного мероприятия выдался на редкость теплым и солнечным. Наталья пробудилась раньше обычного, и её снова охватило предчувствие чего-то близкого и неизбежного. Она села на кровати, покосилась на раскинувшегося рядом спящего Горского и вдруг ощутила, как ненависть наполняет всё её существо: ей захотелось задушить ненавистного любовника. После Олесиного письма практически каждый проведенный с Игорем день убеждал её в непростительности ошибки, совершенной ею прошлой осенью, когда она приняла его предложение о свидании.

Горский потянулся, чуть приоткрыл глаза.

— Доброе утро, любимый, — нежно проворковала Наталья, по привычке мигом погасив в себе истинные чувства.

Горский зевнул, откинул одеяло, продемонстрировал любовнице свое ненасытное «достоинство», поманил пальцем:

— Мой дружок изголодался…

Наталья снова сыграла роль страстной любовницы, надеясь в душе, что это в последний раз. Ведь совсем скоро ей предстояло сыграть другую роль — утопленницы.

***

Пикник был назначен в одном из нескольких коттеджей продюсера Золотинского — небольшом и не слишком комфортабельном, но зато расположенном на берегу Москвы-реки. Чета Золотинских нечасто сюда наведывалась — этот коттедж относился к одному из самых первых приобретений продюсера в сфере недвижимого имущества. Отчасти, возможно, именно поэтому строение выглядело достаточно скромным, а вот место его расположения — напротив, на редкость живописным.

— Миленькое местечко, — снисходительно констатировал Горский, остановив машину у ворот коттеджа.

Наталья вышла из автомобиля, огляделась. Неожиданно у неё засосало под ложечкой от страха: отчего-то ей вспомнился администратор фитнес-клуба Виталий, которого после выяснения отношений с Горским она ни разу больше не видела. И почему-то только сейчас отчетливо осознала, что обрекла этого наглого самовлюбленного молодого негодяя, если не на смерть, то на физические муки точно. «Господи, прости меня», - помолилась Наталья мысленно.

— Однако нехарактерная скромность для Золотинского, — продолжал разглагольствовать Горский через открытое окно джипа. — Впрочем, чему удивляться — чай, не гений… Наверняка денег лопатой не гребёт…

Наталья неопределенно пожала плечами: это смотря на какую лопату рассчитывать - саперную или совковую. Сама она считала Кристину очень обеспеченной женщиной, а её мужа — умеющим зарабатывать деньги мужчиной.

В этот момент автоматические ворота распахнулись, и Горский въехал во двор. Наталья прошла следом и, пока Игорь парковал свой джип, успела рассмотреть уже стоявшие на «гостевой» автостоянке три машины и навороченный по примеру американских байкеров мотоцикл. Возле байка в вызывающе соблазнительных позах извивалась сексапильная пышногрудая брюнетка в короткой юбочке, а Иван Золотинский снимал её дорогущей цифровой камерой.

Горский, выйдя из машины, даже присвистнул от восхищения:

— Ничего себе фотомоделька!

Наталья невольно почувствовала себя уязвленной: да, сама она, к сожалению, не обладала такими эффектными «выпуклостями», как у этой красотки. Из состояния легкого огорчения её вывела вовремя подошедшая Кристина:

— Приветик! Рада вас видеть!

Наталья и Кристина обменялись дружескими поцелуями и многозначительными взглядами, мужчины - рукопожатием.

— Познакомьтесь, — указала Кристина на жгучую красотку, — это Эмма. Молодая актриса, подающая большие надежды.

— Хочу пригласить её в один из своих новых проектов, — добавил продюсер Золотинский. И подмигнул недвусмысленно: — Из тех, что выходят в прокат под грифом «Только для взрослых».

Горский буквально пожирал Эмму глазами. Видно было, что её пышная грудь, тонкая талия, роскошные бедра и особенно упругая попка взволновали его не на шутку. Похоже, Эмма тоже поняла, что произвела на гостя сильное впечатление. Во всяком случае она, сидя на мотоцикле и желая, видимо, закрепить свой успех, наклонилась вперед так, чтобы почти полностью выставить грудь напоказ. Заметив, что джинсы Горского под ремнем красноречиво вздыбились, Наталья попробовала отвлечь его внимание от «соперницы»:

— Игорь, нам не пора познакомиться с другими гостями?

— Ступай, знакомься... - ответил Горский, даже не взглянув на нее.

— А ты?

— А я пообщаюсь с Эммой...

Неловкую ситуацию снова своевременно сгладила Кристина:

— Пойдем, Натали, на задний двор! Мы с Иваном специально отправили сегодня всех слуг по домам, чтобы гости приготовили шашлык сами. Так что наша с тобой помощь, я думаю, окажется совсем не лишней...

— Я тоже отснял всё, что хотел, — сказал Иван и заторопился следом за женой и её подругой, оставив Горского наедине с Эммой.

На заднем дворе все гости-мужчины деловито хлопотали около огромного мангала, а гостьи-женщины разделились: одни резали овощи, другие раскладывали фрукты на красивых блюдах восточной работы, самолично привезенных некогда хозяином с Ближнего Востока. Отстраненно наблюдая за кулинарной суетой, Наталья неожиданно поймала себя на мысли, что испытывает к Горскому не только ненависть, но и ревность. Да, похоже, она действительно приревновала его сейчас к Эмме. Конечно же, Наталья догадалась, что Кристина специально пригласила эту разбитную «сдобную» девицу как своеобразную «приманку» для Горского, но она и предположить не могла, что Игорю могут быть интересны столь вульгарные особы. И ладно бы, если б рядом не было её, Натальи! Но они ведь пришли в гости вместе, вдвоём!

Как когда-то в Австрии, Наталья вновь испытала чувство, словно об нее вытерли ноги. «Что ж, зато это очередное унижение станет на сей раз последним, — успокоила она себя. — Да и, в принципе, чего я хочу от Горского? В конце концов, меня-то он ведь тоже встретил в стрип-клубе, а не в институте благородных девиц! Тогда чем же я лучше этой Эммы в его глазах? Да ничем… Просто я — его собственность. Пока. И когда «умру», его собственностью станет Эмма… Вот пусть она своей задницей и почует, каково это — быть любовницей Горского!»

Тем временем, стоило чете Золотинских и Наталье удалиться, Горский действительно начал активно обхаживать красотку Эмму. Задница у нее и впрямь была роскошной — под стать крепким длинным ногам и пышному бюсту. Желая поскорее пристроиться к умопомрачительному заду эффектной брюнетки, Горский пошёл в атаку:

— Эмма, а какие у вас планы на завтрашний вечер?

— Никаких, я совершенно свободна, — игриво повела она плечом.

— Тогда предлагаю встретиться в более неформальной обстановке…

Губы Эммы, накрашенные ярко-красной помадой, растянулись в призывной улыбке:

— А разве здесь она формальная? Кажется, мы с

вами сейчас не на презентации и не на приеме у министра, а в кругу друзей… И я пришла сюда одна… В отличие, правда, от вас…

— Считайте, что я тоже пришел один, - перебил её Горский, дав понять, что привык потакать только своим желаниям, а спутницей, с которой прибыл к Золотинским, всегда готов пренебречь. Одновременно он вплотную приблизился к Эмме, вдохнул аромат её смуглой развратной кожи и, возбудившись до крайности, обеими пятернями вцепился в упругий аппетитный зад. — Эту часть женского тела я люблю больше всех остальных, Эмма, — жарко шепнул он ей в ухо. — Надеюсь, мы приятно проведем время…

Начинающая актриса поняла, что её новый знакомый отдает предпочтение анальному сексу, но, ничуть не смутившись данным обстоятельством, податливо прижалась к Горскому всем телом.

***

Между тем на заднем дворе коттеджа Золотинских Наталья начала громко возмущаться:

— Кто такая эта Эмма? Откуда она взялась?!

Цель была достигнута: хлопотавшие над фруктами и овощами женщины стали невольно переглядываться и перешептываться.

— Её пригласил мой Иван, — ответила Кристина, продолжая спокойно резать помидоры. – В основном для того, чтобы она развлекала одиноких мужчин.

— А разве такие здесь есть? — не унималась Наталья.

— Должны подойти… Один-то точно будет… Известный, кстати, режиссер. Просто он недавно распрощался с прежней подругой и теперь подыскивает ей замену…

190

На самом деле Эмму «нашла» сама Кристина — с помощью своего агентства, в которое ежедневно обращались безработные, но жаждущие славы и денег начинающие актрисы. Конечно же, среди них встречались иногда таланты-самородки, однако основную массу составляли как раз такие, как Эмма, — с внешностью и повадками порноактрис. Словом, внимательно изучив портфолио Эммы, Кристина нашла её самой подходящей кандидатурой для осуществления их с Натальей плана. Поэтому порекомендовала потом мужу, сказав, что помимо яркой и эффектной внешности Эмма обладает ещё и якобы отличными актёрскими задатками. Золотинский, доверявший профессиональному чутью жены, в её словах нисколько не усомнился и пообещал задействовать Эмму в одном из ближайших своих проектов.

И вот накануне пикника Кристина попросила мужа пригласить ещё и Эмму: чтобы та, мол, заранее освоилась в высшем обществе, а заодно и познакомилась с нужными людьми. Иван, конечно, удивился столь неуемному протежированию женой простой актрисы, но возражать не стал — уступил и этой просьбе супруги. А заодно и решил сделать несколько снимков Эммы, дабы убедиться, что она действительно подходит для роли в его новом фильме.

Когда Горский и Эмма примкнули, наконец, к остальным гостям, Наталья по довольному лицу любовника поняла, что он успел «заарканить» новую «жертву».

— О, шашлычки! — излишне оживленно воскликнул Горский и почти по-детски захлопал в ладоши.

Уж кому, как не Наталье, было знать истинную причину такого его поведения…

— Друзья, предлагаю выпить! — жизнерадостно объявил Иван Золотинский. — Мясо будет жариться ещё долго, а промочить горло требуется срочно!

Мужчины поддержали предложение хозяина одобрительным гулом и тотчас откупорили несколько бутылок вина. Наталья тоже взяла бокал.

— Ты особо-то не увлекайся, — буквально одними губами предупреждающе шепнула ей Кристина.

Наталья понимающе кивнула, незаметно выплеснула вино на траву и, не выпуская бокал из рук, слегка развязной походкой направилась к Горскому.

— Ну и как тебе Эмма? — в лоб поинтересовалась она, приблизившись.

— Очаровательное создание! — с видом сытого кота ухмыльнулся Горский.

— Ты положил на нее глаз?! — повысила Наталья голос до неприятной визгливости. – Забыл, что пришел сюда со мной?!

— Э-э, да ты уже пьяна, — брезгливо поморщился Горский. И повернулся к Золотинскому: — Иван, этой девочке больше не наливать!

— А что мне ещё остается делать, если не пить?! — продолжала громко негодовать Наталья. – Любуешься своей Эммочкой — вот и любуйся! А мне не мешай! Я хочу напиться и напьюсь! — Она решительно потянулась к ближайшей бутылке.

Горский грубо перехватил её руку и угрожающе прошипел:

— Ещё раз взвизгнешь — пожалеешь… Забыла, кто ты есть? Или решила установить здесь свои правила игры?

— Нет… — Выдернув руку, Наталья испуганно отступила.

— Вот и правильно. Продолжай быть умницей. Развлекись тут с кем-нибудь, я разрешаю. Я сегодня добрый.

192

Таким она Горского никогда ещё не видела. И объяснение этому могло быть только одно: он решил заняться Эммой всерьез. С одной стороны, Наталье это было на руку, но с другой — мешало чувство уязвленной гордости. Вернее, остатков гордости, поскольку за время совместной жизни с Горским от её былой гордости остался один пшик... «Неужели я его всё ещё люблю? – удивленно задала она себе мысленный вопрос. И в следующую секунду сама же решительно на него ответила: — Нет! Однозначно нет. Но ведь любила... — И неожиданно вспомнила о Николае: — Интересно, а как бы Петровский отреагировал на Эмму? Он ведь говорил, что никогда не изменял своей жене...»

Оставив Горского на время в покое, Наталья отошла к другому концу накрытого во дворе стола, снова наполнила бокал вином и стала прохаживаться по двору с обиженно-обреченным выражением лица. Гости, безусловно, заметили, что между банкиром и его юной пассией произошла размолвка. Не укрылись от их внимания и сексапильные «авансы», щедро раздаваемые банкиру Эммой. Однако публика у Золотинских собралась довольно интеллигентная, поэтому все старательно делали вид, что ничего особенного не происходит. В конце концов, не зря же говорится: «Милые бранятся – только тешатся». Может, и здесь как раз тот самый случай?

Несколько раз к одиноко бродившей Наталье «подкатывался» с шаблонными комплиментами «холостяк»-режиссер, но, не найдя взаимопонимания, вскоре махнул на нее рукой: слишком уж сосредоточенное и неприветливое лицо было у юной особы — с такой на пикнике не развлечешься!

Наталья вернулась к гостям, только когда шашлыки наконец «созрели». Да и то лишь по настоятельной просьбе Кристины. И, в отличие от прочих гостей, набросившихся на долгожданную горячую закуску с аппетитом волчьей стаи, взяла всего один кусочек мяса — для приличия.

Стоявшая у противоположного конца стола Эмма, напротив, обкусывала свой шампур и причмокивала вызывающе сексуально, и Горский вился вокруг нее вьюном. Вдобавок к нему присоединился «озабоченный» режиссер, и теперь оба соперничали за обладание аппетитной похотливой самкой. Эмма же вела себе как кошка во время течки: успевала повисеть то на Горском, то на режиссере, а то и на обоих сразу. Наконец Горский не выдержал и, разгоряченный вином и страстью, отвел «соперника» в сторону. Нахохлившись, они о чем-то бурно побеседовали, и режиссер после этого разговора «сдулся». Теперь хвост Эммы был поднят и распушен только для Горского.

К Наталье подошел Иван Золотинский.

— Простите, Наташа, мне крайне неловко за поведение Эммы, — произнес он извиняющимся тоном. — Я знаю, что вы подруга моей жены, и, поверьте, Кристина всегда отзывалась о вас только положительно. Она ценит вас и как первоклассного хореографа, и просто как замечательного человека… Приглашая сюда Эмму, я, право, и предположить не мог, что всё так обернется…

«Зато Кристина знала, что именно так всё и случится! — мысленно восхитилась Наталья. — Она всё просчитала наперед! Удивительно прозорливая у меня подруга! Умеет разбираться в людях!» Вслух же сказала:

— Не корите себя, Иван. — Вы здесь ни при чем. Просто господина Горского, увы, лишь могила исправит…

— Я тоже считаю, что вы заслуживаете более дос-

194

тойного спутника жизни, нежели Игорь Горский, — неожиданно признался продюсер. — Мне он кажется весьма... хм... своеобразным человеком. Возможно, именно поэтому мы с ним и не сошлись близко — приятельствуем чисто по-соседски. Тем не менее, я о нем наслышан, ведь Рублевка — по сути та же большая деревня. В каждом доме работают охранники, горничные, повара, гувернантки, садовники, уборщицы, и каким-то немыслимым образом они все меж собой общаются. А как сказал один классик, не помню, кто точно, «для прислуги нет большего удовольствия, чем посплетничать о жизни своих хозяев». Собственно, именно благодаря слугам и «выносится сор из избы», в данном случае — из богатых частных домов. Так вот у Горского некоторое время назад работала поварихой очень общительная женщина. А вдобавок и любопытная: имела привычку подслушивать разговоры хозяина и подглядывать за ним, чтобы потом делиться услышанным и увиденным со своими коллегами-товарками из соседних домов. В результате она, разумеется, была Горским уволена, но частично её рассказы дошли и до моих ушей... — Он помолчал, отпил из бокала глоток вина и закончил свою речь закономерным советом: — Уходите от него, Наталья! Вы молоды, способны и привлекательны, у вас вся жизнь впереди... Но — не с Горским. Извините, если чем-то обидел... — Откланявшись, Иван удалился по направлению к гостям, уже насытившихся и наперебой требовавших обещанной прогулки на яхте.

Наталья внутренне сгруппировалась: вот и настал он, долгожданный момент! Теперь лишь бы не сдрейфить и не отступить назад!

Прикинувшись уже изрядно пьяной, она вслед за Золотинским подошла к гостям и безвольно повисла на плече Кристины.

— Ну, ты и налакалась, подруга! — воскликнула та с «упреком». — Говорила же тебе — закусывать надо! Тогда тебя с хорошего вина не развезло бы так!

— Вы ей в следующий раз лучше самогонки налейте, чтобы хорошее вино зря не переводить, — съехидничал проходивший мимо Горский. — Самогон для нее привычнее... — И, хохотнув, он в обнимку с Эммой проследовал в сторону яхты.

Туда же двинулись и все остальные. Последними шли Наталья и Кристина, поскольку Наталье приходилось изображать шаткую пьяную походку. «Откуда он знает про самогонку? — вяло подумала она. — Я и пила-то её всего пару раз в жизни... Наверное, очередной стереотип: раз провинциалка и стриптизерша, значит — шлюха и хлещёт самогон наравне с мужиками...»

Когда все гости поднялись, наконец, на яхту, Иван отдал швартовы.

Глава 20

— Я знаю отличный островок, где есть пристань и можно пришвартоваться! Сейчас отвезу вас туда! — пообещал Золотинский возбужденным от выпитого количества спиртного гостям.

Сам же он был практически трезв. Не потому что не пьянел, а потому что вообще мало пил, предпочитая вести трезвый образ жизни. Однако при этом слыл гостеприимным хозяином, готовым напоить гостей до упаду, причем не абы чем, а самым дорогим вином.

Сейчас Золотинский, раскрасневшийся от воздуха и обильной еды, стоял в капитанской кепке у штурвала и уверенно вел яхту к пункту назначения, а гости развлекались кто чем. Незадачливый режиссер, так и не обретший женского внимания, лениво жевал мясо с овощами, предусмотрительно прихваченными с пикника на судно хозяином, Наталья демонстративно «налегала» на вино, Кристина в основном находилась подле мужа, остальные гости просто общались, разбившись по парам. Одна пара уединилась под парусиновым тентом и возбужденно там шепталась, вторая — устроила шутливую перебранку, третья — о чем-то негромко спорила, четвертая... Четвертая же пара напоминала скорее трио, ибо пылко обнимавшиеся Горский и Эмма находились под прицелом глаз Натальи. И глаза её выражали почти неподдельное «негодование».

Наконец Наталья «взорвалась».

— Игорь, прекрати делать вид, словно я для тебя пустое место! — яростно выкрикнула она и набросилась на Горского с кулаками. — Сейчас же прекрати лапать эту девку!

Рассвирепевший Горский в два счета заломил ей руки за спину и втащил в гостевую каюту.

— Ты что, совсем с катушек слетела?! — заорал он, угрожающе выпучив глаза. — Опозорить меня хочешь? На скандал нарываешься?

— Ну ударь меня, ударь! Ударь! — завопила что есть мочи «пьяная» Наталья. — Тебе ведь не привыкать бить меня! Пусть все знают, какой ты садист на самом деле! Сади-и-ист!

Задохнувшись от злобы, Горский ударил Наталью в солнечное сплетение, но силу удара всё же смягчил: как-никак, люди вокруг. И даже поддержал под руки, не позволив осесть на пол. Потом усадил на диван и, взяв двумя пальцами за подбородок, четко и внятно, чеканя слова, негромко процедил:

— Запомни, сучка, ты меня сама вынудила! Ведешь

себя как провинциальная дура!

— Но ты… ты… — восстанавливала дыхание Наталья, — ты прилип к этой размалеванной шлюхе, а на
меня… на меня… даже внимания не обращаешь… Тебе
совсем на меня наплевать, да?

— О господи! — схватился за голову Горский. —
Ну почему все бабы такие дуры?! Включи мозги, детка!
Если, конечно, они у тебя есть… Пойми, дуреха, тебя я
вижу каждый день и немножко устал от тебя! Понимаешь?! Вот мне и захотелось немного развлечься с другой,
раз уж такой удобный случай представился! Ну трахну я
пару раз эту Эмму, подумаешь! Что с того? От этого ничего не изменится, и ты ведь всё равно не уйдешь от меня!

«Провокация? — мелькнула у Натальи мысль. —
Хочет вынудить меня на откровенность? На признание в
том, что собираюсь сбежать от него? Да нет, вряд ли он
догадывается о моих планах… Хотя хитрый и непредска-
зуемый, гад…»

Поэтому вслух осторожно спросила, не забывая пе-
ремежать слова горькими «пьяными» всхлипываниями:

— Игорь, а может, ты и сам хочешь, чтобы я ушла?
Тогда лучше скажи мне об этом прямо сейчас…

— Ну, конечно же, не хочу! Ты меня пока во всём
устраиваешь — покладистая, не транжира, не ханжа…
Но при этом я не намерен ущемлять себя в удовольстви-
ях! К тому же ты мне не жена, так что не имеешь права
требовать от меня верности! Запомни это!

— А если бы я… была ею? — вкрадчиво спросила
Наталья. — Твоей женой! Имела бы я тогда право требовать от тебя верности?

— Я никогда на тебе не женюсь! — цинично расхохотался Горский. — Ты для меня навсегда останешься
стриптизершей из «Дикой кошки»! Как, впрочем, и для

всего моего окружения, сколько бы ты ни изображала из себя хореографа!

Наталья разревелась, причем, теперь уже совершенно искренне.

— Всё, хватит мне тут сцены ревности закатывать! — недовольно поморщился Горский, еле сдерживая раздражение. — И вообще я запрещаю тебе выходить из этой каюты! Лучше ляг и проспись — быстрее протрезвеешь!

— Я не хочу спать! — вскинулась, размазывая слезы по лицу, Наталья. — Я не хочу жить...

Последняя её фраза настигла Горского уже на выходе из каюты, поэтому он лишь равнодушно пожал плечами.

Все присутствующие на яхте сделали вид, что не слышали их разговора, и только Кристина посмотрела на Горского осуждающе.

Тем временем Наталья быстро утерла слезы и, собравшись с мыслями, стала настраиваться на финальный «марш-бросок».

Когда яхта пришвартовалась к пристани, гости покинули судно и «расползлись» по острову. Сошла, неуклюже пошатываясь, на берег и Наталья. Проследив взглядом за Горским и Эммой, увидела, что те торопливо удаляются вглубь островка в поисках, надо думать, укромного местечка для удовлетворения обоюдной похоти. Усмехнувшись, Наталья уселась прямо на берегу и снова стала то и дело «прикладываться» к бутылке, с которой по-прежнему не расставалась. Вскоре к ней подошла Кристина, присела рядом, шепнула:

— Я, если честно, очень волнуюсь и переживаю за тебя, Натали, но мне кажется, что пока всё складывается на редкость удачно.

— Да, — согласилась Наталья, — пока всё работает на наш план. А за меня не волнуйся — главное, я окончательно убедилась, что мое решение — единственно верное. И если о чем и буду впоследствии сожалеть, то только о том, что вынуждена расстаться с тобой… Ты стала для меня настоящей подругой, поверь, Крис! Как Олеся…

***

Вечерело, от воды тянуло прохладой. Утомившись гулянием по острову, гости начали постепенно подтягиваться к пристани. Разобиженный на весь свет режиссер умудрился в одиночку напиться так, что Золотинскому пришлось транспортировать его на яхту на собственных плечах. Горский и Эмма вышли из леса последними, лица обоих светились пресыщением и умиротворенностью.

Когда уставшее и помятое сообщество взошло, наконец, на палубу, Иван Золотинский, посеявший где-то на острове свою капитанскую кепку, повел судно в обратный путь.

Большая часть гостей, в том числе Горский с Эммой, разместились в гостевой каюте, где уже спал беспробудным сном режиссер. Наталья, Кристина и средних лет супружеская пара всё ещё оставались на палубе. В рубке яхты, крепко держа в руках штурвал, насвистывал какой-то незатейливый мотивчик Золотинский.

— Скоро, Натали, уже скоро, — шепнула Наталье Кристина, всматриваясь в очертания берега. — Осталось минут пять, не больше… Как только увидишь заросли камышей — прыгай! Но сначала — прощальный «концерт»! — напомнила она.

— Я готова, — шепнула в ответ Наталья. И, собравшись с духом, начала трясти Кристину за плечи и истерично кричать: — Это ты во всём виновата! Это ты привела сюда шлюху Эмму из своего агентства! Это из-за тебя я осталась одна!

— Успокойся, Натали! — резко одернула её Кристина. — Я себя виноватой не считаю! Обвиняй своего кобеля Горского! — С этими словами она обиженно развернулась и ушла в рубку к мужу.

Наталья разрыдалась в голос. Стоявшая неподалеку супружеская пара, не желая, видимо, становиться очередным объектом обвинения, тоже спешно ретировалась в рубку Золотинского. Зато отсутствие посторонних позволило обоим высказаться, наконец, по поводу случившегося. Как выяснилось, супруги искренне сочувствовали Наталье.

— Эмма, конечно, красива и эффектна, и я, как мужчина, вполне понимаю Горского. Но надо же уважать и свою женщину! — высказал свое мнение супруг.

— Горский отвратителен! — возмущенно воскликнула супруга. — И эта распутная девица Эмма ему под стать! Они друг друга стоят!

Выбрав момент, когда Золотинские и гости-супруги не смотрели в её сторону, Наталья… спрыгнула с борта яхты в воду.

Остальное — «обнаружить» через некоторое время исчезновение подруги и поднять всех на ноги — должна была сделать Кристина.

…Наталья благополучно доплыла до камышей и выбралась на берег недалеко от того места, где была спрятана её машина. Беглянка дрожала от холода: майская вода ещё не достаточно прогрелась и для комфортного купания пока не предназначалась. Добежав до машины, Наталья достала ключи, предусмотрительно спрятанные под одним из близлежащих камней, открыла багажник и, быстро скинув с себя мокрую одежду, переоделась во всё сухое. Мокрую одежду она сложила в пакет и затолкала вглубь багажника. Потом достала икону Казанской божьей матери, перекрестилась.

— Ну вот и всё, — облегченно прошептала Наталья, прижав икону к груди. — Теперь я для Горского умерла... — Невольно ей вспомнился Николай Петровский, и к горлу подступил горький комок. Но она быстро взяла себя в руки: убрала икону, закрыла багажник и села в машину.

Выехав через пятнадцать минут с грунтовой дороги на шоссе, Наталья резко нажала на газ и подбодрила себя:

—Ну, с Богом! Вперед, к новой жизни!...

***

Тем временем Кристине пришло время «вспомнить» о подруге.

— Пойду-ка посмотрю, как там Натали, — сказала она мужу и гостям-супругам. — Не надо было оставлять её одну в таком состоянии...

—Успокой её, — посоветовал Иван. — Девушка она хорошая, без мужа не останется. Горский её слез не стоит.

Супружеская пара дружно его поддержала.

Покинув рубку, Кристина неторопливо обошла всю палубу, время от времени громко выкрикивая имя Натальи, а потом спустилась в гостевую каюту и встревоженно поинтересовалась:

— Наталья здесь?

— А с какой стати ей здесь быть? — первой отозвалась Эмма и демонстративно закинула ногу на колено Горского, показывая тем самым, что успела завлечь банкира в свои сети и что никакие его прежние пассии ей и в подметки не годятся.

— Её нет на палубе! — раздраженно повысила голос Кристина. — И в капитанской рубке нет! Я уже не знаю, что и думать! Лишь бы не случилось трагедии — с учетом нынешнего-то её состояния...

Женщины-пассажирки в ужасе округлили глаза. Беспокойно заерзал на диване и Горский, осознав, видимо, что в жажде новых ощущений мог зайти слишком далеко.

— Надо обшарить всю яхту! — громко объявил он, решительно отстраняя Эмму и поднимаясь. — Проверить каждый уголок!

Под руководством Кристины и при активном участии Горского гости обыскали потом не только каждый угол, но и каждую щелочку, однако Наталья как в воду канула (что, по иронии судьбы, действительно соответствовало истине). Даже Иван Золотинский выключил мотор яхты и битый час обыскивал яхту вместе со всеми пассажирами, но всё было тщетно.

— Что с ней могло случиться? — растерянно недоумевали гости.

— Кажется, я догадываюсь — что! — выступила вперед Кристина. Выставив указательный палец в сторону Горского, она бросила обвинение прямо ему в лицо:

— Думаю, что Наташа, не выдержав вашего, Игорь Николаевич, пренебрежительного к ней отношения, решила покончить с собой и выбросилась за борт! Не исключаю даже, что она уже утонула! — И повернулась к мужу: — Иван, поворачивай обратно: на всякий случай продолжим поиски! Может быть, нам ещё удастся спасти Наташу!

Гости, потрясенные гневно-обличительной речью Кристины, начали оживленно обсуждать направление и способы поисков. Даже проснувшийся режиссер заметно протрезвел.

— Смерть под парусом, — мрачно пробубнил он.

— Знакомое название… Я такой фильм смотрел, помнится…

Что и говорить — ради подруги Кристина Золотинская проявила себя не только как великолепный сценарист и талантливый режиссер, но и как гениальная актриса. Жаль только, именитый супруг даже не догадывался об этом…

— Уже темнеет, Крис, мы можем не разглядеть Наталью на воде, — возразил Иван. — К тому же мне кажется, что насчет самоубийства ты погорячилась, дорогая… Просто твоя подруга была не очень трезва, поэтому, возможно, в какой-то момент потеряла равновесие и свалилась за борт. Но в любом случае, конечно же, необходимо вызвать спасателей и полицию… Я сам сейчас позвоню… Будем молить Бога, чтобы всё обошлось благополучно… — Он вытащил из кармана парусинового пиджака мобильный телефон и поочередно набрал нужные номера, но обе «службы спасения» ответили, что смогут приехать только утром, поскольку-де ночные поиски на воде бессмысленны и бесполезны.

Меж тем Кристина, войдя в роль негодующей подруги и не имея ни сил, ни желания из этой роли выйти, с огромным удовольствием прилюдно отвесила Горскому звонкую пощечину. Не привыкший к подобному к себе отношению Горский «смиренно» опустил глаза, но на скулах его отчетливо заиграли желваки.

— Что, боитесь дать сдачи, господин банкир?! — продолжала яриться Кристина. — Ну ещё бы, я ведь вам не беспомощная Наташка! В отличие от нее за меня есть кому заступиться! Мой муж вам голову оторвет, если вдруг вздумаете ответить мне рукоприкладством!

— Успокойся, милая! — ласково обнял её Иван. — Хотя, по правде говоря, у меня тоже кулаки чешутся съездить как следует по физиономии господина Горского…. А ты, — он повернулся к Эмме, — ни одной роли у меня не получишь, можешь теперь и не мечтать! Играй Белоснежку на детских утренниках, если позовут!

Глава 21

Не чувствуя ни жажды, ни голода, Наталья без остановок мчалась по шоссе всю ночь напролет и на рассвете достигла наконец родного Сурска. Лишь подрулив к дому и заглушив мотор, она ощутила страшную усталость. Однако отдыхать было некогда: скоро начнут просыпаться соседи, а ей совсем не хотелось, чтобы её здесь кто-нибудь видел. Как говорится, береженого Бог бережет.

Наталья осторожно поднялась на рассохшееся скрипучее крыльцо, нашарила над притолокой некогда припрятанный на всякий случай запасной ключ, отомкнула дверь и шагнула в дом. В лицо ударила волна застоявшегося запаха затхлости и плесени. Выключатель на стене щелкнул вхолостую, и Наталья поняла, что за длительную неуплату по коммунальным счетам её квартиру отключили от электрического щитка.

Когда глаза стали привыкать к полумраку, Наталья начала различать очертания предметов. Войдя в комнату, увидела на полу тёмное пятно, источающее неприятный запах всё той же застарелой плесени. Осторожно приблизившись и присмотревшись, обнаружила, что тёмное пятно — не что иное как зияющая в полу дыра. Видимо, насквозь прогнившие деревянные половицы обвалились под собственной тяжестью. Из одного угла комнаты в другой с отвратительным писком метнулась стайка потревоженных мышей.

Наталья подошла к шифоньеру, не без труда отворила скрипучие створки, на ощупь выбрала из своих и материнских вещёй те, за которыми приехала.

— Натаха, ты, что ли? — раздался вдруг за спиной знакомый голос.

Вздрогнув от неожиданности, Наталья оглянулась: в дверном проеме стоял сосед Василий Петрович.

— Я, — отозвалась она. — Осторожно, дядь Вась, в полу доски сгнили…

— А я-то думаю, кто это в такую рань приперся? — начал сосед объяснять свой внезапный визит, как бы оправдываясь. — Не спалось мне, как обычно, ворочался с боку на бок… А тут вдруг слышу — машина к дому подъехала, да и остановилась. Вот я и насторожился, решил проверить, кого это нелегкая принесла… Ты уж не серчай, что напугал тебя…

— Да я и не серчаю, — успокоила его Наталья.

— Ты как, насовсем вернулась?

— Нет… Заскочила вот только кое-какие вещи забрать.

— Выходит, не сложилась в столице жизнь, — понимающе крякнул сосед. — И куда теперь?

— Пока и сама не знаю… м чистосердечно призналась Наталья.

— А где же Олеська? Её старики первое время даже переживали, когда хватились, что дочери и след простыл. Цельную неделю горе бухлом заливали.

— Не знаю, дядь Вась… Мы с Олесей давно не виделись, разошлись как-то наши пути-дорожки, — не стала Наталья вдаваться в подробности. — А к тебе, дядь Вась, у меня просьба большая: не говори, пожалуйста, никому, что я приезжала…

— Неприятности? — смекнул Василий Петрович.

— Что-то в этом роде…

— Могила! — поклялся сосед. — Ты ж мне как дочь.

Наталья подошла к соседу, благодарно обняла его.

— Прощай, дядь Вась! Кто знает, свидимся ещё или нет...

— Прощай, дочка... Но только знай и помни: я твою маму смолоду очень сильно любил! Просто так уж жизнь повернулась – родила она тебя от другого. От образованного, красивого, из обеспеченной семьи...

— Да разве ж мой отец шибко образованный, если он только ремесленное училище окончил? — улыбнулась Наталья. — Да и обеспеченным никогда вроде не был... Бабушка моя, его мать, была простой деревенской женщиной...

— Ты, Натаха, говоришь сейчас про человека, которого считаешь своим отцом! — перебил её сосед Филиппов. — А он ведь женился на твоей матери, когда ты у нее уже была! Совсем крохотная, правда, но была...

— Ничего не понимаю... — растерялась Наталья. — Так, значит, мама родила меня...

— От другого парня! — закончил за нее фразу Василий Петрович. — Я его даже пару раз видел — приезжал сюда холеный такой, лощеный, всё пытался матери твоей голову сызнова морочить... Но когда понял, что не добьется ничего, укатил с концами... Обратно в Пензу к себе...

— Я и понятия об этом не имела! — обескураженно призналась Наталья.

— Ну ещё бы! Отец-то твой, царствие ему небесное, всем уши прожужжал, что ты – его родная дочь. Многие поверили. Почти все, кроме меня...

Наталья бросила беспокойный взгляд на окно.

— Светает, дядь Вась, мне пора! Не хочу, чтобы меня здесь увидели...

Сосед проводил девушку до машины, помог сложить взятые ею в доме вещи в багажник. На прощание Наталья снова обняла его и поцеловала.

— Спасибо, дядь Вась, что рассказал мне правду…

— Не знаю, пригодится ли она тебе, моя правда-то, — вздохнул Василий Петрович. И вдруг оживился: — А ты вот что, дочка, поезжай-ка ты к своей тетке Настасье! Она многое знает, нечета мне! По молодости-то Ирина, твоя мамка, и Настасья были не разлей вода! Ирина одно время даже жила у сестры в деревне — уехала из Сурска сразу после того, как я женился… Эх, до сих пор себя простить не могу за скоропалительность! Ну да речь сейчас не обо мне… Так вот там-то, у Настасьи в деревне, Ирина и познакомилась со своим пензенским интеллигентом, твоим настоящим отцом! А уж в Сурск-то с тобой на руках вернулась…

Наталья напрягла память: действительно, у мамы была сестра Анастасия, только общались сестры в последние годы почему-то нечасто. Припомнила Наталья и то, что Анастасия живет в расположенной в тридцати километрах от Сурска деревне Мукоудёровка. Помнится, в детстве мама ей даже объясняла, что своим смешным названием деревня обязана беглым крепостным крестьянам – якобы те толпами удирали от мук подневольной жизни. Странно, но последние три года Наталья вообще ничего не слышала о родственнице… Знала, правда, что у той есть дочь Марина, пятью годами старше Натальи, но видела она их всех давным-давно, в далеком детстве, да и то, кажется, лишь единожды… «Зато теперь я точно знаю, куда мне ехать! В Мукоудёровку, к тетке Настасье!» — приняла Наталья решение, садясь за руль.

В дороге девушку сопровождали дорогие её сердцу воспоминания, связанные с родителями. Мама умерла, подорвав здоровье на работе и получив осложнение на сердце... Отец скоропостижно скончался тремя годами раньше... А теперь вот выяснилось, что её биологический отец — совершенно другой, незнакомый ей человек. «Ему сейчас, наверное, чуть больше сорока лет, — размышляла Наталья, одновременно внимательно следя за дорогой. – Интересно, помнит ли он, что у него есть дочь? Может, попробовать его разыскать?»

Отъехав от Сурска километров с десять, Наталья ощутила, наконец, приступ голода. Она остановила машину на обочине дороги и достала из багажника пакет сушек и бутылку минеральной воды. После столь непритязательного завтрака всухомятку её неожиданно разморило, и она прикрыла глаза, решив немного отдохнуть. Когда же открыла глаза, солнце стояло уже высоко — время близилось к полудню.

Наталья освежила лицо остатками минералки и снова тронулась в путь. До Мукоудёровки оставалось ехать всего двадцать километров, но с учетом местного бездорожья на их преодоление могло уйти часа два-три. По вдрызг раздолбанной дороге машина ползла медленно, точно черепаха, и Наталья, цепко держась за руль, молила небеса только об одном: лишь бы от машины ничего не отвалилось!

Но вот, наконец, впереди показался долгожданный дорожный указатель с начертанным на нём заветным названием «Мукоудёровка».

— Слава тебе Господи, — выдохнула Наталья, — добралась!

Шоссе, состоявшее из редких островков асфальта, резко оборвалось и перешло в грунтовую дорогу, явно нещадно размываемую даже после малой толики осадков.

«И как только здесь люди живут? — подивилась Наталья мысленно. — Сюда ведь разве что на вездеходе добраться можно…» Однако её предположение было тут же опровергнуто лихо выскочившей навстречу микролитражной «Окой» грязно-серого цвета. Наталья от удивления аж на сиденье подпрыгнула.

— Во даёт! Ну чисто камикадзе! — не удержалась она от потрясенного восклицания.

«Камикадзе» же, заметив чужую машину, резко остановился, пронзительно скрежетнув тормозами. Из окна малолитражки высунулась всклокоченная голова пожилого мужчины.

— Эй, девка! – зычно гаркнул он. — Ты, часом, не заблудилась?

Наталья вышла из машины, приблизилась к «Оке».

— Нет, я в Мукоудёровку и собиралась. Тетка у меня там живет, Настасьей зовут.

— Настасьей? — переспросил водитель. — Знаю одну Настасью, ей недавно три годка исполнилось. Уж не твоя ли тетка?

— Да нет, моей родственнице лет под пятьдесят будет… По мужу она, кажется, Мальцева, - не без труда припомнила Наталья фамилию тетки.

— А… — разочарованно протянул водитель. — Однако давненько ты свою родственницу не навещала. Она уж помереть успела…

— Как помереть? — отшатнулась Наталья.

— Да так же, как все люди помирают… Опухоль у твоей тетки была… Злокачественная… Дом её теперь заколоченный стоит, самый последний на дальнем краю деревни.

— А дочь её где, Марина? — с надеждой спросила Наталья.

— Э-э, а Маринка-то ещё годом раньше померла! От палёной водки вместе с мужем-алкашом загнулась!

Их, горемычных, и до больницы довезти не успели. Хотя разве ж по такой дороге довезешь?! Проще уж сразу на кладбище свезти и закопать!

От последних слов водителя Наталья зябко поежилась и торопливо с ним распрощалась. Когда «Ока» укатила, она вернулась в машину и задумалась: «И куда теперь? Похоже, никто и нигде меня не ждет...» После недолгих раздумий она всё-таки решила доехать до дома тетки Настасьи.

ЧАСТЬ 2

Глава 1

Неуклюже переваливаясь с кочки на кочку, «жигулёнок» медленно приближался к дальнему концу деревни, к дому, принадлежавшему некогда Анастасии Мальцевой, родной тетке Натальи. Поскольку день был в самом разгаре, в каждом дворе копошились, занимаясь повседневными делами, местные жители. Когда же обыденная размеренность бытия была нарушена звуком вторгшегося в «их владения» чужого автомобиля, все, не сговариваясь, прилипли к своим заборам и впились настороженными взглядами в незнакомку за рулем. Основную часть «зрителей» составляли, конечно же, пожилые женщины, то есть та категория деревенского населения, которой более всего присуще чрезмерное любопытство.

Словом, не успела Наталья добраться до дома тетки, как вся деревня уже шепталась: «Городская фифа приехала! — Да ещё и сама машину ведет, ишь ты поди ж ты! — И на кой чёрт, интересно, приперлась, если в наш медвежий угол даже районное руководство годами не заглядывает? — Неужто покойной Настасьи родственница? — Во дела! — Опомнилась! Покуда Настасья жива была — городские родственнички её что-то не особо вниманием жаловали, а как случилось помереть, так и примчалась городская шалава! — Да нет, с кончины Настасьи уж года три как минуло, а эта пигалица только теперь спохватилась…»

Наталья остановила машину возле серого, поблекшего от времени дома с заколоченными фанерой окнами и словно смотревшего на нее сейчас «слепыми глазами». По обеим сторонам тропинки, ведущей от калитки к крыльцу, высился густой бурьян, перемежавшийся с прошлогодним сухостоем. Однако при ближайшем рассмотрении дом оказался довольно крепким. Разве что краска на дощатых стенах облупилась и приобрела непонятный цвет да ступеньки крыльца немного покосились. На входной двери висел массивный железный замок, и Наталья застыла в растерянности, не зная, как ей попасть внутрь.

— Ты кто ж такая будешь-то, а? — раздался вдруг за её спиной строгий женский голос.

Девушка обернулась — за забором, по-хозяйски возложив руки на калитку, стояла женщина лет шестидесяти в опрятном ситцевом цветастом платье. Седые волосы собраны на макушке в аккуратный пучок, взгляд пронзительный. На ногах — галоши (видимо, самая подходящая для здешних мест обувь, догадалась Наталья). Взглядом и интонациями женщина напомнила девушке бывшую учительницу, поэтому она вежливо поздоровалась:

— Добрый день!

— И тебе того же, — буркнула в ответ «училка».

— Я племянница Анастасии Мальцевой, приехала из Сурска, — стала отчитываться Наталья как школьница, почему-то испытывая перед незнакомкой странную робость. — Хотела тетю Настю проведать, а по дороге узнала, что она уже умерла…

— Хм… Проведать… Где же ты раньше-то была? Всё взрослое семейство Мальцевых на кладбище уж давно! Как Маринка, твоя непутевая двоюродная сестрица, померла вместе с мужем, так и Настасья с горя быстро угасла. Рак… Умирала мучительно, я её в районной больнице регулярно навещала. Она всё за внучку переживала…

— За внучку? — машинально переспросила Наталья.

— Ну да, за Светочку. Ей недавно пять лет исполнилось… Так ты чего ж одна-то к Настасье приехала? —

216

снова приступила к «допросу» незнакомка. — Без родителей?

— Умерли мои родители, одна я осталась… — Голос Натальи дрогнул. Вспомнились вдруг похороны матери и последовавший за ними отъезд с Олесей в Москву. А о дальнейших злоключениях и вспоминать не хотелось…

— Стало быть, и ты сирота… — сочувственно произнесла «училка». — Так ты, выходит, Ирина дочка?

— Да, да, — энергично закивала Наталья. — А вы знали мою маму?!

— Хм… Знала — не то слово… — как-то неопределенно ответила «училка». И добавила уже приветливее:
— Ну, давай знакомиться! Меня Прасковьей Петровной зовут, я в здешнем детдоме директорствую.

— Меня — Натальей… А что, в Мукоудёровке есть детский дом?

— Есть, ещё с послевоенных времен существует. Правда, его в любой момент закрыть могут, ведь в такую глушь как наша Мукоудёровка городским властям ездить с инспекциями несподручно. Ну да ладно, заболтала я тебя… Пойдем лучше ко мне, чаем напою, а заодно и ключи от Настасьиного дома дам. Теперь тебе здесь хозяйничать.

Далеко идти не пришлось — дом Прасковьи Петровны стоял по соседству. Когда Наталья вошла вслед за хозяйкой в просторную светлую горницу, на неё пахнуло свежестью и чистотой кипенно-белых занавесок, украшенных вышитыми гладью райскими птицами. Посреди горницы стоял круглый деревянный стол, покрытый красной вязаной скатертью. На столе высилась чешская ваза синего стекла с засушенными цветами — своеобразная, так сказать, икебана из местных полевых цветов.

У одной стены теснились старый кожаный диван

сталинских времен, полированный немецкий шифоньер и финская хельга, битком набитая модным лет тридцать-сорок назад хрусталем. У другой — в гордом одиночестве возвышалась горка с посудой. По обеим сторонам от нее симметрично выстроились стулья в саржевых тёмно-коричневых чехлах, явно собственноручно изготовленных рукодельной хозяйкой.

На широких подоконниках буйно и радостно лопушилась герань, расточая по горнице присущий только ей терпко-сладковатый аромат. Наталья невольно вспомнила бабушку, тоже предпочитавшую герань всем прочим комнатным цветам, и от приятных детских воспоминаний почувствовала себя в гостях у новой знакомой легко и свободно. Почти как дома…

— Да ты присаживайся, не робей! — сказала Прасковья. — У меня в доме всё просто, без всяких там ваших городских этикетов…

Наталья присела на диван, а хозяйка подошла к хельге, выдвинула на себя один из миниатюрных ящичков.

— Вот ключи от дома твоей покойной тетки, держи, — вручила она звонко брякнувшую «связку» Наталье. — А теперь садись за стол, чай с тобой пить будем! Ты с дороги, устала, я гляжу, а у меня пирожки ждут не дождутся, когда их съедят. Вчерашние, правда, но вку-у-усные!

Наталья сглотнула слюну. В животе раздалось глухое урчание — организм настойчиво требовал нормального домашнего питания.

Выпив три чашки чаю и «уговорив» целых пять пирожков, девушка откинулась на спинку стула, удивляясь самой себе: и куда только столько влезло? Никогда с ней раньше такого не случалось…

А гостеприимная хозяйка продолжала потчеватьприговаривать:

— Ешь, ешь, соседушка! А то вон ведь худющая-то какая! Я тебя научу такие пирожки печь, это нетрудно, было бы желание… Стряпня, запомни, тогда вкусной получается, когда в нее душу вкладываешь…

Наталья не удержалась — потянулась за шестым пирожком. «До дома не дойду — лопну по дороге, — мелькнула тревожная мысль. – Ну и плевать, — отмахнулась она от нее, — зато отожрусь и стану нормальной деревенской бабой. Не всё же вокруг шеста извиваться…»

— А ты надолго ли к нам в Мукоудёровку пожаловала? — поинтересовалась хозяйка.

— Насовсем, — выдала Наталья неожиданно для себя, предварительно протолкнув в желудок очередной кусочек пирожка глотком чая.

— Насовсем? — недоверчиво переспросила женщина.

— Да, — уже увереннее подтвердила гостья. — Папа умер, мама умерла, работы в Сурске нет, пол в родительской квартире сгнил и провалился. Теперь там крысы и мыши хозяйничают…

Прасковья Петровна тяжело вздохнула, представив, видимо, столь убогую картинку. Но тут же подбодрила Наталью:

— Ты, дочка, не отчаивайся и руки не опускай! Крыша над головой у тебя теперь есть, а я с местным руководством договорюсь, чтобы оформили Настасьин дом на тебя в кратчайшие сроки, без бюрократического крючкотворства. И с работой помогу…

Наталья часто-часто заморгала: неожиданная поддержка со стороны практически незнакомого человека чрезвычайно её растрогала.

— Да ты не удивляйся моему к тебе расположению,

— улыбнулась Прасковья Петровна, верно расценив реакцию девушки, — я ведь с Настасьей с молодости была дружна. Её внучка, Светочка, теперь под моим присмотром в детском доме живёт. Хотела опекунство над ней оформить, но по возрасту не подошла — не разрешили... Свои-то детки у меня выросли, разметались судьбой по белу свету, вот и чаяла девочку к себе взять... Думала: будет мне утешением в старости, которая, увы, уже в дверь стучится...

— Да вы совсем не старая! — искренне воскликнула Наталья.

Прасковья Петровна добродушно рассмеялась.

— Это оттого, что в вечных заботах живу, — пояснила поучительно. — Некогда мне пока старость в дом пускать! Пусть подольше за дверью постоит!

Слегка осоловевшая от сытных пирожков Наталья поднялась из-за стола:

— Спасибо за угощение, Прасковья Петровна! Я, похоже, на неделю вперёд у вас наелась...

— Если помощь какая понадобится — обращайся без всяких этикетов, — не стала задерживать уставшую с дороги девушку хозяйка. Проводив до калитки, повторила: — Обращайся, коли какая нужда возникнет! Помогу и советом, и по хозяйству, и с трудоустройством, как обещала!

...Наталья поднялась на крыльцо своего нового дома, открыла ключом замок, потянула на себя входную дверь. Та поддалась не сразу, но, немного поартачившись, всё же распахнулась. На миг Наталье показалось, что она входит не в свой новый дом, а в свою новую жизнь, в новый, неведомый ранее мир...

Сени встретили новоиспечённую хозяйку не слишком приветливо: спёртый воздух вызвал у девушки приступ кашля. Наталья поспешила открыть маленькое сенное оконце, и оно, к счастью, легко распахнулось, впустив в «одичавшее» помещение струю свежего воздуха.

За второй дверью находилась прихожая, дневной свет в которую почти не проникал. Наталья наугад нащупала на стене клавишу выключателя, щелкнула ею, однако светильник под потолком и не подумал зажечься. «История повторяется, — мысленно констатировала девушка. — Похоже, и здесь электричество отключили за неуплату. Скорее всего, попросту обрезали провода, ведущие к электрическому столбу...»

Решительным шагом она вышла на улицу, ещё раз окинула дом придирчивым взором.

— Давай дружить! — предложила потом строению вслух. — Обещаю навести внутри и вокруг тебя чистоту и порядок! Но для начала мне нужен свет...

С этими словами Наталья приблизилась к одному из трех выходивших на улицу окон и попыталась вручную отодрать приколоченную к нему фанеру. Увы, ни одна из трех попыток успехом не увенчалась. Девушка уже готова была разреветься от отчаяния, когда вдруг до её ушей донесся чей-то смех, причем, как ей показалось, язвительно-издевательский. Она резко обернулась. За забором стоял, продолжая весело похохатывать, парень лет тридцати, и Наталья тут же окрестила его мысленно «аборигеном-раздолбаем».

— И что смешного увидел? — огрызнулась она. — Был бы у меня подходящий инструмент, я бы и своими дамскими силами обошлась!

— Понятное дело! — легко согласился «абориген-раздолбай». И добавил миролюбиво:

— Меня, между прочим, Михаилом зовут. А тебя как?

— Натальей, — хмуро буркнула девушка.

— Могу помочь фанеру отодрать, — предложил он свои услуги. — Тем более что я сам её и приколачивал три года назад, когда тетка Настасья померла. Говорят, ты ей племяшкой доводишься...

— Ничего себе! — возмущенно всплеснула руками Наталья. — И двух часов не прошло, как я сюда приехала, а про меня здесь уже все всё знают!

— Привыкай! — весело осклабился Михаил. — Здесь тебе, чай, не город, где люди в одном доме живут и друг дружку не знают. У нас же если на одном конце Мукоудёровки чихнут, то на другом непременно «Будь здоров!» скажут. Ладно, жди: сейчас инструмент из трактора принесу и помогу с фанерой...

Трактор стоял на противоположной стороне улицы, за два дома наискосок от Натальиного. Михаил открыл кабину, порылся под сиденьем и помахал Наталье какой-то железякой.

— Во! Гвоздодёр! — крикнул с энтузиазмом. – Сейчас всё будет в ажуре!

Пока добровольный помощник наводил для Натальи «ажур», из окон соседних домов за обоими наблюдали любопытные глаза сельчан. «М-да... Это они меня ещё полуголой на сцене не видели», — усмехнулась про себя Наталья.

— Ну что, Наталья, принимай работу! — радостно объявил Михаил, когда освободил все три окна от фанеры. — Теперь ты моя должница, а долг, как говорится, платежом красен!

Наталья невольно напряглась.

— Долг? — уточнила она вопросительно.

— Ну да! Я же тебе помог! Так ты меня хоть чаем отблагодари!

Начинать новую жизнь с конфликтов местного значения Наталье не хотелось, но и угощать нахального «аборигена» было пока нечем.

— Давай в другой раз, а? — предложила она примирительно. — Я долгую дорогу проделала, устала страшно... Да и в доме ещё не прибрано, наверняка всё толстым слоем покрыто...

— Ладно, договорились, — опять легко согласился Михаил. — В другой раз как-нибудь зайду. — И, подмигнув на прощание, вразвалочку зашагал к своему трактору.

Глава 2

Наталья снова вошла в дом и, благодаря лившемуся теперь в окна дневному свету, смогла, наконец, рассмотреть более чем скромную внутреннюю обстановку. Оттого что дом несколько лет кряду простоял нетопленным, старые, поблекшие от времени обои отсырели, местами отошли от стен и требовали срочной замены. Штукатурка на печке облупилась, на мебели и впрямь скопился внушительный слой пыли.

Оценив навскидку степень запущенности ненароком доставшегося ей в наследство хозяйства, Наталья тяжело вздохнула. «Что ж, — смиренно подумала она в следующую секунду, — придется купить в сельпо резиновые перчатки и моющие средства, разжиться новыми обоями и приступить к генеральной уборке, а попутно и к ремонту... Не помешало бы также подключить свет и истопить печь...» Она ещё раз прошлась по дому, успокаивая себя: «Ничего, обустроюсь постепенно, поживу здесь пару лет. А если Горский поверит в мою смерть, то, Бог даст, может, и раньше покину эту глушь...»

Руки требовали немедленного дела, и Наталья решила безотлагательно сходить в местный магазин. Однако когда вышла из сеней, увидела поднимавшихся на её крыльцо трех женщин преклонного возраста.

— Стало быть, это ты городская Наталья, племянница Настасьи Мальцевой? — поинтересовалась одна из них.

— Я…

— Ну а мы вот знакомиться пришли, — продолжила та же баба. — Меня Валентиной зовут. — Наталья кивнула. Две другие женщины буравили её цепкими подозрительными глазками, имен своих не называя. — Прасковья говорит, ты в нашей деревне надолго застрять решила…

— Да, есть такое желание, — подтвердила Наталья. — Для начала вот хочу дом в порядок привести.

— В магазин собралась?

— Угу. Надо что-нибудь к ужину купить, а заодно и для хозяйства…

— Ну-ну, сходи, — почему-то ехидно протянула вдруг Валентина. — Только имей в виду, что нашим продмагом заправляет Мария, жена Михаила…

— А на что это вы намекаете? — нахмурилась Наталья. — Да, с трактористом Михаилом я сегодня действительно познакомилась, он мне помог фанеру с окон содрать…

— Ты, девка, с мужиками-то нашими поосторожней вожжайся! — бесцеремонно перебила её Валентина. — Они к тебе сейчас как мухи на мёд слетятся, благо ты новенькая и лакомая пока для них… Только смотри — как бы потом тебе на неприятности не нарваться!

— Успокойтесь! Отбивать чужих мужей в мои планы не входит! — решительно отрезала Наталья и, обогнув троицу явно недружелюбно настроенных к ней женщин, выскочила со двора.

Центральная улица вывела её на некоторое подобие

«городской» площади, где, собственно, и были сосредоточены главные деревенские заведения: продмаг с побледневшей от времени вывеской, медпункт со скучавшей на завалинке древней фельдшерицей и орган местного самоуправления — сельсовет.

Наталья вошла в продмаг. Стоявшая за прилавком необъятных размеров молодуха неприветливо осведомилась:

— Зачем пожаловала?

«Ага, это та самая Мария, жена того самого Михаила, — догадалась Наталья. — Похоже, решила напугать меня своей массой, подкрепив её грозным голосом... Ну уж дудки! Пусть знает, что я тоже не робкого десятка! Иначе потом заклюют всей деревней...»

— Косметический ремонт в доме затеяла сделать, — ответила она со спокойным достоинством, — а для этого нужно обои переклеить, печку побелить... Да и дров для растопки печи наколоть не помешает... Не подскажете, к кому можно за помощью обратиться? — спросила чуть насмешливо.

Лицо Марии побагровело от гнева.

— Насчет дров не по адресу пришла! — рявкнула она.

Наталье показалось, что от неприкрытого раздражения толстухи даже воздух в помещении накалился, но, к счастью, в этот момент в магазин вломились два мужика в одинаково грязных кирзовых сапогах и засаленных телогрейках.

— Машка, водку давай! — потребовал один из них.

— Деньги заплатишь — тогда и получишь! — переключилась продавщица на него с прежней, явно всегда присущей ей грубостью.

— Не вредничай, Машка! Не видишь, что ли, —

трубы у нас горят?!

— Да плевать я хотела на ваши трубы! Ты мне итак уже за две бутылки должен! Всё — кредит закрыт, деньги в банке кончились! Работу себе лучше найди!

— Дык где ж я её в нашей глухомани найду? — прикинулся простачком мужик.

— Мишка же вон мой, небось, работает! — Мария метнула быстрый взгляд на Наталью. — Фермеру и всем бабкам нашим землю на тракторе пашет!

— Дык у меня и трактора-то нет, — продолжал гнуть свою линию мужик.

— Тогда наймись к бабкам дрова колоть! — взвилась продавщица. — Они, чай, пенсию четко в срок получают! Сам знаешь: почтальонша из райцентра в любую погоду к ним на «газике» приезжает!

— Ох, и вредная же ты баба, Машка, — шмыгнул мужик носом.

— Для тебя — Мария Ивановна! — сердито отрезала продавщица. — Без денег ничего больше не дам! И не проси!

— Заработать хотите? — предложила тут мужикам Наталья, доселе молча наблюдавшая за происходившей на её глазах перепалкой.

Мужики озадаченно переглянулись.

— Это ты, что ль, из города к нам жить приперлась? — вопросом на вопрос ответил самый из них разговорчивый.

— Приехала, — вежливо поправила его Наталья. — Да, намерена остаться жить в Мукоудёровке, поэтому мне надо ремонт в теткином доме сделать.

— Ремонт — это можно, — важно изрек мужик. — Я ведь раньше, когда в силе был, на стройках в Пензе подрабатывал… А чего делать-то надобно, красавица, а?

Наталья терпеливо объяснила: поклеить новые обои, побелить печь, отремонтировать крыльцо, покрасить дом снаружи.

— Сделаем! А сколько за работу заплатишь? — испытующе прищурился мужик.

— Договоримся! — обрадовалась Наталья. — Сперва вот только стройматериалы куплю... — И повернулась к продавщице: — Обои можно у вас посмотреть, чтобы выбрать?

—Однако шустра ты, девка, не по годам! — недовольно проворчала та. — Ни один мужик, гляжу, не способен отказать тебе в помощи! Ну да ладно, до этих мужиков мне дела нет — забирай! Главное, к моему Мишке клинья не подбивай! А что касаемо стройматериалов, так этого добра у меня навалом! Уж три года как партию краски, побелки и разных обоев завезли, а до сих пор весь товар мертвым грузом на складе лежит! Кому здесь покупать-то?! На такую роскошь ни у кого в нашей деревне денег нет!

С тем же недовольным ворчанием Мария отвела покупательницу на склад, где Наталья и выбрала всё, что ей требовалось для ремонта. Потом докупила в торговом зале кое-каких продуктов и, расплатившись за все приобретения оптом, в сопровождении новых помощников, груженных бумажными рулонами и жестяными банками, вернулась в теткин дом. Там договорилась с мужиками о времени начала ремонтных работ, отблагодарила их за помощь в качестве «носильщиков» денежной суммой, эквивалентной стоимости бутылки водки, и выпроводила обоих восвояси.

Сама же, оставшись одна, решила разобрать теткины вещи, чтобы избавиться от лишнего хлама. Задача виделась Наталье нелегкой, ибо на примере ныне покойной бабушки она знала, что в деревенских домах ничего не выбрасывается: старые вещи могут накапливаться годами, а то и десятилетиями.

Беспрестанно чихая и кашляя от назойливо проникавших в дыхательные пути паутины и пыли, Наталья, тем не менее, наводила порядок в своих новых владениях до позднего вечера. Зато успела и старые обои со стен содрать, и полы везде перемыть, и кастрюли со сковородками песочком почистить… А всё, что сочла ненужным, вынесла на задний двор и сожгла на собственноручно разведенном костре.

Ближе к ночи, утомившись физическим трудом и проголодавшись-таки после Прасковьиных пирожков, Наталья приготовила себе неприхотливый ужин, предварительно растопив печь обломками развалившегося от старости деревянного стула. Как ни странно, после легкого перекуса девушка ощутила прилив свежих сил и, вспомнив народную поговорку «Никогда не откладывай на завтра то, что можешь сделать сегодня», решила на сон грядущий обследовать ещё и чердак. Однако, поднявшись по шаткой лестнице на второй этаж и ужаснувшись царившей на чердаке захламленности, прихватила с собой вниз только лежавший у самого края люка облезлый чемодан.

Чемодан оказался набитым старыми фотографиями, но не успела Наталья расположиться за столом, чтобы рассмотреть их при свете обнаруженных ещё днем среди теткиных запасов свечей, как из сеней послышался мужской голос:

— Эй, хозяйка! Ты дома?

«Вот только ночных визитеров мне сейчас не хватало», — недовольно подумала девушка. Но вслух вежливо откликнулась:

— Дома, дома! Входите!

К её удивлению, в комнату, сжимая в правой руке бутылку красного вина, вошел «абориген-раздолбай» Михаил.

— Вот, предлагаю твое новоселье обмыть! — добродушно осклабился он.

У Натальи неприятно засосало под ложечкой.

— Ну, заходи, раз пришел, — сдержанно пригласила она незваного гостя. — Извини, света в доме пока нет, хорошо хоть, коробку свечей у тети Насти в чулане нашла… На ободранные стены внимания не обращай — завтра два твоих односельчанина придут мне ремонт делать… Случайно удалось их сегодня нанять…

— Нанять?! — сделал круглые глаза Михаил. — Да ты, видать, при деньгах сюда приехала?!

— Есть немного… — уклончиво ответила девушка.

Михаил плюхнулся на стул, громко придвинулся вместе с ним к столу, весело скомандовал:

— Неси стаканы, хозяйка!

Наталья принесла из серванта два стеклянных фужера, поставила их на стол, сказала скромно:

— Извини, но на закуску у меня только хлеб, вареная картошка и сыр с колбасой…

— Сгодится! Тащи!

Пока Наталья накрывала на стол, Михаил не сводил восхищенных глаз с её худенькой стройной фигурки. «Не то, что моя оплывшая корова…», — с завистью думал он, наполняя фужеры вином. Потом, с шальным блеском в глазах, провозгласил первый тост:

— Ну, за хозяйку! За её прекрасные голубые глаза!

Сам он осушил свой фужер залпом, а Наталья, наученная горьким опытом, свой лишь пригубила.

— Ты закусывай, не стесняйся, — подбодрила она

гостя.

— Да я сыт, жена до отвала накормила, — нехотя признался Михаил. — Хотя от колбаски не откажусь, отведаю, так и быть… — Зацепив вилкой кусочек колбасы и отправив его в рот, он поинтересовался: — Чем заниматься у нас тут думаешь?

— Точно пока не знаю, но какую-нибудь работу найду, надеюсь…

Михаил расхохотался.

— Ха, да какая здесь на хрен работа?! Я вон на своем тракторе летом на фермера горбачусь, а зимой дороги от снега расчищаю, и всё — за копейки! Сельсовет, правда, изредка деньжонок подбрасывает, но всё равно это капля в море! Спасибо отцу, что успел выкупить в свое время трактор у развалившегося колхоза, иначе ходил бы я сейчас по деревне вместе с другими нашими мужиками и думал бы, где б денег раздобыть! И ведь украсть тут нечего — сплошная нищета кругом!

— Мне Прасковья Петровна обещала помочь…

— А, наша святая и тут подсуетилась! Ну ещё бы! Прасковья ведь у нас самая шустрая! Копилка чужих тайн и секретов! Чуть что у кого случись — все к ней бегут! — Всего лишь с одного фужера вина Михаил неожиданно «распетушился» не на шутку. — Взять хоть мою Машку: который год, дура, родить не может, а за советом опять же к Прасковье бежит! Как будто та ей непорочное зачатие поможет устроить, ха-ха!

Обидевшись за Прасковью Петровну, Наталья сухо посоветовала:

— Ну, так свози свою жену в город, пусть у специалиста проконсультируется…

— Да была она там уже… Всё бесполезно… — Гость уныло махнул рукой и снова наполнил свой фужер вином. — Ну, давай тогда за детей, что ли, выпьем!

Не успела Наталья сделать второй глоток вина, как сзади раздался возмущенный женский голос:

— Ага! Вот вы где, голубчики! Да ещё и при свечах, в темноте любезничаете!

Наталья вздрогнула и обернулась: на пороге комнаты, почти полностью заполонив вширь дверной проем, стояла, уперев руки в боки, взбешенная Мария.

— Мужиков, значит, наших по ночам привечаешь, курва?! Вином их приманиваешь, шалава городская?! Вся деревня уж знает, к кому мой муж на ночь глядя поперся! Я вот тебе сейчас твои ножки-ручки костлявые повыдергиваю, гадина! — С этими словами разъяренная женщина грозно двинулась к столу.

Михаил, уронив недопитый фужер на стол, кинулся наперерез жене с оправдательными заверениями:

— Да мы просто новоселье отмечаем... Сидим, мирно беседуем... О нашей тяжелой деревенской жизни толкуем... А ты врываешься, кричишь, оскорбляешь... Напридумывала себе не пойми чего...

— Мария, да вы тоже присаживайтесь, выпейте с нами, — предложила Наталья как гостеприимная хозяйка.

— Сейчас, как же! Разбежалась! Вот только штаны подтяну!... — Выдав ещё целый каскад грязных ругательств, Мария развернулась к мужу и грозно приказала: — А ну, марш со мной домой! Дома с тобой разберусь!

Теснимый тучной супругой, Михаил бочком попятился к выходу. На пороге виновато оглянулся, торопливо пробубнил на прощанье:

— Прости, соседка! Приятно было пообщаться...

Под долго ещё доносившиеся с улицы голоса выясняющих отношения супругов Наталья допила вино из своего фужера, убрала не съеденную гостем картошку обратно в кастрюлю, поставила тарелку с нарезанными колбасой и сыром, предварительно накрыв сверху второй тарелкой, на подоконник. В открытую форточку приятно тянуло прохладой... Звонко стрекотали цикады, тонко пищали комары...

Глава 3

На следующий день Наталья проснулась рано: для полного восстановления сил, бодрости и рабочего духа ей хватило всего нескольких часов спокойного деревенского сна. Она с удовольствием прогулялась по свежей росе к колодцу, принесла два ведра воды, умылась. Вспомнив, что отныне будет вынуждена обходиться без душа, решительно оголилась и вылила на себя целое ведро обжигающе холодной колодезной воды.

Позавтракав молоком и бутербродом с сыром, вышла на крыльцо, села на верхнюю ступеньку, подставила лицо первым лучам солнца и, прикрыв глаза и с наслаждением вдыхая свежий утренний воздух, задумалась. «Что ждет меня в этом захолустье? А чего я сама хочу? Узнать, кто мой настоящий отец? Возможно... Спрятаться, отсидеться до лучших времен? Пожалуй... Обрести душевный покой? Да, хотелось бы... Но удастся ли это сделать, если деревенские бабы будут обвинять в повышенном ко мне мужском внимании не своих мужей, а меня? Вряд ли... Тогда как быть? Прикинуться серой мышкой и забиться в щель? Отгородиться от всех неприступной стеной молчания и отчуждения? Но я ведь не о таком душевном покое мечтала! Да, дилемма... Надо будет посоветоваться с Прасковьей Петровной... Ой, фотографии!»

Вспомнив о вчерашней находке на чердаке, Наталья

вскочила, юркнула в дом, взгромоздила чемодан на стол и начала перебирать фотографии. Старые, пожелтевшие от времени черно-белые снимки чередовались вразнобой с более современными, попадались даже цветные... Глядя на них, Наталья воскрешала в памяти давно забытые образы родной тети, её мужа и дочери. Зятя, Маринкиного мужа, равно как и внучку Светочку, Наталья никогда не знала — впервые увидела сейчас именно на этих случайно обнаруженных фотографиях...

Зато нашла несколько снимков своей мамы — молодой, красивой и... ещё живой. На одном она была запечатлена вместе с сестрой Настей, на другом — с маленьким ребёнком на руках... «Ой, так это же я!» — радостно догадалась Наталья. На третьем снимке мама была изображена с незнакомым девушке молодым мужчиной — ухоженным, красивым, представительным... «Может, это и есть мой отец?» — неуверенно предположила Наталья и отложила заинтересовавшую её фотографию в сторону, чтобы расспросить потом об этом мужчине Прасковью Петровну.

...К девяти часам утра, как и договаривались, пришли мужики, подрядившиеся делать ремонт. Следом за ними заскочила на минутку, по дороге на работу, и соседка Прасковья Петровна.

— Ты их не балуй, Наталья! — сходу начала она наставлять новую хозяйку дома. — Выпивку разрешай только в конце дня, иначе напьются и обо всем забудут! А вы, ироды, — прикрикнула она на мужиков, — девушку не обижайте и работайте на совесть! Вечером приду, проконтролирую! — пригрозила соседка напоследок и заторопилась в детдом.

Поворчав ей вдогонку, мужики приступили к работе. Наталья, будучи у них на подхвате, с удовлетворением отметила, что работают они на редкость слаженно, дружно и умело. Когда подоспело время обеда, покормила их оставшейся со вчерашнего вечера картошкой, колбасой и сыром. И даже, ослушавшись Прасковью Петровну, выставила на стол початую бутылку красного вина, принесенную накануне Михаилом.

— Добро, хозяйка! — обрадовались мастера. — А может, и чего покрепче найдешь?

— Вечером будет покрепче, когда работу закончите, — пообещала Наталья.

Не успели мужики осушить бутылку до дна, как в дом заявился и сам её «хозяин», Михаил.

— Помогать нам пришел, Мишка? — хмыкнул один из мужиков.

— Могу и помочь, если хозяйка попросит! — осклабился, как обычно, гость. — А для начала электрика вон привел, чтоб провода к столбу подсоединил и электричество в доме восстановил. Не каждый же вечер при свечах коротать! — подмигнул он Наталье.

Она улыбнулась. Как ни странно, за два дня её первоначальное мнение о парне изменилось в лучшую сторону. «И никакой он не раздолбай, — подумала вдруг Наталья, — а просто балагур и отзывчивый, доброжелательный человек. А раздолбайство у него напускное, что-то вроде защитной маски».

Пока электрик, обутый в специальные «кошки», возился с проводами на верхушке столба, а пообедавшие мужики вновь взялись за ремонтные дела, Наталья решила сходить в продмаг и купить им обещанную бутылку водки.

Войдя в магазин, она увидела группу женщин, сгрудившихся у прилавка, за которым, по обыкновению, возвышалась уже знакомая ей Мария. Решив, что женщины, как и она, пришли за покупками, Наталья скромно пристроилась к очереди. Однако все «покупательницы» тотчас повернулись к ней, окатив неприязненными взглядами как ушатом ледяной воды, а Мария и вовсе рубанула с ненавистью:

— Явилась — не запылилась!

— Отчего такая нелюбезность? — холодно поинтересовалась Наталья.

Женщины разом загомонили возмущенно: «Она ещё спрашивает!» — «Нахалка!» — «Совсем стыда нет!» — «Да таким хоть … в глаза — им всё Божья роса!»…

— Что, лохудра, — перекрыл женский «хор» зычный голос продавщицы, — в городе на такую костлявую щепку, как ты, никто не позарился и ты сюда прикатила?! Наших мужиков из семей уводить?

— Но-но, полегче на поворотах! — разозлилась Наталья. — Во-первых, моя городская жизнь вас не касается! Во-вторых, никого я не уводила и уводить не собираюсь! А в-третьих, завидуйте моей внешности молча и держите своих мужиков крепче!

— Вона как ты заговорила! — взбеленилась Мария. — Думаешь, управы на тебя не найдем?! Да если ещё раз я увижу тебя рядом с моим Мишкой — все космы повыдергиваю! Знаем мы вас, городских! Понаедете, головы порядочным людям заморочите, а потом — шасть! — и в кусты! Ищи вас как ветра в поле! Я хоть и маленькая тогда была, но прекрасно помню, как вся наша деревня ходуном ходила, когда каждое лето стройотряды из города приезжали! Студенты тогда многих мукоудеровских девок обрюхатили! А сами смылись потом бесследно! Одни только беды от вас, городских! Так что вали отсюда! Ничего тебе не продам!

— Всё правильно ты, Мария, говоришь! — дружно

поддержали продавщицу женщины. — От городских все беды! Пусть эта фифа обратно в город на своем драндулете катит, пусть там себе харчи покупает!

Не выдержав всеобщего враждебного напора, Наталья резко развернулась и вышла из продмага молча, но с гордо поднятой головой. «Раз такое дело, поеду в райцентр! — решила она. — До закрытия магазина успею».

Вернувшись домой, Наталья известила своих работников, что уезжает за водкой в райцентр, и пообещала непременно вернуться к вечеру. Потом завела машину и отправилась по совершенно непригодной для езды ухабистой дороге в райцентр. В тамошнем «супермаркете» она купила для мужиков три бутылки водки и несколько видов консервов на закуску, а для себя — крупы, хлеба, тушенки, овощей и фруктов. Погрузив провизию в машину, тронулась в обратный путь, но не успела выехать и за пределы райцентра, как небо затянуло чёрными низкими тучами и разразилась ливневая гроза.

Чертыхаясь каждые пять минут, Наталья медленно «ползла» по дороге, превратившейся от дождя в непролазное месиво. Когда осторожно объезжала очередную яму, доверху наполненную дождевой водой, мимо нее вдруг промчался мотоциклист.

— Ещё один «камикадзе», блин… — мрачно буркнула она. — И ведь не боится разбиться…

И словно «накаркала»: уже в следующий момент сквозь пелену дождя увидела, как мотоциклист, резко подпрыгнув на одном из ухабов, не справился с управлением, и «улетел» со своего «железного коня» в придорожный кювет.

Подъехав к месту аварии, Наталья остановила машину и бросилась на помощь пострадавшему. Увязая в грязи и воде сперва по щиколотку, а потом и вовсе по колено, она стала вытаскивать потерявшего сознание мотоциклиста из канавы. Одежда «камикадзе» разбухла от влаги, добавив его телу тяжести, но Наталье всё же удалось не только вытащить лихача из кювета, но и доволочить по хлюпающей грязи до своей машины. Распахнув обе задние дверцы, девушка усадила бесчувственного мотоциклиста у левой, сама влезла в салон через правую, подхватила его под руки и, поднатужившись, втянула в салон на заднее сиденье.

Измученная и с ног до головы грязная и мокрая, Наталья, отдышавшись и немного передохнув, села за руль. Повернула ключ зажигания, подбодрила себя:

— Ну, с Богом! В путь…

По дороге с грустной усмешкой подумала: «Если и этот парень окажется женатым, мне точно не сносить головы. Деревенские бабы наверняка обвинят меня в очередном прелюбодеянии. Да ещё и скажут, что я сама затащила этого бедолагу в придорожную яму, чтобы заняться с ним сексом в грязной воде…»

На подъезде к дому «камикадзе» издал протяжный стон.

— Никак очухался? — повернулась к нему Наталья.

Мотоциклист и впрямь лежал уже с открытыми глазами, но вместо членораздельного ответа издал лишь какое-то невнятное мычание.

— Ну, пришел в себя, и на том спасибо, — резюмировала девушка. — Не придется, значит, снова на руках тебя тащить…

Добравшись до дома, Наталья вышла из машины, открыла заднюю дверцу и помогла пострадавшему опереться на её плечо. Так, потихоньку ковыляя под проливным дождем, довела его до своего крыльца, помогла подняться по ступенькам, провела в горницу и уложила на диван. Огляделась. Мастера, понятное дело, уже ушли, так и не дождавшись обещанной водки, но свет оставили включенным. Для того, видимо, чтобы хозяйка сразу оценила их труды: и электричество в дом проведено, и комната новыми обоями полностью обклеена, и печка от старой штукатурки очищена.

Не успела Наталья порадоваться первым приятным преображениям своего нового жилища, как мотоциклист снова застонал, широко распахнул глаза и спросил:

— Ты… кто?

— Спасительница твоя! — усмехнулась девушка. — Но за врачом, думаю, всё-таки нужно послать…

— Да врачей в нашей Мукоудёровке отродясь не было… Одна только фельдшерица есть, да и она — старая полуглухая бабка… — Парень попытался подняться, но тут же снова рухнул на подушку. — А, чёрт, голова кружится…

— Давай тогда хоть переодеться тебе помогу… Сейчас принесу что-нибудь сухое, от мужа моей тети остались кое-какие вещи, вполне ещё приличные. Хорошо, что не сожгла их вчера…

Наталья начала расстегивать молнию на ветровке мотоциклиста, а он вдруг воскликнул уже вполне осмысленно:

— А, я понял! Ты — та самая девица, которая из города на машине к нам прикатила! А здорово ты, кстати, нашу деревню перебаламутила — только о тебе теперь все и говорят…

— И что же говорят, интересно? — снова усмехнулась Наталья, постепенно избавляя мотоциклиста от насквозь промокшей одежды.

— Разное… — слегка смутился он. — Но ты смелая! Вон даже раздеваешь меня сама… Не боишься, что приставать начну?

— Сначала в себя приди, горе-приставальщик! Помнишь хоть, как с мотоцикла-то слетел?

— Смутно… А, чёрт, голова… кружится! И подташнивает маленько…

— Я слышала, что такие симптомы бывают при легком сотрясении мозга, — с умным видом изрекла Наталья. — Так что если я права, через неделю всё само собой, без специального лечения, рассосется… Но покой нужен обязательно, поэтому лежи и не дергайся!

Потом она принесла синий шерстяной спортивный костюм старого образца, какие носили, наверное, ещё во времена Брежневского «застоя», положила его на диван рядом с мотоциклистом. Спросила:

— Сам сможешь одеться? А то ведь я тоже до нитки вымокла. Не хватало ещё заболеть в самом начале лета! Так что оставлю пока тебя — пойду в другую комнату, тоже переоденусь…

Когда она, в чистой и сухой одежде, вернулась в горницу, её подопечный сидел на диване уже в дядином спортивном костюме. При появлении хозяйки он хотел подняться, но тотчас покачнулся и едва не упал.

Наталья быстро подскочила к нему:

— Обопрись на меня! — Довела до стола, усадила на стул. — Сиди, сейчас чай приготовлю!

— А покрепче чего-нибудь нет? Выпили бы и за спасение, и за знакомство, и в качестве профилактики от простуды…

— Ой, есть, конечно! Только всё в машине осталось! — вспомнила девушка. — Я мигом!…

Сняв с вешалки в сенях дядин военный плащ с капюшоном, она укрылась им с головы до пят и выскочила на улицу. А вскоре уже выкладывала на стол покупки.

— Меня Фёдором зовут, — представился мотоциклист. — Местный я, из Кузнецовых. А работаю в райцентре, вот и приходится каждый день взад-вперед по этой кошмарной дороге колесить...

— А я — Наталья. Впрочем, ты наверняка уже знаешь.

— Знаю, конечно. Мне моя Дашка, невеста моя, все уши про тебя с утра прожужжала! Рассказывала, как ты Мишку у Машки пыталась отбить...

Наталья рассмеялась.

— Одно слово — деревенское сарафанное радио! А Михаил, кстати, отличный парень, но отбивать его у продавщицы Марии у меня и в мыслях не было!

— Зато мне Дашутка пригрозила, что если увидит около твоего дома, то... В общем, мужского достоинства меня лишит.

— Жестко тут у вас! Тогда готовься к экзекуции — ты ведь сейчас даже не около моего дома, а внутри него!

— М-да, бежать уже поздно, — констатировал Фёдор. — Всё равно завтра вся деревня судачить будет, косточки нам с тобой перемывать... Выдумают даже то, чего не было...

Наталья, посмеиваясь, разлила водку по стаканам, открыла консервным ножом жестяную банку, выложила на тарелку шпроты, протянула Фёдору вилку.

— Держи! И закусывай больше, чтобы на пьяные подвиги не потянуло!

Фёдор смерил Наталью оценивающим взглядом.

— А ты девка красивая, стройная... Дашутка моя, правда, тоже ничего, даже пофигуристей тебя, пожалуй, будет, но ты... — неожиданно застеснявшись, он залпом осушил стакан водки и сунул в рот золотистую консервированную рыбку.

Минут через пятнадцать парня от водки развезло и потянуло в сон, и Наталья отвела его в соседнюю комнату, принадлежавшую некогда сестре Марине с мужем. Там и определила Фёдора на ночлег. Сама же, поскольку диван в горнице был безнадежно испачкан грязной одеждой мотоциклиста, отправилась спать в пристройку.

Тело ныло так, словно пришлось весь день мешки с цементом на стройке ворочать, поэтому едва голова коснулась подушки, как Морфей унес Наталью в свое царство — царство благотворного сна…

Пробудилась она чуть свет, причем вынужденно: кто-то яростно барабанил во входную дверь! Откинув одеяло, девушка с трудом (мышцы по-прежнему ныли от боли) поднялась с кровати и зашаркала к двери, сонно приговаривая:

— Иду, иду… Сейчас открою…

Однако едва она сдвинула засов в сторону, как в сени, подобно сошедшей с гор снежной лавине, ворвалась молодая пышнотелая женщина.

— Курва! Шлюха! Тварь бесстыжая! — завопила незваная гостья на все лады и толкнула хозяйку так, что та отлетела к противоположной от входа стене.

— Что вы себе позволяете?! — возмутилась Наталья, окончательно проснувшись.

— Я себе ещё и не то позволю! Так что лучше заткнись, шлюха городская! – продолжала вопить деревенская воительница, наступая на Наталью со сжатыми кулаками.

— Вы — Дарья? — догадалась Наташа.

— Нет, я Венера Милосская! — огрызнулась визитерша. — Говори, где мой Фёдор?! В койке у тебя прячется?

— Не прячется, а спит ещё, наверное… Он вчера

во время грозы с мотоцикла упал, и я его подобрала... — попыталась Наталья объяснить ситуацию.

— Подобрала?! — ещё пуще взъярилась Дарья. — Ты у себя в городе алкашей на тротуарах подбирай, а моего мужика не смей трогать!

— Да никто меня не трогает, успокойся, — вышел в сени, потягиваясь, Фёдор. — Ну чего ты, Дашутка, зазря-то надрываешься?

Дарья уперла руки в боки, буквой «Ф».

— Ах ты, наглец! У тебя вон, гляжу, и рожа ещё заспанная! Что, понравилось с городской шалавой в постели кувыркаться? Ишь, ты глянь-ка, да она тебе ещё и костюмчик спортивный спроворила!

— Уймись, Дарья, я сказал! — повысил голос Фёдор и сделал резкий шаг вперед, но тут же покачнулся и поспешил прислониться к стене.

— Эвона как за ночь укатался! — продолжала возмущаться Дарья. — Даже на ногах не стоишь! Небось, ещё и водку всю ночь жрали?!

— Да ничего мы не жрали! — рявкнула наконец и Наталья. — Говорю же, он с мотоцикла упал! Потерял сознание! Мне пришлось его практически на руках тащить, а вы вместо благодарности...

Дарья метнула в сторону девушки гневный взор.

— Ах, мне тебя ещё и поблагодарить следует? Не дождешься! — И повернулась к жениху: — А ты собирайся! Дома поговорим!

— Тогда помоги одеться... У меня до сих пор голова кружится... После вчерашнего падения... Да, кстати, и попроси Мишку мой мотоцикл на дороге найти и домой привезти, пока его там в поле на запчасти не растащили...

Дарья немного поостыла.

— Ну, хорошо, допустим, я поверила, что ты упал и потерял сознание, — проговорила она уже мягче. — Но почему тогда домой не пошёл сразу, как очнулся, а? Твоя мама извелась вся, за ночь ни разу глаз не сомкнула! И я до рассвета у окна сидела, ждала…

— Да не мог я самостоятельно передвигаться! — начал терять терпение Фёдор. — Спасибо Наташе, что смогла меня как-то в машину затащить, а потом и до дома доволочь. Если б не она, я бы, может, захлебнулся в луже и Богу душу уже отдал!

— Ой, Феденька, — запричитала Дарья, сменив гнев на милость, — да как же тебя угораздило-то? Пойдем скорее домой, отведу тебя, сама лечить буду…

— Сначала помоги лучше кроссовки надеть…

Пока жених и невеста восстанавливали добрые отношения, Наталья принесла с кухни просушенную одежду Фёдора. Вручая её Дарье, не удержалась от язвительного замечания:

— Верно говорят, что благими намерениями вымощена дорога в ад.

— Образованную из себя строишь?! — снова взвилась Дарья. — Ну-ну! Мы тут в своей Мукоудёровке институтов не кончали, зато и мужиков чужих уводить не научились! У нас здесь всё по-честному и по-простому…

— Порой простота бывает хуже воровства! — снова съязвила Наталья.

Дарья, сидя на корточках и обувая жениха, зло на неё зыркнула. Пригрозила:

— Ох, гляди, девка, договоришься ты у меня! Вот пущу тебе красного петуха — будешь знать, как язык распускать!

— Дарья, да угомонись ты уже! — одернул невесту Фёдор.

— Всё-всё, мой родной! — защебетала та ласково. — Умолкаю! Идем отсюда скорее...

— Ты уж прости нас, Наташа! — извинился за них обоих Фёдор. — И ещё раз спасибо тебе за помощь! — добавил проникновенно.

— На здоровье, — равнодушно пожала плечами хозяйка.

Спустя пару часов после ухода пострадавшего «камикадзе» и его шебутной подружки в дом Мальцевых (к Наталье в деревне «прилипла» фамилия покойной тетки) пришли мужики-ремонтники.

— Ты, девка, конечно, хороша собой, спорить не стану, — сказал один из них, глядя на нее исподлобья, — но совесть иметь надобно! Негоже чужих мужей и женихов уводить, не по-людски это...

Наталья, закатив глаза, обреченно воскликнула:

— О боже! И вы туда же! Может, я ещё и вас из семей увожу?

Мужики загоготали:

— Да нет, староваты мы для тебя, дочка!

— Отчего же? Может, мне как раз старички больше по нраву? — улыбнулась и Наталья. Но тотчас посерьезнела: — Короче, вы деньги пришли зарабатывать или языками молоть?

— Деньги зарабатывать! — гаркнули мужики в один голос.

— Тогда живо за работу!

— А где ж водка обещанная? — робко спросил один из мужиков. — Ты ж вчера в райцентр ездила...

— Вечером получите! — отрезала хозяйка.

Служба спасения избороздила Москву-реку вокруг острова, на котором состоялся злополучный пикник и к которому вели подводные течения, и тщательно обследовала речное дно в том месте, где предположительно упала в воду любовница банкира Горского, но, увы, поиски оказались тщетными.

Столичные газеты наперебой затрубили о несчастье, постигшем молодого преуспевающего банкира, штампуя одну за другой статейки душераздирающего содержания. Издания, особенно из разряда так называемой «желтой прессы», расходились огромными тиражами. В одной из таких газетенок, в статье под названием «Богатые тоже плачут», позаимствованным у некогда популярного мексиканского сериала, некий борзописец со звучным псевдонимом Луис Альберто (навеянным, судя по всему, тем же сериалом) опубликовал даже информацию, полученную якобы из «верных источников». Согласно этой информации, господин Горский был склонен в интимной жизни к извращениям садистского плана, и его очередная пассия, танцевавшая до встречи с ним в стрип-клубе «Дикая кошка» и рассчитывавшая на традиционные половые отношения, в итоге не выдержала издевательств любовника и была вынуждена прибегнуть к суициду.

Досталось в прессе и новой подружке Горского — Эмме: из её бурного прошлого ушлые журналисты вытащили на свет, то есть на страницы своих изданий, такие грязные истории, от которых большинству читателей после их прочтения хотелось тщательно вымыть руки.

Папарацци осаждали дом и офис Горского, фотографируя героя скандальной хроники при каждом его появлении на людях. Поэтому банкир, опасаясь потерять самообладание и натворить каких-нибудь глупостей, взял срочный отпуск и спешно улетел за границу, прихватив с собой виновницу, как он считал, всех своих несчастий Эмму. Она, разумеется, об истинных мыслях и чувствах любовника не догадывалась и продолжала ликовать, считая, что поймала птицу удачи за хвост и теперь-то уж точно никогда её из рук не выпустит.

…Олеся узнала о кончине Натальи от Андрея Баринова.

— Вот, почитай, — положил он перед ней стопку газет, вернувшись с работы. — Специально для тебя купил несколько экземпляров… Издания разные, но пишут об одном и том же…

От первого же заголовка Олеся, сраженная трагической новостью, осела в кресло.

— Не может быть… — упавшим голосом произнесла она. — Неужели Наташка смогла решиться на самоубийство?!

Андрей молчал, опустив глаза.

Посидев минут пять в состоянии полной прострации, Олеся вдруг схватила газеты со стола и начала жадно читать одну за другой. Дочитав последнюю статью, неожиданно изрекла с сарказмом:

— Фигня всё это!

— Ты называешь «фигней» смерть подруги или бездарно написанные статьи? — удивленно уточнил Баринов.

— И то и другое! Всё фигня! — ещё увереннее повторила Олеся.

Решив, что у любимой случился нервный шок, который может перерасти в закономерную истерику, Андрей быстро прошел к барному отделению дешевой отечественной стенки, достал из него бутылку, налил полный бокал вина и поднес Олесе.

— Выпей! — произнес он тоном, не терпящим возражений.

Олеся машинально подчинилась, но и после выпитого бокала вина продолжала повторять, как заведенная:

— Всё равно фигня... Фигня, я тебе говорю! Фигня...

— Давай-ка, дорогуша, я тебя баиньки уложу и сказку расскажу, как в первые дни нашей совместной жизни. Помнится, тебе это всегда заснуть помогало... Какую сказку рассказать? Про Снежную королеву хочешь?

— Не надо меня убаюкивать, Андрей! — Олеся резко поднялась с кресла и начала мерить шагами комнату. — И волноваться за меня не надо — со мной всё в порядке! Просто если газетчики, для которых важно раздуть скандал даже на пустом месте, верят в Наташкину смерть, то я не верю! Мне кажется, что Наташка попросту нашла способ исчезнуть из поля зрения ублюдка Горского... Заранее всё просчитала и...

— Ты хочешь сказать, что твоя подруга жива?! — вытаращил на нее глаза Баринов.

— Именно! Недаром же тела до сих пор не нашли!

— Я, конечно, понимаю твою привязанность к Наталье, — снова завел успокоительную «шарманку» Андрей. — Подруга детства, родственная душа и всё такое прочее...

— Продолжаешь думать, что у меня «крыша поехала», да?! — недовольно перебила его Олеся. — Повторяю ещё раз: со мной всё в порядке! И моя «крыша» чувствует себя прекрасно!

— Конечно, конечно! — поспешил согласиться Андрей. — Разве я спорю? — Он подошел к Олесе, обнял её за плечи. — Просто когда погиб мой брат, я тоже, помнится, чуть с ума не сошел... Так что, поверь, я знаю, насколько трудно терять близких людей…

Олеся прильнула к его широкой надежной груди.

— Я не хочу терять тебя, Андрей! Я люблю тебя… Ты для меня — всё…

От столь неожиданного откровенного признания Баринов чуть не прослезился. Он тоже очень дорожил Олесей и был уверен, что той памятной зимней ночью их свел на дороге не случай, а сама Судьба.

— Девочка моя… — Андрей растроганно поцеловал Олесю в волосы, в ухо, в шею, в губы…

Когда оба разомкнули объятия, Олеся продолжила волновавшую её тему:

— Понимаешь, Андрюш, Наташка в принципе не могла утонуть! По определению! Ведь у нас в Сурске она запросто переплывала всю Суру от берега до берега и даже усталости не чувствовала! Одной из лучших пловчих в школе считалась! Так что не могла она утонуть, я в этом уверена! Скорее всего, просто инсценировала утопление, чтобы избавиться от Горского!

— Что ж, может быть, ты и права… — задумчиво отозвался Андрей. — Но если твоя подруга действительно пошла на такой риск, то куда она отправилась, когда обрела долгожданную свободу, как ты думаешь? Домой? В Сурск?

— Вряд ли, — отрицательно помотала головой Олеся. — Наташка хоть и производит впечатление тихой домашней кошечки, но ума и смекалки ей не занимать. Наверняка предусмотрела, что Горский, если вдруг не поверит в её смерть, первым делом наведается именно в Сурск. Значит, нашла где-то тихое местечко и затаилась…

— Даже предположительно не догадываешься — где?

— Припоминаю, — Олеся потерла лоб, — что у

Наташкиной мамы была родная сестра… Жила вроде бы недалеко от Сурска… Да, точно, в какой-то захолустной деревне близ райцентра! Чёрт, а название вот запамятовала… Но если карту увижу — наверняка вспомню! Что, если Натаха и впрямь к своей тетке отправилась?

— Увы, мы с тобой можем пока только предполагать… Однако я тебя очень прошу… Нет, настоятельно требую, — повысил голос Андрей, — не ездить в Сурск и не заниматься поисками подруги самостоятельно! Если твои догадки относительно инсценировки самоубийства верны, это может навлечь опасность и на тебя, и на Наталью! Надо выждать, пока страсти вокруг «утопленницы» улягутся, пока все успокоятся…

— Я всегда и во всём буду слушаться тебя, любимый! — Олеся снова прижалась щекой к груди Андрея.
***
После «гибели» подруги Кристина Золотинская несколько дней «погоревала» о ней для вида. Даже организовала в фитнес-клубе своего рода поминки по «безвременно ушедшей из жизни» преподавательнице танцев. Словом, пока жена продюсера давала выход своим нереализованным творческим способностям, ей в голову пришла идея написать киносценарий, основанный на истории Натальи. А чем не криминальная мелодрама? Конечно, сценарий придется приукрасить, добавив побольше драйва, перестрелок, секса, возможно, даже наркотиков… В общем, всего того, что любит и жаждет невзыскательная публика.

А тут как раз у Ивана один за другим сорвались два дорогостоящих проекта, вот Кристина и ввернула мужу предложение о новом сценарии.

— Что? Сценарий о нашей соседке, царствие ей небесное?! — удивился Иван.

— А почему бы и нет? Ты только подумай, как эту историю можно обставить! Уверена, что на захватывающем сюжете о гибели любовницы Горского мы заработаем неплохие деньги!

— Ну, ты даешь, дорогая... — Иван посмотрел на жену с ещё большим недоумением. — Мне-то всегда казалось, что Наташа — твоя подруга...

— И что с того? Я просто сделаю её прототипом главной героини своего сценария, только и всего... А смерть Натали обставлю как бегство...

Иван часто-часто заморгал.

— Смерть как бегство?! Ты хочешь сказать, что твоя подруга на самом деле не утонула, а попросту... сбежала?!

Кристина поняла, что сболтнула лишнего, поэтому поспешила исправить ситуацию:

— Нет, конечно! Ты неправильно меня понял, Иван! Разумеется, Натали утонула, и я до сих пор скорблю о ней... Если б ты знал, как мне её не хватает! — В конце фразы она даже, как первоклассная актриса, пустила слезу.

— Прости меня, Крис! — кинулся утешать жену Иван. — Я не хотел тебя обидеть! И, кстати, твоя идея со сценарием мне нравится!

— Да?! — оживилась Кристина. — То есть ты одобряешь мой сюжет, согласно которому героиня якобы утонет, а в действительности сбежит от своего мучителя?

— Конечно, одобряю!

— Спасибо, дорогой! А на роль главного героя, прототипа Горского, мы можем пригласить Петровского! По-моему, отличная идея, как считаешь?

— Петровского? — задумчиво повторил Иван. — А что, недавний проект с его участием имел у публики большой успех… Пожалуй, самое время поддержать заново вспыхнувший интерес к нему… Хорошо, Крис, договорились: пиши сценарий! Но поскольку описать историю взаимоотношений Горского и Натальи надо быстро, по горячим следам, так сказать, я дам тебе в помощь опытного сценариста. Сериал делать не будем — только полнометражку!

***

Тем временем Эмма, давно мечтавшая побывать в Риме, Милане и Неаполе, колесила по Италии, наслаждаясь местными красотами, национальными кулинарными изысками и обществом удачно обретенного любовника. Однажды вечером, после недели путешествий, Горский припарковал машину у недорогого отеля на окраине Неаполя.

— И зачем ты меня сюда привез? — капризно надула губки Эмма, окинув недовольным взором непрезентабельный вид отеля.

— Держу пари, что тебя таскали по гостиницам и похуже, — хмуро буркнул Горский.

— Намекаешь на мое бурное прошлое? — обиженно воззрилась она на любовника. — Раньше оно тебя почему-то не смущало…

— Вот пусть и этот отель тебя не смущает, — парировал Игорь.

Если на протяжении всего путешествия Эмма попросту раздражала его, то сейчас он вдруг понял, что люто ненавидит её. «Пустоголовая корыстолюбивая шлюха! — обругал он мысленно свою спутницу. — Готова перед каждым богатым самцом ноги раздвинуть! Наталья вон хоть и работала стриптизершей, однако была во сто крат порядочнее, честнее и чище!»

За время частых путешествий по странам Европы

Горский изрядно поднаторел в разных языках, в том числе итальянском, поэтому легко объяснил заросшему щетиной портье, что ему нужен номер на двоих: снял, дескать, русскую проститутку на пару дней.

Портье понимающе улыбнулся.

— Извольте сначала зарегистрироваться, синьор, — сказал он с характерным неаполитанским акцентом.

Горский назвал вымышленные имена, и портье бойко вписал их в книгу учета постояльцев.

— Надеюсь, нашему уединению никто здесь не помешает?

— Не извольте беспокоиться, синьор! Персонал нашего скромного заведения не страдает излишним любопытством. С вас двести евро, синьор.

Горский расплатился. Коридорный подхватил его дорожную спортивную сумку и повел обоих постояльцев на второй этаж по лестнице, ибо лифта в отеле не было.

Приняв душ по обыкновению первым, Горский заказал в номер три бутылки холодного шампанского, фрукты и шоколад. Поэтому когда Эмма вышла из душевой, радушно протянул ей бокал игристого напитка.

— Ах, от шампанского я быстро пьянею! — кокетливо воскликнула девушка.

— Я заметил это ещё в Москве, — усмехнулся банкир.

Пока Эмма избавлялась в душе от дорожной пыли, он успел тщательно обследовать номер, проверить свисавшую с потолка массивную люстру на прочность и достать из потайного отделения спортивной сумки моток прочной шелковой веревки. Оставалась самая малость — напоить спутницу до состояния полного отупения и привести свой план в исполнение…

Когда Эмма безвольно откинулась на застеленную

дешевым синтетическим покрывалом широкую кровать, Горский опустил жалюзи на двух выходивших на улицу окнах. Потом вышел в коридор и повесил на ручку двери табличку с надписью «Не беспокоить!», выполненной на двух языках — английском и итальянском. Вернувшись в номер, подсел к Эмме и начал обматывать её веревкой, бесстрастно извлеченной из-под кровати.

— Что ты делаешь, милый? — вяло поинтересовалась любовница.

— Хочу испробовать с тобой новый вид секса, дорогая. Уверен, тебе понравится.

— И что, обязательно нужно опутывать меня веревкой?

— Это необходимо для новизны ощущений…

— Ой, но мне же щекотно! — пьяно хихикала Эмма, податливо поворачиваясь под руками любовника в разные стороны и становясь всё больше похожей на неуклюжую крупную рыбину, угодившую в плотную рыбацкую сеть. — Не щекочи меня, милый! Хи-хи…

Завязав последний узел, Горский с размаху ударил её кулаком в переносицу, чтобы оборвать, наконец, глупое хихиканье, так долго его раздражавшее. Эмма сразу отключилась, и он удовлетворенно потер руки…

Прошло два дня. Срок аренды номера истек, и хотя никто из обслуживающего персонала отъезда постояльцев не видел, горничная пришла произвести положенную уборку помещёния. Она сняла с дверной ручки табличку, открыла дверь запасным ключом, втолкнула в номер тележку с моющими средствами и стопкой свежего постельного белья, и тотчас весь второй этаж огласился диким женским криком.

Прибежавшие на крик горничной портье и два бандитской наружности охранника застали женщину лежавшей без чувств на полу в проходе, а в самом номере их ждала картина ещё более страшная: на крюке для люстры висело обмотанное веревкой тело постоялицы. Спутника же её и след простыл…

Портье схватился за голову и завопил:

— Проклятые иностранцы! Сукин сын! Извращенец! Я такой скотобойни даже в кино не видел! Надеюсь, Господь его покарает!

Прервав на минуту поток нескончаемых ругательств, портье вызвал по телефону лейтенанта полиции, которому владелец отеля приплачивал как раз для разрешения подобных ситуаций. Когда тот приехал, портье начал сулить ему деньги и умолять замять дело, поскольку очень боялся лишиться работы.

Полицейский и его помощники внимательно осмотрели комнату и сделали несколько фотоснимков, после чего сняли тело с крюка и положили на пол. Перерезав веревки и осмотрев труп жертвы, судмедэксперт скупо констатировал:

— Смерть от удушения.

— Всё ясно! — кивнул лейтенант. — Труп очередной шлюхи! Документов при ней не обнаружено, в книге учета постояльцев она записана под чужим именем. Похоже, наш архив нераскрытых убийств пополнится ещё одним делом…

…В это время Горский мчался на взятой напрокат машине уже по территории Черногории и беззаботно насвистывал под музыку, льющуюся из автомагнитолы.

Глава 5

Почти неделю Наталья занималась обустройством дома. Услугами местного магазина она пользовалась теперь беспрепятственно: после строгого нравоучительного нагоняя Прасковьи Петровны продавщица Мария вынуждена была сменить гнев на напускную милость. Наталья радовалась, что жизнь постепенно налаживается и что былое душевное равновесие потихоньку к ней возвращается.

Во время очередного визита к молодой соседке Прасковья Петровна деловито обошла весь дом и одобрительно резюмировала:

— Добре! Даже вон, гляжу, икону Казанской Божьей матери в горнице повесила… Молодец! Обстановочка пока скудненькая, конечно, но зато чистенько везде, уютно… Для жизни, можно сказать, всё есть… А что с работой надумала? — поинтересовалась она, присаживаясь за стол, покрытый новенькой клетчатой клеенкой.

— Вот как раз собиралась к вам за помощью обратиться, — призналась Наташа. — Денег после ремонта совсем мало осталось.

— В наш детдом требуются уборщица и нянечка, — не стала тянуть резину Прасковья Петровна. — Ставки небольшие, но если оформишься сразу на обе — на жизнь в деревне хватит.

— Я согласна, я никакой работы не боюсь! – радостно воскликнула Наташа. — К тому же к племяннице Светочке ближе буду!

— Тоже дело хорошее, — кивнула соседка, аккуратно разглаживая ребром ладони складку на новой клеенке. — Душа у тебя, вижу, добрая, прямо как у покойной Ирины…

За хлопотами новоселья Наталья совершенно забыла о фотографии, на которой её мама была изображена с незнакомым интересным мужчиной, поэтому сейчас, при упоминании маминого имени, быстро вспорхнула со стула и принесла из старенького серванта озадачивший её фотоснимок.

— Вот, посмотрите, пожалуйста! Я на чердаке старые фотографии нашла, и среди них была эта…

Прасковья Петровна поправила очки, внимательно посмотрела на фотокарточку и раздумчиво произнесла:

— Ирина… Молоденькая ещё… Ей лет двадцать пять тогда, наверно, было, не больше…

— Да, маму я узнала, — поторопила соседку Наталья. — А вот молодой мужчина рядом с ней мне незнаком. Кто он? Вы его знаете?

— Знаю, конечно, — вздохнула Прасковья Петровна. — Приезжал как-то к нам в Мукоудёровку стройотряд, коровник строить, так вот этот красавец тот стройотряд и возглавлял. Деловой, я тебе скажу, парень! Хваткий!

— Мой отец — он? — взяла быка за рога Наталья.

Прасковья Петровна от неожиданности замерла на мгновение, потом перевела взгляд с фотографии на Наталью и спросила строго:

— Как узнала?

— Прямо перед моим отъездом сюда из Сурска мне сосед, Василий Петрович Филиппов, рассказал, что в молодости мама некоторое время жила в Мукоудёровке, откуда и вернулась потом домой со мной на руках. А позже замуж вышла за человека, которого я всю жизнь считала отцом…

Прасковья Петровна опустила глаза, уставилась в половицу.

— Вот уж не думала, что та давняя история всплывет через столько лет, — проговорила негромко. Снова вздохнула: — Однако судьба, видать… Ладно, собирайся, пойдешь сейчас со мной в детдом, покажу там тебе кое-что… Заодно и племянницу навестишь.

Возглавляемый Прасковьей Петровной детский дом

располагался в трех километрах от Мукоудёровки. Будучи построен ещё до войны, он пережил и сталинский авторитаризм, и хрущевскую оттепель, и брежневский «золотой век», и горбачевскую перестройку, но в нынешний сумбурный переходный период от социализма к капитализму уже не жил, а выживал. Ибо за все истекшие годы «переходного периода» капитальный ремонт в здании детского дома ни разу не проводился. Правда, пару лет назад областное начальство вынесло наконец «глубокомысленный» вердикт об аварийном состоянии здания и даже приняло решение о «немедленном» его сносе, однако тут же, видимо, благополучно о собственных выводах забыло. И горемычное строение продолжало стоять, ветшая и рушась прямо на глазах.

…Разглядывая убитое временем и людским равнодушием здание детского учреждения, Наталья нервно мяла в руках мягкого игрушечного слоника из розового плюша, которого купила во время одной из поездок в райцентр. «Господи, да как же здесь дети-то живут?!» — с ужасом думала она.

Словно прочитав её мысли, Прасковья Петровна сокрушенно развела руками:

— Так вот и живем… Того гляди, крыша прямо на голову рухнет!

— А дети сейчас где? — поинтересовалась девушка, удивленная царившей в здании тишиной.

— В огороде все, даже малыши. Там безопаснее, а заодно и к труду приучаются, — ответила Прасковья Петровна. – Ладно, с племянницей попозже увидишься, а сейчас пока давай в архив сходим…

Наташа послушно проследовала за женщиной в мрачное полуподвальное помещёние, гордо именуемое «Архивом», и, увидев провисающий в центре потолок, не удержалась от восклицания:

— Но здесь же опасно находиться!

— У нас тут во всём детдоме опасно, — горько усмехнулась соседка-директриса. — Вот если б наши вышестоящие «отцы» меньше воровали, то, глядишь, и на новое здание для детей у них денег хватило бы… — Порывшись на нижней полке дальнего шкафа, она вытащила из бумажных недр старую картонную папку в ржавых разводах, стряхнула с нее пыль, пояснила: - В прошлом году у нас аккурат над архивом трубы в очередной раз прорвало, и многие документы пострадали… Но ничего, прочесть можно! Только идем лучше в мой кабинет, там светлее…

…Усадив Наталью за директорский стол, Прасковья Петровна положила перед ней папку и подсела сбоку.

— Вот, читай! — сказала Прасковья повелительно. — Чего не поймешь — спрашивай! Отвечу.

Наталья посмотрела на нее с некоторым удивлением, но спорить не стала: отложила плюшевую игрушку в сторону и покорно развязала тесемочки на многострадальной папке. Открыв её, начала поочередно просматривать подшитые скоросшивателем документы, но по мере изучения содержащейся в них информации бледнела и периодически вскидывала на директрису полные недоумения глаза.

— Читай, читай! — подбодрила девушку Прасковья Петровна. — Ирину уже не вернешь, а тебе, видно, пора настала правду узнать…

Дочитав последний документ, Наталья захлопнула папку и растерянно произнесла:

— Перед отъездом в Мукоудёровку я узнала, что отец мне был не родным, а теперь получается, что и… мама тоже?!

258

— Да, девочка моя, выходит, что так, — покивала, подтверждая её слова, Прасковья Петровна.

— Но если моя родная мать — некая Вера Телегина, как сказано в документах, то кто же тогда мой отец?!

— Совершенно верно: Вера Телегина — твоя биологическая, как теперь говорят, мать. Родила она тебя вне брака, а нагуляла как раз от того парня, что на фотографии с Ириной…

Наталья закрыла лицо руками.

— Господи, я совсем запуталась! Я ничего не понимаю… — пролепетала она жалобно.

— Не причитай, а слушай! — по-доброму прикрикнула на нее хозяйка кабинета. — Дело так было… Лет двадцать с гаком назад приехал в нашу Мукоудеровку стройотряд и возглавлял его тот самый парень с фотографии, Григорий Богданов. Верка Телегина слыла тогда в нашей деревне первой красавицей, вот он и положил на нее глаз. Да и она, чего уж там, голову от него потеряла… В общем, слюбились они, а как Верка забеременела, так Григорий возьми, да и не женись на ней! Сам-то он вроде был не против, но родители категорически запретили ему брать в жены необразованную деревенскую девку! А он не посмел пойти поперек родительской воли… Вот Верка-то, оставшись с пузом одна, и закручинилась… До того тосковала и убивалась по любви своей несбывшейся, что выпивать начала крепко… Так вот постепенно и покатилась по наклонной… И до того в итоге докатилась, что сдала тебя однажды в наш детский дом…

— А почему мама… Ирина удочерила меня?

— Да у Ирины в ту пору тоже беда на любовном фронте приключилась: жених ейный городской на другой зазнобе женился! Вот она и приехала из Сурска к нам сюда… Душевные раны, так сказать, зализывать. Здесь же сгоряча и аборт от сбежавшего из-под венца жениха сделала… Жалела, конечно, потом очень, но после драки поздно, как говорится, руками махать… А поскольку возвращаться домой, в Сурск, она по первости не хотела, то и устроилась к нам в детский дом на работу, нянечкой. И когда вскоре тебя к нам сюда принесли, Ирина как увидела тебя, так и схватила, так и из рук почти сутками не выпускала! При этом ещё и твердила как заведенная: моя, мол, девочка, никому не отдам! Вот и пришлось оформлять тебя на её фамилию…

Наташа всхлипнула.

— А моя… ну, эта Телегина… где сейчас? — спросила надтреснутым голосом. — Жива?

— Жива-а… — успокаивающе махнула рукой Прасковья Петровна. — Пьёт только сильно, совсем в дряхлую старуху превратилась…

— А почему же тогда на фотографии не она стоит рядом с Богдановым, а… моя мама? — задала Наталья, смахнув слезы с ресниц, очередной вопрос.

— Так ведь Богданов когда узнал, что у Верки дочь родилась, поначалу и деньгами им обеим помогал, и вещи детские сам лично привозил… Потом надолго пропал куда-то, а когда снова в Мукоудёровке объявился – тебя уж Ирина удочерила! Он, кстати, даже обрадовался этому, поскольку успел убедиться, какая из Верки мать никудышная… И Ирина ему, по всему видно было, очень нравилась, но ничего лишнего он себе по отношению к ней не позволял: женат уже был к тому времени. Только говорил ей часто, что очень рад за дочь, оказавшуюся в таких добрых и надежных, как у нее, руках. Ирине тоже, кстати, помогал первое время, даже, как видишь, запечатлелся с ней на память в один из своих приездов… Но она, по-моему, испугалась, что их дружба может перерасти в нечто большее, и неожиданно для всех сорвалась с места — уехала вместе с тобой в Сурск. И с тех пор почему-то избегать стала нашу деревню, даже родную сестру Настасью визитами не шибко баловала… А Григорий, насколько мне известно, в гору пошёл, карьеру хорошую сделал. Стал в области уважаемым человеком. Недавно вот слух прошел, что он теперь в Пензе важный пост занимает…

Наташа отодвинула от себя папку, взяла в руки плюшевого слоника.

— Хоть и выяснилось, что мы со Светочкой не одной крови, а я всё равно её своей племянницей называть буду! — сказала упрямо. — Отведите меня к ней, пожалуйста!

— Да, да, конечно, дочка, идем…

Под бдительным присмотром нескольких нянечек и воспитателей на огороде, разбитом на заднем дворе, копошились все — от мала до велика — воспитанники детдома. Наталья сразу же впилась глазами в стайку девочек лет пяти-шести.

— Вон та беленькая, слева, и есть наша Светочка, — подсказала ей Прасковья Петровна.

Наташа подошла к девочке, протянула плюшевого слоненка и, проглотив подступивший к горлу комок, негромко сказала:

— Это тебе. Подарок.

— Мне? — удивилась малышка.

— Тебе, тебе! Бери, не бойся!

Девочка робко взяла игрушку из рук незнакомой тети и уставилась на нее не по годам серьезными голубыми глазами. От такого недетского взора к горлу Натальи снова подступил комок.

— Спасибо, — вежливо поблагодарила Света.

И тут же задала резонный вопрос:

— А ты кто? Решила стать моей мамой?

Чтобы не расплакаться, Наталья присела на корточки, молча обняла девочку, крепко прижала к себе…

Глаза наблюдавших за этой трогательной сценой женщин, окруживших Прасковью Петровну, невольно увлажнились.

— Кого это ты к нам привела? — поинтересовалась у директрисы одна из воспитательниц.

— Это Наташа, племянница покойной Настасьи Мальцевой. Дочь Ирины, которая когда-то у нас работала…

— Ирины? — переспросила пожилая нянечка. — Да-да, я хорошо её помню… Стало быть, девушка вернулась в родные места? М-да… Вот уж воистину пути Господни неисповедимы!

— А как похожи-то они, ну надо же! — всплеснула руками третья сотрудница. — Обе белокурые, голубоглазые! Ну просто одно лицо!

Наталья, держа девочку за руку, подошла к Прасковье Петровне, попросила:

— А можно Светочке хоть немножко погостить у меня?

Директриса улыбнулась, кивнула.

— Можно. Только её личные вещи с собой прихватите, могут понадобиться…

Не по возрасту смышленая Светочка уверенно повела Наталью к детскому дому. Вдвоем они поднялись на второй этаж и прошли в самый конец мрачного коридора, где девочка указала, наконец, на облезлую дверь:

— Вот здесь я живу!

Когда Наталья вслед за малышкой вошла в комнату, сердце её сжалось от жалости к бедным сиротам. Четыре железные кроватки, застеленные некогда синими, а после многочисленных стирок выцветшими до серой голубизны шерстяными одеялами, пара стульев, платяной шкаф, покосившийся комод и заваленный рисунками и цветными карандашами стол — вот и вся меблировка. Наталья прошла к столу — доски под ногами скрипели и прогибались при каждом шаге. Когда же случайно подняла глаза вверх, ужаснулась ещё больше: с потолка неприглядными ошметками угрожающе свисала штукатурка! «Депутатов бы сюда поселить!» - подумала она с негодованием.

Тем временем Светочка достала из шкафа рюкзачок, быстро собрала в него свои малочисленные вещички и бойко отрапортовала:

— Всё, я готова!

— Тогда идем! — улыбнулась ей Наташа.

...Примерно на середине пути от детского дома до Мукоудёровки Наталью с девочкой догнал мотоцикл Фёдора. Поравнявшись с путницами, парень затормозил, откинул «забрало» мотоциклетного шлема и радостно поздоровался:

— Привет честной компании! Гуляете?

— Да вот племянницу из детского дома взяла погостить, — ответила Наталья нехотя. «Никакая я Светочке, к сожалению, не родственница, — подумала она про себя, — но заботиться о ней мне никто не сможет помешать».

— Ну так садитесь, подвезу! Чего молодые женские ножки об наши дороги сбивать?!

Секунду поразмыслив, Наталья решила принять предложение Фёдора — расположилась на заднем сиденье, посадив девчушку на колени.

Попросила «всадника»:

— Ты только не гони, пожалуйста! Не забывай, чем для тебя в прошлый раз лихачество закончилось!

— Ладно, учту! — засмеялся он. — Повезу как хрустальных!

Слово парень сдержал, но стоило ему остановить свой мотоцикл у калитки дома Мальцевых, как откуда ни возьмись — поблизости оказалась Дарья. Увидев решительно направлявшуюся к ним бой-бабу, вернее, бой-невесту, Наталья торопливо начала прощаться:

— Спасибо, что подвез! Но нам пора! В гости не приглашаю — помню, что твоей девушке под руку лучше не попадаться!

Подхватив Свету на руки, она юркнула в дом и закрыла дверь на засов, но, уже даже оказавшись в горнице, всё равно услышала разразившуюся на улице свару, сводившуюся в основном к отборной женской брани. А спустя некоторое время раздались и оглушительные удары в дверь.

— Ничего не бойся, — шепнула Наталье девочке.

— А я и не боюсь, — пожала плечиком та и стала спокойно разбирать свой рюкзачок. — У нас тоже девочки часто с мальчишками ругаются. Иногда и дерутся даже...

Укорив себя за малодушие, Наталья решительно вышла в сени, рывком распахнула дверь и налетела на стоявшую перед ней красную от гнева Дарью первой:

— А ну, пошла вон отсюда! Ишь, взяла привычку в чужие дома ломиться!

— Так я ж просила к мужику моему не приближаться! — попятилась от неожиданности Дарья.

— Уймись, Дашка! — крикнул из-за калитки Фёдор. — Не позорься! Иначе один сейчас домой уеду, без тебя!

— Бегу, бегу, Феденька! — Дарья засеменила по ступенькам вниз.

— Скорости добавь! — насмешливо крикнула ей вдогонку Наталья. — Иначе помогу — вилами в толстый зад!

Фёдор расхохотался, и Дарья снова начала громко его бранить. Не став дожидаться окончания их перепалки, Наталья облегченно захлопнула дверь и вернулась к Светланке.

Глава 6

Вот уже целую неделю Наталья работала в детском доме — ежедневно мыла пол и делала влажную уборку в наиболее обитаемых помещёниях, помогала поварихе на кухне, приглядывала за самыми маленькими детьми в качестве нянечки. И всякий раз, когда обделенные материнской лаской двух-трехлетние малыши тянули к ней свои крохотные ручонки, сердце её обливалось кровью от сострадания к ним и невозможности вернуть каждому из них их родителей.

Среди подопечных Натальи были в основном «отказники» из родильных домов, которых сначала отправляли в дом малютки в Пензе, а потом, по достижении ими двухлетнего возраста, переправляли сюда, в Мукоудёровку. Причины отказа от детей разнообразием не отличались: родившие вдали от дома незрелые студентки опасались гнева родителей, если те вдруг узнают об их «грехе», а чуть ли не ежегодно рожавшие от разных «мужей» алкоголички ссылались на отсутствие средств для содержания каждого очередного «плода любви». Некоторые малыши оказывались в детском доме по ещё более распространенной причине — государство попросту лишило их родителей, ведущих асоциальный образ жизни, родительских прав.

Детишек постарше, ровесников Светочки, в детдоме тоже было немало. Среди них преобладали, как правило, те, чьи родители внезапно умерли либо погибли в автокатастрофах. Относительно последнего факта удивляться не приходилось: дороги Пензенской области по праву считались одними из наихудших в России. Да и народ здесь, в провинции, победнее: роскошество в виде дорогущих иномарок далеко не каждому по карману, вот и приходится довольствоваться в основном отечественным автопромом, который зачастую не только подушек безопасности и современных дисковых тормозов не имеет, но даже и тривиальными ремнями безопасности не всегда обеспечен.

Достаточно поколесив по области на своем «жигулёнке», Наталья вдоволь насмотрелась на усеянные крестами и венками обочины дорог. Теперь же, насмотревшись ещё и на круглых сирот, дала себе зарок: никогда в машины к пьяным водителям не садиться и самой в пьяном виде никогда не ездить! Приняла и ещё одно твердое решение: если вдруг придется родить ребёнка вне брака — она вырастит его в одиночку, без мужа, но в детский дом ни за что не отдаст!

Несмотря на обилие забот и хлопот на новой работе, Наталья успевала выкраивать время и для общения с «племянницей» Светочкой. Девочка очень привязалась к новоявленной «родственнице» и всякий раз, завидев «тетю», со всех ног мчалась к ней и вешалась на шею.

Пожилая нянечка, помнившая приемную мать Натальи Ирину, однажды сказала девушке:

— Ты не бойся, Натка, о Верке Телегиной здесь знаем только мы с Прасковьей, остальные не в курсе. Сходила бы ты к ней, дочка, проведала… Она ведь всю жизнь, небось, из-за вины перед тобой мается…

Поразмыслив над советом доброй подслеповатой старушки, Наталья решила ему последовать. Поэтому в первый же свой выходной день пришла в продмаг и по-

266

просила у продавщицы Марии бутылку вина и по одной коробке зефира и шоколадных конфет.

— Очередного любовника принимать навострилась? — съехидничала та, подсчитывая общую стоимость покупки.

— Нет, проведать кое-кого надо, — уклончиво ответила Наталья.

— Да знакомо кого?!.. — Усмехнулась Мария. — Прасковью, конечно же, «Мать Терезу» нашу мукоудёровскую. Кого ж ещё тебе здесь проведывать? Одна лишь Прасковья всегда за тебя горой!

— Оставь свой язвительный тон при себе! — огрызнулась Наташа. — Прасковья Петровна – добрая женщина!

— Это уж точно, — снова усмехнулась Мария. — Только кому сейчас такая доброта нужна-то?

— Какая — такая? — ухватилась за слово Наташа. — Доброта разной не бывает! Она либо есть у человека, либо нет! Как у тебя вот, например…

— Смела ты уж больно стала, как я погляжу, — набычилась продавщица, но, к счастью, продолжения разговора не последовало — в магазин вошел новый покупатель.

…Пожилая нянечка довольно подробно объяснила Наталье, как найти дом Веры Телегиной, поэтому девушка уверенно свернула в нужный ей проулок. Увидев же кособокое строение, больше похожее на затрапезный сарай, застыла в нерешительности, засомневавшись в необходимости визита к «биологической матери». На мгновение ей даже показалось, что дом — живое существо, безмолвно страдающее от пьянства и нерадивости своей хозяйки…

Из состояния оцепенения Наталью вывели раздавшиеся поблизости женские крики и ругательства, перемежаемые истошным куриным кудахтаньем. Наталья повернулась на шум: по проулку в её сторону неслась, прижимая к груди явно очумевшую курицу, растрепанная седая женщина, а за ней гнались две односельчанки: одна с поленом в руках, вторая — с веником.

— Брось курицу, Верка! — орала та, что с веником. — А то ведь зашибу, паскуда!

— Догони сперва! — сипло крикнула в ответ женщина с курицей и тут же, отодвинув одну из штакетин, ловко юркнула в неприметный лаз в заборе.

Подбежавшие минутой позже преследовательницы растерянно остановились.

— Вот ведь мерзавка! — выдохнула, тяжело отдуваясь, одна из них. — У неё тут повсюду тайные ходы!

— Ломай ворота, возьмем с поличным! — вновь распалилась вторая женщина и принялась воодушевленно размахивать поленом. — В случае чего мужиков на подмогу кликнем! Ведь вторую курицу, зараза, за месяц упёрла! Гадина! Зашибу-у! — Раззадорив себя таким образом, она со всего размаху ударила поленом по воротам, и те, и без того на ладан дышавшие, угрожающе накренились.

Наталья не выдержала.

— В какую сумму вы оцениваете причиненный вам ущерб? – решительно обратилась она к женщинам.

Те раскрыли было рты от изумления, однако быстро оправились.

— Во, городская сюда зачем-то пожаловала! Или ты, девка, в адвокаты к Верке заделалась?

— Так сколько вы хотите за курицу? — поторопила их с ответом Наталья, давая понять, что не намерена вступать в пустопорожнюю болтовню.

— Сто рублей! — выпалила вооруженная поленом женщина, смекнув, видимо, что за счет молоденькой городской простофили можно поживиться. — У меня курочки все как на подбор — толстенькие, чистенькие! Хоть сейчас в печь и хоть с перьями потом есть! И та, которую Верка-зараза уволокла, такая же холёная и упитанная была!

Наталья извлекла из кошелька сотенную купюру, протянула:

— Вот, возьмите...

Пострадавшая селянка взглянула на нее с некоторым недоверием.

— У тебя чё, денег много? Теперь каждый раз будешь за ворованных куриц расплачиваться? Так на всю деревню твоих капиталов не хватит! Верка ведь в последнее время вконец обнаглела! Пенсию свою пропивает с собутыльниками, а потом ворует, чтоб с голоду не сдохнуть!

— Возьмите! — твёрдо повторила девушка.

Испугавшись, что богатая городская кукла в любую секунду может передумать, женщина проворно схватила сторублёвку, зажала её в кулаке и скомандовала товарке:

— Всё, домой пошли! С Верки всё равно взять нечего...

Наталья успела приметить, под какой именно доской скрыт лаз в заборе, поэтому, поколебавшись немного, проникла во двор тем же путем, что и Вера Телегина. Во дворе царило полнейшее запустение — кроме сорняков и прошлогоднего сухостоя вокруг дома ничего не росло. «Лучше бы колбасы и консервов купила», — подумала Наталья, с сожалением взглянув на свой пакет с вином и сластями...

***

…Начало июня в 1992 году выдалось чрезвычайно жарким, и потому Мукоудёровка выглядела сонной, притихшей, разморенной. Колхоз находился на грани банкротства, руководство еле сводило концы с концами, и жители деревни работали уже просто по привычке. Тем более что зарплату всё равно практически не платили — дефолт, мать его! Технические мастерские и единственный магазин обезлюдели, мало-мальская жизнь теплилась ещё только на ферме да в свинарнике.

Вот в такую-то размеренно-скучную Мукоудёровку и нагрянул вдруг стройотряд из Пензы. Впрочем, после развала страны «стройотрядом» его можно было назвать с большой натяжкой — скорее уж он представлял собой бригаду студентов-шабашников, сбежавших от городского продовольственного дефицита на поиски заработка и пропитания в провинцию. Обладающий задатками лидера студент Григорий Богданов, будущий экономист, арендовал на время у кого-то из родственников грузовик, собрал команду «рукастых» парней и повез их из Пензы за «длинным рублем». В двух деревнях сторговаться в цене не удалось, поэтому проследовали дальше и в итоге достигли Мукоудёровки.

Остановив грузовик на «площади» перед зданием сельской администрации, Григорий вышел из кабины, окинул осоловевшую от жары деревню оценивающим взглядом и скомандовал товарищам:

— Выгружайтесь! Покурите, разомнитесь, а я — к местному начальству, на переговоры!

Общий язык с Григорием мукоудёровское руководство нашло довольно быстро: коровник требовал ремонта, нанимать рабочих было не на что, а тут вдруг такая удача — голодные студенты пожаловали! Вот власти и предложили: зарплата — картошкой и мясом, плюс кормежка и постой — тоже за счет деревни. Предложение по тем временам было довольно выгодное, и Григорий без долгих раздумий согласился.

Разместили студентов в огромном старом амбаре на краю деревни, ужинать отрядили в местную столовую. Насытившись наваристым борщом со сметаной, студенты решили отправиться на прогулку — для ознакомления, так сказать, с мукоудёровскими достопримечательностями. Однако на выходе из столовой их поджидали местные парни, недружелюбные взгляды которых не сулили ничего хорошего.

— Говорят, работать к нам приехали? — хмуро осведомился Пётр, негласный лидер и заводила мукоудёровской молодежи.

Мгновенно оценив численное превосходство аборигенов, Богданов незаметно подал знак своим: спокойно, мол, не дергайтесь раньше времени, постараюсь уладить ситуацию мирным путем.

— Верно говорят, — доброжелательно подтвердил он. — А что остается делать, коли в городе у нас жрать нечего? Полки магазинов паутиной затянуты, а если продукты и выбрасывают вдруг в продажу, так за ними сразу очереди выстраиваются километровые! Родителям на работе денег не платят, вот мы и решили попробовать сами себя прокормить…

— Так, стало быть, в деревнях сейчас лучше, чем в городе? — не смог сдержать довольной ухмылки Пётр.

— Лучше, конечно, — кивнул Григорий. — Иметь собственное хозяйство сейчас очень выгодно.

— Ладно, убедил! — удовлетворился ответом Пётр. И тут же на правах негласного «профсоюзного лидера» деловито осведомился: — И сколько, интересно, вам обещали заплатить за ремонт коровника?

Богданов понял: скорее всего, народ в деревне волнуется, что для своих-де у руководства денег почему-то нет, а для пришлых городских — наверняка найдутся.

— По два мешка картошки и десять кило мяса на брата.

Деревенские парни облегченно загоготали.

— Такого добра, как картошка, у нас тут у всех полные подвалы!

— Ладно, работайте, — по-хозяйски «разрешил» Пётр.

Но добавил для острастки:

— Только девок наших, чур, не трогать!

...Между тем весть о приезде городских студентов уже разлетелась по деревне, переполошив всех девушек. Особенно тех, которым наскучило жениться с местными ухажерами. Этим строптивым деревенским красавицам казалось, что они и так уже засиделись в Мукоудёровке, их в город как магнитом тянуло, ведь только в городе, считали они, их ждет настоящая жизнь! И вот наконец-то долгожданный шанс выпал – целый отряд студентов прикатил, выбирай любого! Романтически настроенных девиц не пугали ни пустые полки городских магазинов, ни возможное безденежье с живущими на стипендию студентами, главное — вырваться из скучной Мукоудёровки! Поэтому вечером, разумеется, все до единой устремились в клуб на танцы.

Пришел туда и Григорий с несколькими парнями из своей бригады. Кучковавшиеся небольшими группками юные селянки при их появлении возбужденно зашушукались, но Вера Телегина, считавшаяся первой красавицей Мукоудёровки, положила глаз на бригадира первой. И сразу объявила о том подругам:

— Моим будет! Никому не отдам!

Девчата дружно захихикали, поскольку отлично знали, что жених у нее уже есть.

— Ты это своему Алексею скажи! — проговорила сквозь смех приехавшая из Сурска к Настасье Мальцевой младшая сестра Ирина, за которой в деревне почему-то прочно закрепилась фамилия старшей Настасьи.

— Тебе хорошо советовать! — огрызнулась Вера. — Сама-то вон, небось, в городе живешь!

— Ой, да наш Сурск чуть больше вашей Мукоудёровки! — снова засмеялась Ирина.

— Давай, давай, выдумывай! — скривилась Вера, теребя разметавшуюся по полной груди длинную косу. — Скажи ещё, что у вас там ни кинотеатров, ни кафе, ни ресторанов нет! Что как у нас — только ферма, свинарник, школа да сельсовет... Ой, чуть не забыла! У нас же ещё клуб есть! Не жизнь — мечта! А я вот, может, тоже хочу, как ты, в туфельках по асфальту ходить, а не в галошах по коровьим лепёшкам шлёпать!

Ирина, вспомнив о неразделенной любви, заставившей её сбежать из города в деревню, погрустнела. Заметила лишь со знанием дела:

— Дело твоё, конечно... Только не думай, что в городе все счастливые ходят... А вон, кстати, и твой Алексей прибыл! — повела она подбородком в сторону входной двери.

Алексей, рослый белобрысый парень, пришел в компании двух друзей. Разглядев в одной из девчачьих стаек свою ненаглядную Веру, он тотчас направился к ней, и друзья последовали за ним. Один из них сходу начал обхаживать Ирину, но она на все его знаки внимания реагировала равнодушно, если не сказать — холодно.

Вечер был в самом разгаре, когда ведущий по традиции объявил, наконец, «белый танец». До нынешнего вечера Вера всегда приглашала Алексея, однако сегодня демонстративно направилась к группе городских студентов.

— Разрешите вас пригласить? — обратилась она, обворожительно улыбаясь, к Григорию.

Увидев перед собой статную красавицу с огромными голубыми глазами и тугой пшеничной косой, Григорий устоять не смог — принял предложение.

Алексей сжал кулаки.

— Не кипятись, Лёха! — хлопнул его по плечу один из друзей. — Не видишь, что ли, что она вешается на бригадира назло тебе? Поругались опять, да?

— Да в том-то и дело, что не ругались, — озадаченно поскреб затылок Алексей. — Сам не понимаю, с чего это она вдруг взбрыкнула…

— А чего тут не понимать-то? — подсуетилась рядом стоявшая девушка, которой Алексей давно нравился. — Не видишь разве, что городские твоей Верке голову вскружили?! Так что идем танцевать со мной! Я не хуже Верки танцую, между прочим…

Бросив испепеляющий взгляд на свою зазнобу, самозабвенно танцевавшую под медленную музыку с другим, Алексей делано бесшабашно махнул рукой и, обняв девушку за талию, увлек её на середину танцплощадки…

После танцев Григорий вызвался проводить Веру до дома, но на протяжении всего пути держался от нее на некоторой дистанции. Во-первых, помнил о предупреждении местного «вожака» Петра, а во-вторых, небезосновательно подозревал, что под прикрытием темноты по пятам может следовать отвергнутый Верой парень, о котором она сама же ему и рассказала.

Когда же стали прощаться у ворот, Вера вдруг обвила шею Григория руками, наклонила его голову к себе и впилась ему в губы дерзким, отчаянным поцелуем. Богданов от такого натиска слегка оторопел, но вынужден был мысленно признаться себя, что губы у Веры неимоверно сладкие и соблазнительные. Да и, чего уж душой кривить, ещё ни одна девушка не целовала его так страстно и умело, как Вера…

— Хочешь пойти ко мне? — жарко прошептала она, первой прервав долгий сладостный поцелуй. — На сеновале нас никто не потревожит, обещаю…

— Нет… Нет… Я не могу… — заупрямился Григорий, изо всех сил стараясь не поддаться соблазну. — К тому же у тебя есть парень, вы уже давно встречаетесь…

— Ты про Лёшку, что ли? — Вера игриво запрокинула голову, чтобы провожатый смог полюбоваться блеском её роскошных глаз при свете луны. — Ой, не смеши! Скажешь тоже – парень! Да мы с ним просто в одном классе учились, восемь лет за одной партой сидели, вот ему и примстилось как-то, что промеж нас любовь есть! А на самом-то деле он мне и даром не нужен! Я ведь чуть ни с детства в городе мечтаю жить! Тоска у нас тут в Мукоудёровке…

— А ты думаешь, в городе веселее? — принялся переубеждать девушку Григорий. — Тоже, поверь, ничего хорошего! Зарплату на предприятиях месяцами задерживают, в магазинах пусто, дома жрать нечего — в холодильнике мышь с голоду повесилась, зимой в квартирах — холод собачий, чуть тепленькие батареи сами от мороза трескаются и лопаются… Полная безнадёга, в общем!

— Но при этом ты почему-то не торопишься из города в деревню насовсем перебраться, — парировала Вера. — Небось, как коровник отремонтируешь, так сразу обратно в город и рванёшь, чтобы заработанные здесь картошку с мясом именно там, в городе, за обе щеки умять! Так ведь?

Возразить девушке было нечем, поэтому Григорий предпочел отмолчаться. Желания сменить жизнь в городе на постоянное проживание в деревне у него действительно никогда не возникало.

— Ла-адно, пойду я... — томно протянула Вера, увидев замешательство провожатого. – Надумаешь – приходи. Стукни в окошко в пристройке — впущу. Когда жарко, я всегда в пристройке сплю, и сон у меня чу-уткий... — С тем и скрылась за воротами, зазывно покачав на прощание волнующе упругими бедрами.

Григорий, прокручивая в голове разговор с Верой, двинулся было к месту своей «временной прописки» в деревенском амбаре, но неожиданно дорогу ему преградил вынырнувший из придорожных кустов Алексей.

— Тебя предупреждали, чтобы ты девок наших не трогал?! — угрожающе прорычал отвергнутый любовник.

Драки один на один Богданов не боялся: последние пять лет он часто посещал спортивную секцию, где достаточно серьезно занимался боксом. Поэтому ответил спокойно, даже слегка вызывающе:

— Предупреждали. Но, во-первых, я никаких обещаний не давал, а во-вторых, кулаками ты девушку всё равно не вернешь, уж можешь мне поверить...

Невозмутимость соперника привела Алексея в бешенство, и он без долгих раздумий занес над его головой свой мощный кулак. Однако цели не достиг: городской парень ловко увернулся от удара. Не ожидавший столь хитроумного маневра Алексей повторил попытку, но — снова потерпел неудачу.

— Продолжай, продолжай! — подзадоривал его между тем Григорий. — Я до утра могу так прыгать...

Только учти: у меня первый взрослый разряд по боксу, и если я из защиты перейду в нападение — тебе не поздоровится!

Алексей, рассвирепев пуще прежнего, участил удары, однако результат остался прежним: противник молниеносно уходил от них, продолжая подтрунивать над незадачливым бойцом.

— Ты поиграешь с Верой и бросишь её! — вернулся к сути конфликта Алексей, почуяв, что начал выдыхаться.

— У меня нет желания обмануть Веру, воспользовавшись её наивностью, — охотно вступил в диалог Григорий.

Алексей слегка поостыл.

— Ну так и скажи ей об этом!

— Скажу при первой же возможности! Тем более что у меня уже есть девушка, в городе. Правда, она пока как бы не совсем моя девушка, но родители давно прочат её мне в невесты…

— А ты что же — отказываешься? — подивился откровенности соперника Алексей.

— Вероника — дочь уважаемых и известных в Пензе людей, и мне, признаться, она тоже нравится…

— Но ты её не любишь? — догадался Алексей.

— Надеюсь, что любовь придет позже, — чистосердечно ответил Григорий.

Удары по воздуху прекратились.

— А если не придет? — озабоченно поинтересовался Алексей.

Григорий пожал плечами.

— Всё может быть… Просто, понимаешь ли, есть ещё и такое понятие, как положение в обществе. Так вот брак с Вероникой мне его непременно обеспечит, и тогда мне не придется больше горбатиться за два мешка картошки.

Алексей облегченно вздохнул: да уж, такому практичному парню, как Григорий, простая деревенская девушка точно не нужна.

— Ладно, бывай! — коротко попрощался он и, пожав недавнему сопернику руку, вразвалочку зашагал к Вериной пристройке…

После этой стычки Григорий начал старательно избегать встреч с Верой, даже в клуб на танцы ходить перестал, однако сама она, дав Алексею окончательный «от ворот поворот», терпеливо поджидала его всюду, где только можно, благо спрятаться в деревне особо-то и негде.

В огромном старом амбаре, куда поселили студентов, хранились деревенские запасы сена, так что необходимости в постельных принадлежностях не было. Бригадир, коему надлежало подавать пример подчиненным и, следовательно, вставать по утрам раньше всех, обосновался поэтому у самого входа-выхода. А заодно и подальше от сосредоточившихся в дальнем угла амбара товарищей, мешавших ему высыпаться своим богатырским храпом.

В одну из ночей сладко спавший на сене Григорий почувствовал вдруг сквозь сон чье-то нежное прикосновение… Сначала к губам, потом к щекам, к груди… Когда это неведомое нежное и тёплое нечто спустилось ниже, Григория словно жаром обдало. Мгновенно открыв глаза, он увидел над собой… лицо Веры.

— Проснулся? — жарко зашептала она, продолжая ласкать торс Григория горячей ладонью. — А я вот не выдержала — пришла… Сама пришла… Не гони меня, Гришенька! Мне жизни без тебя нет!…

Не устояв перед искушением, Григорий крепко прижал к себе мягко-упругое тело девушки, и из его груди сам по себе вырвался стон разбуженного мужского желания...

Так с тех пор и повелось: Вера каждую ночь прибегала к Григорию, и они, зарывшись в сено, чтобы ненароком не разбудить остальных обитателей амбара, до первых петухов предавались бурным любовным страстям.

...Незаметно наступил конец августа. Почувствовалось приближение осени — воздух пропитался присущим только ей ароматом сухих трав и листьев, прихваченных первой желтизной.

Бригада Богданова благополучно завершила ремонт коровника, получила от местного руководства заранее обговоренное «бартерное» продовольствие и готовилась к отъезду.

За время работы в Мукоудёровке городские студенты успели подружиться с деревенскими парнями, поэтому перед отъездом решили устроить прощальный совместный кутеж, то есть, говоря по-простому, «проставиться на дорожку». Так что когда Вера под покровом сумерек пришла, как обычно, на свидание, амбар пустовал. Один лишь Григорий с нетерпением поджидал девушку, предвкушая их страстную последнюю ночь и наслаждаясь царившей на сеновале непривычной тишиной, прерываемой лишь доносившимися издалека взрывами хохота и звуками гитары.

Увидев в дверном проеме, освещённом матовым лунным светом, знакомый девичий силуэт, Григорий, уже охваченный к этому времени безудержным желанием, устремился навстречу. Однако всегдашней радости на лице Веры отчего-то не обнаружил.

— Вижу, ждал... — как-то виновато произнесла она, теребя кончик слегка растрепавшейся косы. — Скучал? — спросила бесхитростно.

— Так как же тут не соскучиться, когда ты целых три дня не приходила?! — пылко ответил Григорий, обнимая девушку и с вожделением вдыхая возбуждающий аромат её волос и тела. — Случилось что-то? Где ты пропадала?

Вера уступчиво прильнула к его груди.

— К доктору в райцентр ездила… — призналась тихо. — К гинекологу… Беременна я, Гриша! Вот уже два месяца как…

Богданов замер, напружинился.

Затянувшееся молчание возлюбленного показалось девушке вечностью, и она не выдержала, вскрикнула укоризненно:

— Ну чего ты молчишь-то, а?! Скажи, как нам… мне… теперь быть-то?!

Григорий отстранился.

— Даже и не знаю, что сказать… — проговорил глухо. — Это так неожиданно…

Вера обиженно вскинула подбородок.

— Ты что, маленький?! До сих пор не знал, откуда дети берутся?

— Знал… Просто… Пойми меня правильно, Вера, и не обижайся, пожалуйста! Ну не готов я пока стать отцом! Особенно сейчас, когда новый учебный год на носу, когда… — он прикусил язык, спохватившись, что чуть было не ляпнул о возможном скором браке с Вероникой.

Вера всхлипнула.

— Ты же клялся мне в любви, Гриша! Это же ведь твой ребёнок…

— Своего отцовства я и не отрицаю, — начал он торопливо её утешать, чтобы не допустить назревающего потока слёз, — поэтому давай договоримся так: завтра я вместе со всеми уеду, а через недельку-другую вернусь, и мы всё уладим...

— Уладим?! — удивлённо уставилась на него Вера. — И как же ты, интересно, собираешься «уладить» мою беременность?!

Григорий опустил глаза. Ему вспомнился разговор с отцом о перспективах, которые откроются перед ним после женитьбы на Веронике... А что может дать ему Вера? Только свою любовь. Но одной любовью в нынешние времена сыт не будешь, увы. Сейчас укрепиться в жизни и достичь более-менее благополучного существования можно лишь с помощью нужных связей, а значит, с помощью знакомств с полезными людьми... Но Вере ведь этого не объяснишь! Поэтому вслух сказал ободряюще:

— Я что-нибудь придумаю, Вера! Верь мне. Ведь я люблю тебя...

— Верю, любимый! — благодарно улыбнулась ему девушка.

Проведя в амбаре последнюю, «ударную» ночь с Верой, наутро Григорий вместе с другими студентами, предварительно закинув в грузовик мешки с картошкой и фляги с обложенным кусками льда свежим мясом, покинул гостеприимную Мукоудёровку.

А Вера начала считать дни в ожидании его возвращения, поскольку искренне верила, что он скоро приедет и непременно заберет с собой в город, чтобы жениться на ней. Но...

В середине осени, когда живот стало уже невозможно скрыть ни под какой одеждой, Вера поняла, что ждать возлюбленного больше не имеет смысла. Поэтому отправилась в городскую больницу с твердым намерением сделать аборт. Однако врач-гинеколог, тщательно её осмотрев, вынес категорический вердикт: аборт делать уже и поздно, и опасно.

«Придется рожать… Придется рожать…» — страшным приговором звучали в голове Веры последние слова доктора всю дорогу, пока она на попутках возвращалась домой. Ещё страшнее было думать о том, как начнут теперь трепать её имя злые деревенские языки и как мать отлупит старым отцовским военным ремнём по всем филейным частям, несмотря на беременность…

…В ночь накануне рождественской недели Мукоудёровку обильно присыпало искристо-пушистым снегом, и теперь она утопала в девственно-белых сугробах, понад которыми плыл неповторимый запах печного дыма, насыщенного аппетитным хлебным духом: в каждом доме к празднику стряпали из теста разные вкусности.

Вера тоскливо бродила по двору в накинутом на плечи куцем пальтишке, полы которого давно уже не сходились на разросшемся как на дрожжах животе. Ребёнок в чреве вёл себя не в меру активно: шевелился, брыкался, ворочался… В какой-то момент очередной толчок внутриутробного живого комочка причинил Вере ощутимую боль, и она, громко вскрикнув, присела на скамейку.

— Весь в отца, такой же деловой… — буркнула сердито.

На крыльцо вышла Полина, мать Веры.

— Чего ойкаешь? Опять твой выблядок в пузе шурует?! Погоди, то ли ещё будет! Намучаешься с ним, чую! А того хуже, ежели девка народится. Такая же дура безмозглая, как ты, вырастет! Дурь, она ж ведь по наследству передается, слыхала?

— Дитя в отца уродится — красивым и умным… — вяло огрызнулась Вера.

— Ага, как же, жди! Вона я и гляжу, как твой умник дитё настрогал и был таков! Ладно уж, иди в дом, нечего безвинного дитятю зазря морозить! Я как раз хлебов напекла и картошки потушила, как ты любишь... Дитёнку ведь тоже питаться надо...

Вера вошла в избу, скинула пальтецо прямо на пол, уселась за стол, окинула материнскую стряпню равнодушным взглядом. Полина терпеливо подняла пальто, повесила на гвоздь, присела напротив, вздохнула.

— Ладно уж, чего теперь весь мир в своих бедах виноватить, — сказала примирительно. — Родишь, а там видно будет, как жизнь дальше обернется... — Она плеснула себе самогонки на четверть стакана. — Тебе-то нельзя, а я выпью, праздник, как-никак... — Проглотив ядреное зелье одним махом, поморщилась и потянулась было за закуской, но тут раздался стук в дверь. – Кого ещё там черти принесли? — нахмурилась Полина и нехотя поднялась из-за стола. — Опять, небось, кому-то выпивки не хватило... Ни днем, ни ночью от них, алкашей проклятых, покоя нет... — ворчала она по пути к двери.

На самом деле Полина Телегина давно привыкла к ночным визитерам, ибо с незапамятных пор гнала отменный, лучший в деревне самогон, и односельчане знали об этом. Потому и наведывались к ней частенько, ведь самогон испокон веков считался в деревне, как водка в городе, равноценным эквивалентом любого вида валюты.

Недовольно распахнув дверь, на сей раз Полина отпрянула от неожиданности — на пороге стоял незнакомый мужчина средних лет благородной наружности. Он снял меховую шапку, и, пока стряхивал с нее снег, женщина успела рассмотреть чуть тронутую сединой богатую черную шевелюру.

— Простите, Телегины здесь живут? — вежливо поинтересовался между тем незнакомец.

— Да... — ответила хозяйка с ноткой растерянности в голосе. — А на что они вам сдались?

— Да я, собственно, по делу…

— А! Из райцентра? С гуманитарной помощью?! — просветлела лицом женщина.

Мужчина замялся. Попросил смущенно:

— Позвольте пройти в комнату, а то как-то неудобно беседовать на пороге…

Полина радушным жестом пригласила нежданного рождественского гостя к столу и угодливо подставила табурет, предварительно стряхнув с него широкой натруженной ладонью воображаемые пылинки.

— Вы почти угадали, — сказал незнакомец, аккуратно присев на краешек табурета, — я действительно пришел оказать вам помощь… Точнее сказать, принес своего рода материальную компенсацию за то положение, в котором оказалась ваша дочь Вера… — Он внимательно посмотрел на сидевшую напротив молодую женщину с заметно выпирающим вперед животом и спросил вкрадчиво: — А Вера, насколько я понял, это вы?

Не успела Вера ничего ответить, как её бойкая мамаша уже сориентировалась.

— Ага! — крикнула она с вызовом. — Теперь всё понятно! Ты — отец Гришки, который обрюхатил и бросил мою дочь!

Мужчина нервно моргнул, но отнекиваться не стал. Напротив, сказал со спокойным достоинством:

— Не вижу смысла скрывать этого. Да, я действительно отец Григория Богданова и приехал к вам по его просьбе…

Договорить он не успел, поскольку Полина разразилась отборными ругательствами в адрес всего богдановского семейства.

Вера, только-только обрадовавшись долгожданной

весточке от любимого Гришеньки, не выдержала и прикрикнула на мать:

— Мама! Ну, хватит уже орать! Дай послушать человека! Тем более он наш гость! Не хочешь же ты, чтобы отец Гриши плохо о нас подумал?!

Полина пристыженно смолкла.

Однако желание продолжать разговор у Богданова-старшего, утомлённого, видимо, женскими надрывными криками, уже пропало. Поэтому он ограничился тем, что достал из внутреннего кармана добротной импортной куртки внушительную пачку нерусских денег, положил её на стол и пояснил сухо:

— Это доллары. Суммы хватит и вам, и будущему ребёнку на несколько лет безбедной жизни. К сожалению, это пока всё, чем мы с сыном можем вам помочь, но...

— Почему... почему он сам не приехал? — сдавленным голосом перебила его Вера.

— Не хотелось бы вас расстраивать, Вера, но и оставлять с бесплодными мечтами и надеждами было бы с моей стороны нечестно... Поэтому скажу правду: Григорий недавно женился. Он взял в жены девушку из очень влиятельной семьи, они любят друг друга, поэтому не думаю, что вы с ним ещё когда-нибудь увидитесь...

Вера, в душе которой до сего момента всё-таки теплилась надежда на возвращение возлюбленного, тихо заплакала.

— Уходите... — прошептала она, указав гостю рукой на дверь. — И передайте своему сыну, что я его ненавижу...

...Деньги, полученные от Богданова-старшего, в прок Вере не пошли. Разрешившись от бремени прелестной девочкой и назвав её в честь своей бабушки Натальей, она пустилась во все тяжкие: сошлась с Алексеем и на пару с ним начала безудержно пропивать щедрую богдановскую «компенсацию».

Маленькую Наташу новоявленный отчим невзлюбил с первого же дня пребывания в семье Телегиных и поэтому впоследствии нередко вымещал на ней злость, до сих пор, видимо, питаемую к её фактическому отцу. Скорее всего, Алексей так и не смог простить Григорию свое поражение в борьбе за Веру…

Однажды, после очередной пьяной драки между дочерью и зятем, традиционно закончившейся порцией шлепков ни в чем не повинной плачущей малышке, Полина Телегина не выдержала и, спеленав внучку и укутав её для тепла в старое пуховое одеяло, отправилась с ней в детский дом, где директорствовала её добрая знакомая Прасковья Петровна. Прасковья не имела права принимать девочку в государственное учреждение, поскольку официального отказа матери от ребёнка на тот момент ещё не было, но, узнав о сложившейся в доме Телегиных ситуации, вошла в положение: согласилась оставить девочку в детском доме в нарушение всех предписанных законом инструкций.

Разумеется, Вера всякий раз, когда просыпалась после очередной попойки слегка протрезвевшая, вспоминала о дочке, но поскольку нутро сразу по пробуждению всегда требовало срочного опохмела, утешала себя мыслью, что под присмотром Прасковьи Наташке будет лучше. И лишь когда Алексея не стало (попал по-пьяни под колеса дальнобойной фуры, невесть каким транзитным ветром занесенной в Мукоудёровку), Вера, почувствовав одиночество и на время очнувшись от бесконечного запоя, заявилась в приют.

Прасковья Петровна встретила спившуюся и вконец

опустившуюся молодую односельчанку, от былой красоты которой не осталось и следа, осуждающим взором и тяжелым вздохом.

— Ты уверена, что хочешь забрать дочь и что сможешь обеспечить ей нормальное детство? — спросила предельно строго.

— Уверена... Теперь всё будет по-другому, обещаю...

Вместе с годовалой Наташей Вера вернулась домой и первое время действительно крепилась, неимоверным усилием воли подавляя в себе тягу к спиртному, но вскоре у нее завелся новый кавалер-собутыльник, и всё закрутилось по-прежнему. А спустя полгода умерла, как на грех, и бабушка Полина, которая хоть как-то, в меру сил и здоровья, но всё-таки приглядывала за внучкой. Деньги, оставленные Богдановым-старшим, иссякли, и Вера осталась без средств к существованию. А заодно и без любовника, который сбежал при первых же признаках «банкротства» любовницы. Словом, жизнь снова показалась Вере беспросветно безнадежной, поэтому она вернула дочь — уже по собственному желанию — в приют, оформив на сей раз отказ от родительских прав официально.

Так совпало, что Ирина Ильина-Мальцева, присутствовавшая на клубных танцах в день знакомства Веры с Григорием и предупреждавшая общепризнанную деревенскую красавицу о разочарованиях, могущих поджидать её в городе, уже работала на тот момент в том же детском доме. Поэтому как только увидела маленькую Наташу, так сразу и привязалась к ней душой и сердцем.

А вскоре в Мукоудёровке объявился и сам Григорий Богданов. К тому времени у него появились и завидные финансовые возможности, и обширные связи в высоких областных кругах, поэтому, узнав от старых деревенских знакомых, что Вера спилась и сдала дочку в детский дом, он начал регулярно помогать сиротам: привозил для них продукты, одежду, книги, игрушки. Другими словами, стал оказывать приюту безвозмездную спонсорскую помощь.

Прасковья Петровна, знавшая историю Веры во всех подробностях (ныне покойная Полина Телегина просветила, когда впервые Наташу в детдом принесла), прекрасно понимала, что Григорий, добровольно занявшись благотворительностью, пытается тем самым как бы оправдаться перед самим собой и посредством подарков сиротам заглушить муки совести перед собственным ребёнком. Но мудрая женщина никогда не заводила с ним разговор на больную для него тему — всегда принимала уважительно и благосклонно.

Познакомившись в один из своих визитов в Мукоудёровку с Ириной, самой молодой сотрудницей приюта, Григорий с первого же взгляда проникся к ней большой симпатией и безграничным доверием. Поэтому когда девушка призналась ему однажды, что хочет удочерить Наташу, он искренне обрадовался этому. Сказал, что в таком случае будет спокоен за судьбу девочки, и даже пообещал помочь уладить все связанные с процедурой удочерения формальности. Но потом снова пропал на несколько месяцев (то ли уже успокоился, то ли городские семья и работа не отпускали), поэтому Ирина справилась с удочерением Наташи сама. При активном содействии Прасковьи Петровны, разумеется.

О том, что двухлетняя дочь беспутной Верки Телегиной обрела новую мать, в Мукоудёровке по понятным причинам никто не знал. Да и в самом детском доме в тайну удочерения были посвящены только трое: сама

Ирина, директриса и одна из нянечек. О своем не по годам смелом поступке Ирина даже старшей сестре не сказала — заблаговременно уволившись с работы, уехала с маленькой Наташей в Сурск прямо из детдома, даже не попрощавшись с Мальцевыми. Родственники, конечно же, не на шутку разобиделись («Неблагодарная! Мы её приютили, успокоили после несчастной любви и аборта, работу помогли найти, а она... Эх, да что там говорить, город всех портит — черствыми приспособленцами делает...»). Потому, собственно, и сошло в итоге общение Настасьи и Ирины на нет...

В самом же Сурске, куда после довольно продолжительного отсутствия Ирина вернулась не одна, а с ребёнком, соседи если и пошептались осуждающе, но недолго. В конце концов, не она первая, и не она последняя дитя без мужа нагуляла. Эка невидаль в нынешние-то распутные времена!

Один только бывший жених Васька Филиппов долго настырничал: всё ходил кругами да правду выпытывал. То ли действительно догадывался, что ребёнок приемный, то ли его просто к Ирине тянуло. Он ведь только после скороспелой женитьбы на задурившей ему голову Любке понял, что по-настоящему любил лишь Ирину. Одно время ему даже втемяшилось в голову, что дочку она родила от него, и он при каждой встрече изводил её расспросами о жизни с момента их расставания. Так бы, возможно, Василий и мучился до конца жизни подозрениями, если бы однажды собственными глазами не увидел приехавшего навестить Ирину и Наташу Григория Богданова. Тогда-то и перестал терзаться насчет своего незадавшегося отцовства, поскольку сразу заметил внешнее сходство между модным городским красавцем и подраставшей дочуркой Ирины. По той же причине не верил потом никогда и новому её мужу, называвшему себя родным отцом девочки…

Что же касается Григория Богданова, то он помогал Ирине деньгами вплоть до её замужества. Потом она, во избежание лишних вопросов со стороны мужа и соседских пересудов, от финансовой помощи Григория отказалась. И настоятельно попросила его никогда больше к ним в Сурск не приезжать. Григорий уступил желанию Ирины: он слишком ценил её за самоотверженность и доброту в воспитании чужой девочки, от которой отказались родные отец и мать.

Глава 7

Наталья подошла к покосившемуся крыльцу, с опаской поставила ногу на нижнюю ступеньку, проверяя ту на прочность. Доска под подошвой туфельки предательски скрипнула, и в тот же момент, словно чёртик из табакерки, из дверей выскочила хозяйка дома Вера Телегина. Держа наперевес длинный рогатый ухват, предназначенный для вытаскивания чугунных горшков из печи, грубо рявкнула:

— Чё надо?

Наталья испуганно отшатнулась, проговорила растерянно:

— Поговорить хотела…

— Об чем? — подозрительно воззрилась на нее женщина.

— Меня Наташа зовут, я из города приехала, живу в доме своей покойной тети, — затараторила Наталья, — Настасьи Мальцевой…

— А-а-а, слыхала я про тебя, как не слыхать… — протянула Вера, опустив ухват. — Значит, та самая городская малахольная, из-за которой наши бабы мужиков своих теперь из дома выпускать боятся? Ну, мне тебя бояться нечего, мужика у меня нет, так что заходи, коль пришла. Как говорится, милости просим…

Хозяйка миролюбиво посторонилась, и Наталья, преодолев робость, прошла внутрь. Горница неприятно поразила её царившим в ней беспорядком. Сразу стало понятно, что делами по хозяйству Вера Телегина себя не обременяет, причем явно не первый год. Девушка невольно поморщилась, и женщина это заметила.

— Извиняй, барышня, — сказала насмешливо, — я тебя в гости не звала и не ждала. Предупредила бы, что придешь, — может, и прибралась бы… Хотя тут тебе не город! Мы, деревенские, люди простые — пылесосов и домработниц не держим! Так что если моя нищета тебя не пугает — проходи к столу, садись.

Усилием воли подавив чувство брезгливости, Наталья решительно уселась на замызганную деревянную лавку и придвинулась вместе с ней к столу, заваленному окурками, яблочными огрызками и заставленному немытыми гранеными стаканами. Вера расположилась на лавке напротив, хорошо отрепетированным жестом извлекла из-под нее початую бутыль самогона и торжественно взгромоздила её на стол.

— Будешь? — спросила, приятельски подмигнув гостье.

— Буду! — в тон ей ответила девушка.

Вера щедро наполнила мутным зельем два таких же мутных стакана, и Наталья, зажмурившись и задержав дыхание, как учила когда-то Олеся, опрокинула содержимое своего стакана в себя. Открыла глаза, лихорадочно поискала на грязной столешнице, чем бы закусить, увидела сухую хлебную горбушку, схватила её, понюхала и лишь после этого громко выдохнула.

— Ядреный, блин!…

— А ты как думала! — довольно ощерилась женщина, обнажив неровные желтые зубы. — Мамка моя, покойница, той ещё кудесницей по части выгона самогонки была! И мне свой секрет передала, царствие ей небесное… Ну, твое здоровье, девка! — она гордо вскинула свой стакан и тут же лихо его опустошила. — Ох… Хорошо пошло…

Пока «биологическая мать» занюхивала зелье рукавом, блаженно прикрыв глаза набрякшими веками, Наталья исподволь её рассмотрела. Перед ней сидела старуха с высохшими, как у мумии, руками, и тщедушным тельцем, но лицо при этом было пухлым, отечным, одутловатым. Красно-фиолетовый нос, явно давно не знавшие расчески и шампуня седые волосы. И наряд под стать облику: линялое ситцевое платье с наполовину оторванным воротом, разбитые мужские ботинки на грязных босых ногах… «Ну чистая Баба-яга! — подумала девушка. — Ей бы ещё метлу в руки вместо ухвата и…»

Додумать свою мысль она не успела: «Баба-яга» открыла глаза, пьяно усмехнулась:

— Что, страшилой тебе кажусь? — Вздохнула: — Эх, девка, девка, видела бы ты меня в молодости! Я тогда писаной красавицей была, косу толщиной с кулак носила… Все парни наши деревенские вокруг меня увивались… Да и городские, врать не буду, заглядывались… Ну да что теперь вспоминать? Молодость прошла, любовь быльем поросла… - Она снова наполнила стаканы мутной жидкостью. — Пей! Ты у себя в городе такой самогонки днем с огнем не сыщешь!

— А вы откуда знаете? — вкрадчиво поинтересовалась Наталья, подталкивая разговор к интересующей её теме. — Бывали в городе? Учились там, жили?

— Не-е, так и не довелось, — сокрушенно махнула рукой Вера. — Хотя хахаль городской был, — добавила гордо.

— Тоже молодой и красивый? — как бы невзначай «подлила масла в огонь» девушка.

— Ещё какой красивый! Не парень — загляденье! Картинка! И любил меня очень... Женюсь, говорил... Мне вся деревня завидовала! А потом вдруг — пшик! — и сгинул...

— Как сгинул? — насторожилась Наташа. — Куда сгинул?

— Да не переживай, не в землю, — хихикнула женщина и пьяно икнула. — Обратно в город к себе укатил. Обещал вернуться, да только на деле грош цена его обещаниям вышла... - Она взяла бутыль, плеснула себе ещё полстакана зелья, выпила, продолжила: — Я тебе так скажу, девка: все мужики — сволочи! Не верь им! Они тебе всё что хошь наобещают, лишь бы в постель затащить... А потом их — поминай, как звали...

— А родственники у вас есть?

— Не... Померли все... — отмахнулась Вера. И вдруг всхлипнула: — Хотя, может, дочка ещё бродит где-то по белу свету...

Наталья чуть было не вскочила с лавки и не вскрикнула: «Я! Я ваша дочь!» Но сдержалась. Спросила лишь, уняв волнение:

— Вы что же, не общаетесь с ней?

— Не... Я её, почитай, уж лет пятнадцать вообще не видела... — Женщина закатила глаза и зашевелила пальцами, явно прикидывая что-то в уме. — Хотя вру, поболе уже годков прошло-то... Она сейчас ровесница твоя, поди... А я её только совсем крохотной помню... Ох, девка, если б ты знала, как жжет меня изнутри то, что я ей судьбу изломала!...

Наталья поднялась.

— Я оставлю вам немного денег, только кур соседских больше не крадите, пожалуйста!

— Дык я ж не со зла! Просто жрать-то ведь что-то надо, — почти искренне начала оправдываться Вера, – а пенсия по инвалидности у меня мизерная...

— Вот, это тоже вам, — Наталья водрузила на стол цветастый полиэтиленовый пакет с гостинцами. – И ещё... — Она достала из кошелька несколько купюр и присовокупила их к пакету. — На неделю, надеюсь, хватит. А потом ещё занесу...

— Это с чего вдруг такая щедрость? — с подозрением уставилась на гостью Вера. — Глаз на мой дом положила? Слыхала я, как ваши городские маклеры заставляют одиноких людей свои дома на них подписывать! Так что не на ту нарвалась! Мы тут тоже не лыком шиты! Грамотные!

— Да ничего мне от вас не надо! Успокойтесь! — выкрикнула Наталья и, чтобы не расплакаться от обиды, стрелой выскочила из «родного» дома. Одним махом перепрыгнула через разбитые ступеньки, выбежала за кривые ворота, и только оказавшись на улице, перевела дух.

В горле прочно застрял горький комок, глаза сами собой наполнились слезами, ноги обмякли... Встреча с родной матерью оказалась для Натальи непосильным испытанием, и она, присев на корточки и прислонившись спиной к забору, разревелась в голос.

...Вечером в гости зашла Прасковья Петровна, спросила буднично:

— Ну что, сходила? Навестила?

Наталья угрюмо кивнула.

— По лицу вижу, что расстроена, так что можешь

294

не объяснять ничего. Но совет всё-таки дам… Дело ты, конечно, доброе затеяла, что решила матери посильную помощь оказать, только частить к ней с визитами не надо. Бабы наши деревенские не поймут. Шептаться начнут, подозревать неладное… А привлечешь к себе их внимание — тайна твоя рано или поздно непременно раскроется…

— Так может, оно и к лучшему? — спросила Наталья с надеждой. — Чего мне теперь бояться?

— Того, что во вред тебе может пойти открытое родство с Телегиной! Тебя итак в деревне не больно жалуют, а уж коль прознают, что ты Веркина дочь, то ещё и её все грехи на тебя повесят! О ней ведь в деревне давно дурная слава укоренилась! Да и вряд ли Веру теперь исправишь… Поздно. Пить она уже не бросит, а как узнает, что ты ей дочь родная, брошенная ею в детстве, — поплачет недельку-другую, порвет на себе волосы, вымаливая прощение, а потом и оглянуться не успеешь, как к твоему кошельку присосется! Так что не терзай себя из-за нее понапрасну! Сама посуди: мало ли женщин без мужей с младенцами на руках остается?! И что, все от своих чад в угоду выпивке и другим мужикам отказываются? Вот то-то! Собственными поступками заслужила себе Вера судьбу свою нынешнюю! И исправить её — не в твоей власти, девочка моя…

Наталья согласно кивнула: уж чего-чего, а убеждать Прасковья Петровна умела. И вдруг неожиданно даже для самой себя выпалила:

— А можно мне Светочку из приюта к себе забрать? Дом, сами видите, просторный, места здесь нам с ней за глаза хватит!

Прасковья Петровна усмехнулась.

— А коли замуж выйдешь и своих деток нарожаешь?

— Не волнуйтесь, от Светочки не откажусь! Меня ведь тоже из детдома забрали и в нормальной семье вырастили, так пусть и у Светочки семья будет!

— Ну что ж, добро, мыслишь правильно! — одобрительно покивала Прасковья Петровна. – Дело, конечно, непростое, но решаемое. Ты молодая, работоспособная, по документам двоюродной тетей Светочке приходишься… Так и быть, забирай малышку! А я помогу оформить патронат на нее.

***

К концу лета Прасковья Петровна оформила, как и обещала, патронатный договор[1], согласно которому Наталья приняла племянницу на возмездное содержание. Теперь каждое утро патронатная мать и патронируемая племянница шли в детский дом, где одна в течение дня исполняла должностные обязанности, а другая проводила время в кругу давно и хорошо знакомых ей детей и воспитателей. По вечерам обе вдвоем же возвращались в Мукоудёровку, домой.

Однажды, уже засыпая, Света попросила:

— Наташа, а можно, я тебя мамой называть буду? А то девчонки дразнятся, говорят, что ты мне мама только

---

1   Патронат — одна из разновидностей возмездной опеки над несовершеннолетним в соответствии с п 1. Статьи 14. «Установление опеки или попечительства по договору об осуществлении опеки или попечительства» Федерального закона об опеке и попечительстве от 24 апреля 2008 г. № 48. Этот вид опеки устанавливается региональным законодательством и сейчас существует в ряде регионов РФ как форма семейного устройства детей, оставшихся без попечения родителей, при которой ребёнок помещается на воспитание в семью патронатного воспитателя на возмездную опеку с заключением специального договора. Патронатный воспитатель (с 1 сентября 2008 года — с момента вступления в силу Федерального закона № 48) является опекуном ребенка, то есть его законным представителем.

понарошку…

— Конечно, можно, — сказала Наталья, заботливо укрыв девочку одеялом, поправив ей подушку и поцеловав в носик. — Отныне я — твоя мама, так девочкам и скажи. Тем более мы с тобой и внешне похожи, все это замечают… Вот, например, у меня глаза голубые, и у тебя — тоже…

— И волосы у нас одного цвета! — радостно подхватила Света. И вдруг насупила бровки: - Мама, а ты не будешь пить самогонку, как мои первые мама с папой?

У Натальи ёкнуло сердце.

— Я пью только сок, чай, молоко и кефир, — ответила она дрогнувшим голосом. — А самогонка противная — от нее горло жжет и голова потом болит. Так что не переживай, я не буду её пить. Спи! Утро вечера мудренее…

Дождавшись, когда Света уснет, Наталья на цыпочках выскользнула в горницу, тихо прикрыла за собой дверь. Прошла к столу, включила настольную лампу и вновь начала перебирать найденные на чердаке фотографии. Отложив несколько штук в сторону, остальные снова убрала в чемодан и осторожно, стараясь не скрипеть половицами, вынесла его в сени. Вернулась, достала из серванта общий снимок Ирины Ильиной и Григория Богданова, села за стол и в круге света настольной лампы принялась в который уже раз разглядывать их красивые молодые лица. Невольно подумала: «Интересно, а как бы сложилась моя жизнь, если бы Богданов женился на Вере Телегиной? Где бы я сейчас жила, кем бы стала?…» Пока строила разные предположения, и не заметила, как заснула прямо за столом…

Пробудилась Наталья от настойчивых постукиваний по стеклу. Она торопливо подбежала к окну, распахнула створки, строго спросила в темноту густых августовских сумерек:

— Кто здесь?

— Это я, Фёдор… — раздался в ответ знакомый голос.

Присмотревшись, Наталья разглядела стоявшего перед ней парня, и впервые его лицо показалось ей красивым. Стараясь не выдать голосом своего волнения от столь неожиданного открытия, она сухо осведомилась:

— Чего тебе?

— Да просто проведать решил по-соседски, а то в последнее время не видно тебя совсем что-то…

— Дел много — работаю, дочь воспитываю… И сейчас некогда с тобой разговоры разговаривать… Так что двигай давай к своей Дарье, пока она сама сюда не примчалась!

— Хм, так она пока не жена мне, — хмыкнул Фёдор, — чтоб указывать, куда можно ходить, а куда нет. Так что имею полное право соседку проведать.

— Ой ли? — язвительно усмехнулась Наталья. — Иль забыл уже, как твоя зазноба чуть дверь мне не вынесла, когда ты нас со Светой на мотоцикле подвез?

— Так то давно было, — смутился парень. — К тому же я с ней потом поговорил, запретил слежки за мной устраивать…

— Ладно уж, заходи, — сжалилась Наташа. Но когда Фёдор на радостях ломанулся было в окно, сурово его одернула: — В дверь! Нечего мне тут свои мукоудёровские замашки демонстрировать! — Впустив в горницу, тем же тоном предупредила: — Светланка спит, так что громкость советую раза в три убавить!

— Уютно у тебя, — послушно прошептал гость, оценив царившую в горницу чистоту.

Вдвоем проследовали к столу, уселись друг против

298

друга.

— Я тоже в школе в фотокружок ходил, — негромко похвастался Фёдор, увидев стопку снимков под лампой. — А когда старый отцовский аппарат вконец доломал — бросил это дело... Можно посмотреть? — спросил, кивнув на стопку.

— Смотри, мне не жалко, — пожала плечами Наталья. — Я эти фотки у тети на чердаке нашла. Хочу вот теперь в рамку их поместить да на стенку повесить, - пояснила она. — В память о ней и других... родственниках. В общем, ты смотри, а я пока чайник согрею, чаем с пирогами тебя угощу. Сама напекла! Прасковья Петровна, добрая душа, научила...

Отведав угощений, Фёдор с восхищенным удивлением произнес:

— Надо же, у тебя вообще всё не так, как у наших баб! Даже чай другой... Вкуснее.

— Просто заваривать надо правильно и заварку не экономить, — зарделась от похвалы хозяйка.

— А давай я сам тебе рамку для фоток сделаю! — предложил вдруг Фёдор. — Мой дед, между прочим, знатным краснодеревщиком был, к нему народ со всей округи валом валил! Он и меня научил с деревом и инструментом обращаться!

— Что, и большую раму с красивым резным багетом сможешь сделать? — недоверчиво уточнила Наташа.

— Смогу!

— Тогда я согласна.

— Лады, договорились! — воодушевился Фёдор и с ещё большим энтузиазмом накинулся на пирожки.

...Рамку Фёдор, как и обещал, смастерил, и вскоре дорогие сердцу хозяйки фотографии уже висели на стене в горнице на самом видном месте. Но с тех пор Фёдор стал наведываться к Натахе Мальцевой (как упорно называли девушку односельчане) всё чаще — под любым мало-мальски благовидным предлогом.

Бедная Дарья настолько извелась от ревности, что аж с лица спала. Когда же поняла, что ни слезами, ни упреками, ни тем более скандалами жениха ей не вернуть, начала исподтишка настраивать деревенских баб против «наглой пришлой Натахи». Прослышав о том, благоволившая к Наталье Прасковья Петровна решила вмешаться — раз и навсегда пресечь коварные планы «безутешной невесты». С этой целью и пришла к Дарье.

— Не дури, девка! — сказала, погрозив для острастки пальцем. — И Наталью зазря не подозревай — не было промеж ней и твоим Федькой ничего, я это точно знаю! Так что вместо того чтоб соперницу винить и оговаривать, подумала бы лучше, чем самой своего мужика завлечь и развлечь!

— Я ему чё, массовик-затейник, чтоб его веселить? — огрызнулась Дарья.

— Так разве ж я о веселье толкую? — поморщилась от бестолковости собеседницы Прасковья Петровна. — Просто Федька твой потому к Наталье тянется, что интересно ему с ней! Она и разговор умеет поддержать, и суждение свое высказать, и к новым знаниям тянется — книжки вон в нашей детдомовской библиотеке берет, дома перед сном читает... К тому же следит за собой, в отличие от тебя!

— Ага, а я, значит, и лицом дурна, и неряха?! — взвилась от негодования Дарья. — И поговорить со мной не о чем, кроме как о коровах?! Ну спасибо, заступница Прасковья Петровна, на добром слове! Вовек твоей доброты не забуду!

— Нет, не получится у нас с тобой разговора, как

я погляжу, — сокрушенно покачала головой Прасковья Петровна. — Мало того, что понять меня не хочешь, так ты ещё и слушать совсем не умеешь! И всё-таки науськивать наших женщин на Наталью Мальцеву больше не смей, Дарья! Аукнется тебе это!

— Да провалитесь вы все пропадом вместе с этой городской вертихвосткой! — сорвалась на крик Дарья. — Только Фёдора я всё равно ей не отдам! Так и передайте своей любимице!

— Ничего-то ты, Дашка, так и не поняла… — огорченно махнула рукой гостья, покидая дом Дарьи.

…Однако наставления Прасковьи Петровны не прошли даром: уже на следующий день Дарья съездила в райцентр и купила себе пару новых платьев. Более того, начала пользоваться косметикой и даже чуть ли не ежедневно сооружать из волос разные прически. Бабы тотчас зашептались: не иначе, вступила в открытую борьбу за своего хахаля!

Сам же Фёдор Дарью по-прежнему навещал, не обижал, не чурался. Но и к Наталье продолжал всё чаще захаживать: то починить чего-нибудь, то ещё чем-нибудь по хозяйству пособить. А с конца сентября повадился ездить в свободное от работы время ещё и в детский дом. Благо дел там всегда находилось с лихвой, и мужские руки оказывались всегда очень кстати. Прасковья Петровна прекрасно понимала истинную причину его визитов, но с расспросами не приставала — помалкивала, да присматривалась. Наталья-то давно ей нравилась, а уж когда и трудолюбие Фёдора оценила, начала втайне надеяться, что дружба между молодыми людьми перерастет рано или поздно в нечто большее…

Сама же Наталья принимала помощь Фёдора настороженно: с одной стороны, пыталась заглушить нарождавшееся сильное чувство к нему, с другой — опасалась, что он преждевременно начнёт распускать руки. Но Фёдор, к чести его, вёл себя по отношению к ней достойно. И лишь по пламенным взглядам парня, которые частенько ловила на себе, Наталья догадывалась, что их симпатия друг к другу взаимна.

Примерно раз в неделю Наташа навещала Веру Телегину — приносила ей деньги и продукты. Деньги та сразу же тратила на покупку ингредиентов для самогона, который потом и распивала со своими собутыльниками.

***

Одним погожим воскресеньем «бабьего лета» к Наталье, хлопотавшей по хозяйству в компании ни на шаг не отходившей от неё Светочки, примчалась соседка Валентина.

— Всё, отмучилась Верка... — выпалила она, отдышавшись. — Упилась самогонкой насмерть!

Наталья машинально вытерла перепачканные мукой руки о фартук, рассеянно кивнула... Задумалась о чувствах, которые должна была бы испытать после такого известия... Фактически Вера Телегина как была, так и осталась для неё чужим человеком, ведь произвести ребёнка на свет ещё не означает стать ему родным и близким человеком по жизни. После первой встречи с Телегиной Наталью долго не покидало ощущение душевной горечи — словно её обманули, незаслуженно лишив чего-то хорошего, доброго, светлого... Вместе с тем она испытывала к биологической матери необъяснимую жалость... И вот теперь Вера Телегина умерла... Порвалась ещё одна ниточка, связывавшая Наталью с прошлым...

— Когда похороны? — спросила она глухо.

— Дык кто ж знает?! — всплеснула руками Валентина. — Хоронить-то ведь Верку некому!

— Понятно. Что ж, значит, сама её похороню...

Валентина выпучила глаза.

— Ты?! Ну дела-а… Нет, в деревне все знают, конечно, что ты Верку подкармливала, но чтоб ещё и похоронить её за свой счет?! Чудная ты какая-то, Натаха, ей-богу… Она ж тебе чужая!

— Все мы по Адаму с Евой родственники, — отрезала Наталья и вернулась к тесту, давая понять, что разговор закончен.

— Ну, дело твоё, — неодобрительно проворчала Валентина на прощанье.

В тот же день Наталья взяла на себя основные хлопоты по организации и проведению похорон. На её счастье, деревенское руководство тоже в стороне не осталось — выделило-таки на погребение односельчанки некоторую сумму денег. Да и большинство мукоудёровцев на чужую беду откликнулись — «скинулись», принесли собранные по дворам деньги «чудной» Натахе Мальцевой.

Обряжать «биологическую мать» в последний путь Наталья отказалась (испугалась, что не найдет в себе для этого душевных сил), поэтому обмыванием и обряжанием покойницы занялись местные женщины, ближайшие соседки Телегиной. Сама же Наталья, попросив Прасковью Петровну посидеть со Светой, съездила с вызвавшимся помочь ей Фёдором в райцентр, где заказала гроб и пару венков. На обратном пути заехали в соседнюю с Мукоудёровкой деревню, где имелась церковь, и договорились со священником об отпевании.

…День похорон выдался сухим и солнечным. Несмотря на дурную славу Веры Телегиной при жизни, на местном кладбище собралось почти полдеревни. Правда, долгих прощальных речей не было: как только священник дочитал надлежащую погребальную молитву, гроб забили и опустили в загодя вырытую мужиками могилу.

Однако как только о крышку гроба ударился первый ком земли, у Натальи перед глазами поплыл вдруг туман, и она начала медленно оседать. Стоявший рядом Фёдор не растерялся: быстро подхватил её под руки и тут же, на глазах у всех, крепко прижал к своей груди.

Женщины озадаченно зашептались, а Дарья, тоже присутствовавшая на похоронах, мгновенно поняла: любимый мужчина потерян для нее отныне навсегда.

Помянули Веру Телегину в её же доме. Разумеется, сердобольные соседки предварительно в нём прибрались и даже принесли из своих домов тарелки, вилки с ложками и стаканы, поскольку у Телегиной с посудой было негусто. Вернувшиеся с кладбища односельчане выпили под скромную закуску за упокой души рабы Божьей Веры, усопшей в сорок четыре года, незлобиво посудачили о бездарно прожитой ею жизни и, посидев недолго, отправились восвояси.

Ещё один дом опустел, и наутро его окна заколотили досками…

***

Сидя на диване в гостиной Золотинских, Николай Петровский читал написанный Кристиной сценарий. Время от времени сюжет пробуждал в нём воспоминания о белокурой голубоглазой нимфе Наталье и том восторге, который он испытал с ней минувшей зимой в лесной часовне… Однако на сцене, описывающей решение доведенной до отчаяния жестокостью любовника-олигарха главной героини имитировать смерть, дабы обрести свободу, Николай оторвался от сценария и взволнованно спросил у Кристины:

— Так ты тоже всё знала? Наташа тебе сама рассказала? Или ты просто догадалась?

Кристина присела рядом, улыбнулась.

— Ну, конечно же, я всё знала, ведь мы с ней были подругами! Более того, именно я и помогла Натали инсценировать «уход из жизни». И о твоей роли в этой истории тоже, кстати, знаю…

— И ты хочешь, чтобы после наших с Наташей тёплых отношений я сыграл в твоём фильме прообраз её мучителя Горского?!

Николай отбросил сценарий, собираясь подняться и распрощаться с хозяйкой, но та успела схватить его за руку.

— Сядь! — произнесла она требовательно, и Петровский вынужден был подчиниться. — И выслушай меня! Пойми, Николя, у меня нет ни цели, ни желания причинить Наталье вред или боль, я всего лишь хочу поведать зрителю довольно интересную, на мой взгляд, историю отношений провинциальной девчонки и матёрого олигарха! И я уверена, что ты справишься с ролью Вадима Резникова! Это твоя роль, Николя! Мой Иван, кстати, тоже так считает. Он уже даже и деньги для фильма нашел, так что мы сможем приступить к съемкам хоть завтра! Поверь, Николя, «Хочу жить и умереть» обещает стать грандиозным проектом! К тому же помимо солидного гонорара он принесет тебе новый виток славы!

Петровский задумался.

— Что ж, ты меня убедила, — объявил он о своем согласии после почти пяти минут размышлений.

— Вот и отлично! Тогда бери сценарий и учи текст! Премьера запланирована на начало будущего года.

В середине октября Наталья, встав с первыми лучами солнца, завела свой верный «жигулёнок» и отправилась на нём в Пензу. Приемную дочь она ещё накануне отвела к Прасковье Петровне, которая, собственно, и явилась инициатором её поездки.

Поскольку аварийное состояние здания детского дома достигло критической стадии, директриса снабдила Наталью всеми надлежащими бумагами и попросила во что бы то ни стало вручить их администрации города. К официальным заключениям всевозможных экспертов и множественных инспекций прилагалось также письмо самой Прасковьи Петровны, в коем она обстоятельно и аргументировано делилась собственным мнением о сложившейся ситуации. Согласно её выкладкам, подвергать здание капитальному ремонту было уже поздно и потому нецелесообразно и даже опасно, поэтому директор детдома настаивала на срочном и безотлагательном его сносе. Одновременно с этим Прасковья Петровна предлагала перевести вверенный ей детский дом в соседнее здание, занимаемое ныне краеведческим музеем и крайне редко кем-либо посещаемое. «В связи с последним обстоятельством, — писала директор детского дома, — местные власти даже музейный штат давно упразднили за ненадобностью, оставив на службе лишь двух пожилых сотрудников: смотрительницу и сторожа».

О своих подозрениях, что торг за обладание зданием музея давно уже ведется в кулуарах самой власти, Прасковья Петровна благоразумно умалчивала. А подозрения были небеспочвенными. Музей располагался в принадлежавшем некогда одному из пензенских купцов-богатеев особняке конца XIX века, и нынешним, современным богатеям этот особняк виделся весьма лакомым кусочком. И потому, что вернулась мода на ретро-старину, и потому, что фундамент, стены и крыша особняка больших капиталовложений не требовали: как известно, при царях строили на совесть, а значит — на века.

Когда Наталья поинтересовалась у Прасковьи Петровны, почему ехать в Пензу выпало именно ей, мудрая женщина без обиняков призналась, что уповает на её молодость, привлекательность и обаятельность. По мнению директрисы, все эти качества помогут девушке преодолеть любые препоны, чтобы добраться-таки до сильных мира сего.

Путь выдался неблизким, поэтому Наталья, прибыв в город, первым делом прихорошилась перед автомобильным зеркалом, чтобы избавиться от измученного дорогой вида. Потом, отыскав здание местной администрации, припарковала рядом с другими машинами свои непрезентабельные «Жигули», вошла в здание, с помощью выданных директрисой документов легко миновала настырную охрану и сдала простенький синтетический полушубок в раздевалку.

Оставшись в строгом, но эффектном деловом костюме, Наталья уверенно двинулась по длинному коридору, четко чеканя шаг и слегка притормаживая у дверей, чтобы прочитать на прикрепленных к ним табличках статус обитателя того или иного кабинета. Конкретной фамилией она не располагала: Прасковья Петровна велела попасть на прием к какому-нибудь депутату областной думы («к кому именно — не важно, поскольку они все там одного поля ягоды»).

Когда Наталья замедлила шаг возле очередной таблички, неожиданно открылась дверь соседнего кабинета, и в коридор вышел молодой подтянутый мужчина в дорогом костюме и не менее дорогих ботинках. Он с интересом и не без удовольствия осмотрел незнакомую привлекательную девушку и спросил с улыбкой:

— Не заблудились, случаем? А то в наших коридорах это немудрено...

Наталья ответила ему улыбкой ещё более лучезарной, если не сказать — ослепительной.

— Вы угадали. Мне нужно попасть на прием к депутату областной думы, а я не знаю, где его найти.

— По какому вопросу, если не секрет?

— По поводу детского дома, расположенного близ деревни Мукоудёровка.

— Мукоудёровка? — переспросил функционер. — Придумает же народ названьице! Неужели в наших краях есть такая деревня?

— Есть. В Сурском районе.

— А вы в качестве кого тот детдом представляете? – продолжал допытываться мужчина. – В качестве юриста?

— Нет, — скромно потупилась Наталья, — я работаю в детском доме воспитателем.

— Вы — воспитатель?! — округлил глаза чиновник. — Даже не верится... Чем же, позвольте полюбопытствовать, привлекла неведомая мне Мукоудёровка столь очаровательную барышню?

— Я там живу, работаю, воспитываю приемную дочь...

— У вас ещё и приемная дочь есть?! Нет, девушка, вы меня определенно заинтриговали! — Мужчина взглянул на часы. — Знаете что, здесь неподалеку есть отличное кафе, я как раз туда направлялся — там в это время подают бизнес-ланч. Составьте мне компанию, умоляю! Меня, кстати, Андреем зовут, фамилия — Соболевский, но она вам вряд ли о чем-нибудь скажет...

— Наталья, — назвала свое имя девушка, слегка

растерявшись от столь энергичного напора молодого чиновника.

— Вот и прекрасно! Вот и познакомились! Идемте, а то я умру от голода прямо у вас на глазах! — Андрей подхватил Наталью под руку и стремительно увлек за собой к выходу.

Кафе оказалось довольно уютным, и Наталья расслабилась, окончательно сбросив с себя остатки скопившегося за время долгой дороги напряжения. Да и обед, заказанный Андреем на двоих, пришелся как нельзя кстати: ресурсы желудка, чего уж греха таить, были на исходе. Трапезничали молча, не отвлекаясь от вкусной еды на разговоры, которые, как известно, всегда могут подождать. И лишь когда оба расправились со своими порциями, Соболевский, снова взглянув на часы, важно изрек:

— У меня есть ещё двадцать минут, так что, думаю, вы успеете изложить суть дела, по которому приехали.

— Но… — растерялась Наталья.

— Понимаю, понимаю, — кивнул Андрей. — Вас смущает моя молодость — заставляет сомневаться в моем статусе. Тем не менее, я, — он тщательно обтер пальцы салфеткой, достал из внутреннего кармана пиджака визитку и положил её перед девушкой, — референт депутата местной думы Григория Богданова.

Наталья оцепенела.

Расценив замешательство собеседницы по-своему, Соболевский принялся горячо её убеждать:

— Не верьте прессе! Все нападки продажных журналюг на Григория Александровича — чистой воды происки его завистников и конкурентов! Григорий Александрович — честнейший и достойнейший человек, уверяю вас!

— Да мне, собственно, — обрела дар речи Наталья, — нет никакого дела до порядочности вашего босса. Просто когда вы произнесли его фамилию, я сразу вспомнила, что много лет назад он частенько посещал детский дом в Мукоудёровке. С благотворительными, разумеется, целями…

— Вот как? — удивленно вскинул брови референт. — Странно, а мне об этом факте его жизни ничего неизвестно…

— Да это, в общем-то, и не важно, — с натужной улыбкой проговорила девушка. — Давайте лучше поговорим по существу.

— О, а у вас деловая хватка, госпожа воспитательница! — одарил Соболевский собеседницу комплиментом. — Что ж, я — весь внимание.

Наталья быстро и чётко, стараясь не увлекаться эмоциями, изложила референту суть дела, и тот, внимательно её выслушав, извлек из компактного кожаного портфельчика ручку с блокнотом и сделал в нём какие-то пометки.

— Я всё понял, госпожа воспитательница. Обещаю проинформировать Григория Александровича самым подробнейшим образом, — заверил он Наталью. — Оставьте свои контактные данные, пожалуйста.

Наталья, радуясь в душе удаче в виде неожиданной встречи с референтом самого Богданова, продиктовала ему номер мобильного телефона.

— Я с вами непременно свяжусь, — снова пообещал Андрей. — Кстати, бумаги, подтверждающие степень износа здания, у вас с собой?

— Да. Вот, возьмите, — Наталья протянула ему папку с документами.

— Отлично! Тогда — до встречи! — бросил он на прощанье и стремительно покинул кафе.

Наталья же просидела в кафе ещё минут пятнадцать, искренне недоумевая: «Как могло случиться, что я познакомилась с референтом родного отца сразу же по приезду в Пензу?! Что это — случайность или... провидение?» Изучив визитку Андрея Соболевского до последней буквы, она засунула её в карман жакетки как можно глубже, чтобы, не дай бог, не потерять. «Пора домой... Светочка, наверное, уже соскучилась...»

***

Богданов сидел за массивным письменным столом и просматривал свежую пензенскую прессу. В одной из газет его внимание привлекла заметка с названием «Богдановские миллионы», и он прочитал её от начала до конца. Некий красноречивый журналист взахлеб делился с читателями «добытыми из верных источников сведениями» о том, что депутат областной думы Григорий Богданов владеет пятикомнатной квартирой в Москве, четырехкомнатной — в Пензе, трехэтажным коттеджем под Пензой и огромным поместьем с роскошным особняком в окрестностях Сурска. В последнее господин депутат наведывается лишь раз в году — в начале осеннего сезона охоты, а всё остальное время поместье находится в распоряжении прислуги и охраны. Далее дотошный папарацци приводил подробный список недвижимости «хапуги-депутата» за рубежом...

Покрывшись испариной, Богданов ослабил узел галстука, и как раз в этот момент в кабинет вошел его референт.

— Где ты бродишь, Андрей, когда очередной бумагомаратель меня грязью поливает?! — взрычал Григорий. — Сядь вот, прочти! – ткнул он указательным пальцем в газету.

Андрей неторопливо прошествовал к столу, брезгливо взял кончиками пальцев газету и вальяжно расположился с ней в кресле у окна. Небрежно бросил:

— Да бросьте вы нервничать, дядь Гриш! Насрать вам должно быть на эту газетку!

— Сколько раз я должен просить, чтобы ты называл меня на работе по имени-отчеству?! — ещё пуще взъярился Богданов. — То, что ты являешься племянником моей жены, не дает тебе права нарушать субординацию!

Андрей с нарочито виноватым видом вскинул кисти руки вверх:

— Прошу прощения, Григорий Александрович! Оплошал, забылся немного... Ну да с кем не бывает, так ведь?

— Ладно, прощаю, но в последний раз, так и знай... — проворчал депутат. — Читай давай! — И когда референт, дочитав статью, отбросил газету на подоконник, спросил хмуро: — Ты хоть понимаешь, что меня открыто травят?

— Понимаю. И даже знаю, кто за этой травлей стоит. Ваша служба безопасности всё выяснила...

— Однако шустрый ты, Соболевский! — удивленно покачал головой Григорий. — Не зря мне моя Вероника тебя порекомендовала, ох не зря...

— Да уж, — довольно хмыкнул племянник жены, — даром хлеб не жру. Так вот знайте, Григорий Александрович: этих журналюг-марионеток дёргает за ниточки не кто иной, как... наш новый губернатор!

Богданов устало откинулся в кресле, прикрыл глаза, потёр, морщась, виски.

— Понятно... Ничего в этом мире не меняется, всё как всегда... Новая метла по-новому метёт... Стало быть, копает под меня, чтобы своим место расчистить... И для начала опорочить меня хочет...

— А потом, возможно, и уголовное дело завести, — вставил въедливый референт. — Сейчас это модно, знаете ли.

Богданов яростно распахнул глаза, распрямил грудную клетку, расправил плечи.

— Это мы ещё посмотрим, кто — кого! У меня такие связи в Москве, какие губернатору и не снились! Он ещё пожалеет, что со мной связался!...

Пока босс выпускал пары, Соболевский непринуждённо любовался своим маникюром. Когда тот, наконец, выдохся, спокойно резюмировал:

— Боюсь, криком и эмоциями сложившуюся ситуацию не исправить. К тому же, согласитесь, вам действительно есть чего бояться...

Лицо Богданова налилось кровью.

— Ах ты, щенок! — рявкнул он и гневно ударил кулаком по столу. — Тебе ли меня попрекать?!

— Эдак вы, не ровен час, и до сердечного приступа себя доведёте, — усмехнулся референт-племянник. — Лучше успокойтесь, Григорий Александрович, и выслушайте меня... Появилась, знаете ли, у меня сегодня одна мыслишка...

Богданов стих и воззрился на родственника с нескрываемым интересом.

— Выкладывай!

— Где-то в глубинах нашей области, — важно начал, закину ногу на ногу, Соболевский, — близ деревни с забавным названием... — он сверился с записью в блокноте, — ...Мукоудёровка пришёл в негодность детский дом. Того гляди, рухнет, и детишки окажутся погребёнными под руинами...

При упоминании знакомого названия Богданов встрепенулся:

— Мукоудёровка, говоришь?! Знаю такую деревню! Бывал в ней!

— Тогда, если верить госпоже воспитательнице, и тамошний детский дом должен быть вам хорошо знаком, — вперился референт в босса испытующим взором.

— Какая ещё госпожа воспитательница? — насторожился депутат.

— Имел честь познакомиться с таковой час назад, — шутливо отвесил поклон головой Андрей. — Милая очаровательная девушка, скажу я вам! Ей бы личным секретарём у вашего брата-депутата подвизаться, а не в глуши прозябать! Но это я так, к слову... А если вернуться к сути дела, то эта девушка работает в упомянутом мною детском доме воспитательницей. Она же, собственно, и рассказала мне об аварийном состоянии детского заведения, подкрепив устную информацию соответствующими документами. — Он встал с кресла и положил на стол перед дядей-депутатом папку, полученную от Натальи. — Я уже проверил — все документы подлинные, провокация исключена.

— Хм... Так где ж ты с этой воспитательницей успел познакомиться? – поинтересовался Богданов, с недоверием глядя на пухлую папку.

— Она сама к нам из этой Мукоудёровки приехала, справедливости искать... Полдня, бедняжка, на дорогу потратила, и я подозреваю, что не на джипе со всеми удобствами сюда добиралась. А девчонка, повторяю, просто прелесть!

— Ладно, прелести подождут, — отмахнулся Богданов. — Объясни лучше, как из ситуации с детским домом я смогу извлечь пользу?

— Легко! — оживился референт и начал расхаживать по кабинету, довольно потирая руки. — Если вы внимательно изучите папочку, то увидите, что здание детского дома было признано аварийным аж десять лет назад! Причём признано, в том числе, и вашим сегодняшним… хм… недоброжелателем, назовем его так… Понятное дело, что тогда он ещё не был губернатором, но его подпись в документе десятилетней давности вы, надеюсь, узнаете. А потом посчитайте, сколько раз директриса детского приюта обращалась с тех пор в разные инстанции с просьбой привести «приговор» последней комиссии в исполнение! Цифру, смею вас заверить, вы получите весьма внушительную. При этом директриса везде, заметьте, получала отказ! Ох, Григорий Александрович, мы с вами на этом инциденте такую пиар-акцию проведем! Все знают, что вы уже дважды отец, вот мы и выставим вас человеком, любящим не только своих детей, но и радеющим за судьбы чужих. А вдруг ветхое здание и впрямь не сегодня-завтра рухнет? Кто тогда понесёт ответственность за гибель несчастных сирот? А? В общем, даже не сомневайтесь, Григорий Александрович: приняв участие в судьбе этого приюта, мы всем недоброжелателям рты заткнем! И самого губернатора попутно умоем!

Богданов расплылся в улыбке.

— Молодец, Андрюшка! Хвалю! Готовь командировку, и телевизионщиков не забудь позвать! Намекни им вскользь, что я, мол, отреагировал сразу же, как только получил сигнал! А я пока эту папочку изучу…

**

На выделенные депутатом Богдановым средства поднаторевший в pr-делах Соболевский купил для детского дома одежду, обувь, игрушки, велосипеды, постельное белье, консервированные соки и фрукты. Словом, набил подарками огромный крытый фургон под завязку. Тот же Соболевский позаботился и о телевидении, благо на одном из местных телеканалов у Богданова имелась прикормленная съемочная группа, готовая последовать за депутатом хоть в огонь, хоть в воду (в соответствии с тарифными расценками, разумеется).

Появление в детском доме депутата областной думы, телевизионщиков и фургона с подарками нарушило привычный уклад жизни его обитателей. Богданов и сопровождавшие его лица явились в приют без предупреждения, поэтому, увидев быт детского учреждения без прикрас, испытали настоящий шок. На правах «главного экскурсовода» Прасковья Петровна шаг за шагом посвящала высоких гостей во всю подноготную бедственного существования приюта, а телевизионщики исправно записывали на камеру каждое её слово, снимали каждый уголок ветхого здания…

На первой же такой «экскурсии» Наталья и увидела своего отца — импозантного мужчину средних лет, явно очень уверенного в себе. Всё в его облике выдавало достаток: и аккуратная прическа, и шлейф дорогого парфюма, и золотой перстень с бриллиантом на безымянном пальце правой руки, и даже джинсовый костюм с кожаной курткой, нарочито подчеркивавшие неформальность визита. Как ни странно, облик Григория Богданова навеял Наталье тягостные воспоминания о Горском.

«Одного поля ягоды, — подумала она. — Ничего удивительного, что Богданов не женился на Телегиной. Зачем ему простая деревенская девка? У таких, как Горский с Богдановым, вся жизнь наперед расписана…»

Сам же Григорий Богданов, впервые увидев Наталью, поймал себя на мысли, что её лицо кажется ему знакомым. Поэтому во время небольшого перерыва в съемках он подошел к ней и спросил, натужно морща лоб:

— Мы с вами нигде раньше не встречались? Не могу избавиться от ощущения, что я вас где-то уже видел…

Наталья смутилась, но быстро взяла себя в руки.

— Долгая история, в двух словах не расскажешь… Лучше заходите ко мне в гости, там и поговорим. Я живу в Мукоудёровке…

— О, я эту деревню хорошо знаю! В молодости с бригадой студентов занимался там строительством объектов хозяйственного назначения. Что ж, буду рад навестить места былой трудовой славы!

**

Вечером Богданов пришел в гости не один — с Соболевским и оператором из съёмочной группы. Все трое выглядели утомлёнными, но явно довольными проведенной за день работой.

Пока Наталья накрывала на стол, вниманием депутата завладела Светочка — увела в свою комнату знакомить с куклами, оператор присел на диван и занялся настройкой камеры, а референт в ожидании угощения принялся бесцельно бродить по горнице. Остановившись перед висевшими на стене в обрамлении замысловатого багета фотографиями, он скользнул по ним равнодушно-рассеянным взором, но вдруг… от его расслабленности не осталось и следа! Глаз осмысленно сфокусировался на центральном снимке: рядом с незнакомой миловидной девушкой был изображен ни кто иной, как Григорий Богданов, супруг его родной тётушки! Молодой ещё совсем, правда, но не узнать его было невозможно…

Соболевский пружинисто развернулся к хозяйке, ставившей в этот момент на стол блюдо с обещанными «фирменными» пирогами, и спросил вкрадчиво:

— Наташа, меня тут заинтересовало одно фото… Не поведаете ли мне историю его происхождения?

— Я знаю, о какой фотографии вы говорите, — спокойно ответила девушка, — но у меня уже всё готово. Так что прошу всех к столу, пока пироги не остыли!

Оператор снял дружеское чаепитие на камеру, и когда, тоже наугощавшись чаем с пирогами, удалился, Андрей Соболевский вернулся к чрезвычайно заинтересовавшей его фотографии. Но поступил иначе: обратился с вопросом уже не к Наталье, а к самому Богданову, предварительно сняв раму с фотографиями со стены и положив её перед ним на стол.

— Вот, посмотрите, Григорий Александрович, — сказал, ухмыльнувшись. — Может, узнаете кого?

— Что это? — удивился Богданов, но всё же начал рассматривать чёрно-белые изображения. И вдруг вскинул полные недоумения глаза на Наталью:

— Откуда у вас моя фотография?!

— Я нашла её в этом доме, в старом чемодане на чердаке...

— Не отвлекайтесь, Григорий Александрович! — перебил Соболевский. — Лучше расскажите, что это за девушка рядом с вами?!

— Да-да, я припоминаю её... Кажется, её звали Людмила... Или... Нет-нет, как-то иначе...

— Её звали Ирина, — подсказала Наталья. И добавила коротко:

— Она моя приемная мама.

Богданов вздрогнул и снова вонзил взгляд в фото. Наталья и Андрей внимательно наблюдали за ним.

После недолгой паузы Богданов, изменившись в лице так, словно его только что пронзила острая боль, глухо выдавил из себя:

—Да, я вспомнил её... Я всё вспомнил... Все события двадцатилетней давности... Тебя ведь зовут Ната-

лья… Да, да, всё сходится… Так, значит, ты — моя дочь?!
— оторвавшись от созерцания фотографий, он растерянно взглянул на Наталью.

Соболевский, явно не ожидавший такого поворота событий, очумело переводил глаза с родственника на девушку и обратно, не в силах вымолвить ни слова.

— Да, я — ваша дочь, — ровным тоном подтвердила Наталья, не отводя взгляда.

— Может, мне кто-нибудь объяснит, что здесь происходит? — обрел, наконец, дар речи Андрей.

Богданов вздохнул.

— А чего тут объяснять? Да, двадцать лет назад я бросил беременную от меня местную девушку, женившись ради денег и положения в обществе на Веронике, твоей тёте… Брошенная мною девушка так и не смогла простить мне моего предательства… Родив же дочку Наташу, начала заливать горе спиртным… А потом и вовсе сдала малышку в детский дом…

— И теперь выясняется, что за столом с нами сидит… ваша дочь?!

— Да, Андрей, выясняется, что так… Наташа — моя внебрачная дочь… — Богданов повернулся к хозяйке дома:

— Наташа, а что стало с Верой Телегиной? Надо же, я до сих пор помню, как её зовут…

— Она умерла, — коротко, не вдаваясь в подробности, ответила девушка.

— Наталья, — горячо обратился к ней Соболевский, к которому уже вернулись самообладание и деловая хватка, — я убедительно прошу вас продолжать сохранять тайну своего рождения! Поскольку такой факт из прошлого Григория Александровича может сильно подпортить его репутацию и навредить его карьере!

— Да я и не собиралась использовать факт родства с господином Богдановым в каких-либо неблаговидных целях, тем более корыстных, — пожала плечами Наталья. — Так что не волнуйтесь: всё останется по-прежнему…

Богданов поднялся.

— Андрей, нам пора! Денёк сегодня выдался на редкость трудным, чересчур насыщенным разными впечатлениями и открытиями… Надо бы всё как следует обмозговать, но лучше завтра — на свежую голову! А вас… а тебя, Наташа, сердечно благодарю за угощение. И знай: ты всегда можешь рассчитывать на мою помощь!

На том и распрощались.

В Пензу депутат с референтом прибыли поздно, далеко за полночь. Оба всю дорогу молчали, думая каждый о своем.

— Я знаю, что Вероника приставила тебя ко мне неспроста, — проговорил вдруг Богданов, когда джип, за рулем которого сидел Соболевский, остановился у подъезда его дома. — Она хотела, чтобы ты за мной шпионил, и ты действительно докладываешь ей о каждом моём шаге.

— Помилуйте, Григорий Александрович! — растерялся референт. — Да как вы можете…

— Я не сужу её за это, — перебил его депутат. — И тебя тоже. Напротив, мне легче жить, зная, кто именно за мной шпионит. Просто если ты, Андрей, думаешь, что полностью контролируешь мою жизнь и мои дела, то вынужден тебя разочаровать: ты глубоко заблуждаешься…

— Но, если вы всё обо мне знаете, зачем тогда держите при себе? — спросил Соболевский с неподдельным удивлением.

— Потому что ты обладаешь феноменальным чутьем, благодаря чему часто бываешь мне полезен. К тому же ты относишься к тому редкому типу людей, которых всю жизнь сопровождает везенье, и крупицы твоего везенья перепадают и мне...

— Спасибо за откровенность, дядь Гриш! — расчувствовался родственник. — И клянусь вам, что я ни словом не обмолвлюсь тете Веронике о вашей внебрачной дочери!

— Именно это я и хотел от тебя услышать, — одобрительно кивнул Богданов. — Тогда поделюсь с тобой ещё одной своей задумкой...

— Я весь внимание! И — могила!

— Да я вот, Андрюш, всю дорогу о детском доме думал... Ты ведь сам видел — здание, того и гляди, со дня на день рухнет. Перевод же детдома в музей-усадьбу потребует его переоформления на другое ведомство, а бумажная волокита, сам знаешь, может растянуться не на один год...

— И вы хотите перевезти приют в свое поместье?! — догадался референт.

— Да. Ты, как всегда, понял с меня с полуслова, Андрюша, за это тебя и ценю. Что же касается перевода детдома в мое поместье, то оформим его как временное. На тот период, пока не уладим все формальности с музеем-усадьбой.

— Гениальная идея! — оживился Соболевский. — Организуем масштабную рекламу в прессе и на ТВ, заручимся их поддержкой! Тогда ваши противники и недоброжелатели наверняка потерпят полное фиаско!

Глава 9

Весть о намерении депутата Григория Богданова передать своё поместье во временное пользование детдому из Мукоудёровки облетела всю область в считанные часы. Да оно и немудрено: несколько местных телеканалов беспрестанно крутили в эфире ролики, посвященные посещению депутатом детского учреждения, брошенного другими властями на произвол судьбы. Общество всколыхнулось, в области зародилось движение в поддержку сирот, словом, над головой депутата Богданова, как и было предусмотрено сценарием Соболевского, вскоре засиял «нимб святости». И о «богдановских миллионах», разумеется, все как-то разом вдруг забыли...

После новогодних праздников приют начал готовиться к переезду, и теперь там с утра до вечера царила полнейшая кутерьма. Прасковья Петровна и её подчиненные сбились с ног, но для всех это были приятные хлопоты. А поскольку поместье Богданова располагалось от Мукоудёровки довольно далеко (каждый день из дома на работу и обратно не наездишься), на общем собрании коллектива было принято решение перейти на вахтовый метод работы.

После собрания Прасковья отозвала Наталью в сторонку.

— Вижу, девочка моя, мучает тебя что-то... Словно как гложет изнутри... Ты не таись — откройся! Я ж к тебе как к родной дочери привязалась, мне твои думы-заботы небезразличны...

— Да это я из-за Фёдора маюсь, — вздохнув, призналась Наталья. — Всё никак не могу решиться сделать шаг ему навстречу... И сама измучилась, и его измучила...

— Тю-ю! - рассмеялась директриса. — Было б из-за чего маяться! Слепому же видно, что любит тебя парень, вон аж высох весь от любви! И Дашку бросил, носа к ней больше не кажет. Что тебе ещё для счастья надо? Фёдор — парень и красивый, и работящий, и хозяйственный! Если и выпивает, то в меру, не как большинство его сверстников…

— Боюсь я чего-то…

— Чего, глупая?! Любви? Или детишек рожать?

— И того и другого, наверное…

— Ой, девка! Дело твое, конечно, только гляди — не прогадай! За Фёдором-то как за каменной стеной будешь, уж поверь мне на слово! Я давно живу — научилась в людях разбираться!

— Да я знаю, — улыбнулась Наталья. — Потому и верю вам, и тоже к вам как к родной матери привязалась… И насчет Фёдора, думаю, вы тоже правы. Недаром же вон и Светочка моя к нему тянется…

Тем же вечером Фёдор по обыкновению заскочил после работы к Наталье. Света, увидев желанного гостя, бросилась к нему на шею с радостными криками:

— Федя! Федя пришел! Мама, наш Федя пришел!

Фёдор подхватил девчушку на руки, и она звонко чмокнула его в щеку.

Наталья, скрестив руки на груди и прислонившись спиной к стене, наблюдала за трогательной сценой встречи двух близких ей людей с доброй улыбкой. И неожиданно поняла, что должна принять решение именно сегодня…

— Мама! Мама! А можно, я буду Федю папой называть? — словно прочитав её мысли, спросила Света.

Бесхитростный детский вопрос и помог Наталье расставить все точки над «i».

— Можно, — облегченно выдохнула она.

Фёдор наградил её признательной улыбкой.

— Я уж думал, ты никогда не решишься…

— Просто мне нужно было время, чтобы привыкнуть к тебе и… разобраться в себе.

Наталье вдруг вспомнился Николай Петровский,

вернее, тот момент их общения, когда он объяснял ей значение выражения «голод сердца». «Я хочу утолить голод своего сердца именно с Фёдором», — окончательно успокоила себя девушка.

— Так, значит, завтра я смогу перебраться к тебе насовсем? — робко уточнил Фёдор.

Наталья молча кивнула.

**

Премьера фильма «Хочу жить и умереть» известного продюсера Ивана Золотинского собрала в концертном зале «Пушкинский» практически всю московскую элиту. Супруги Золотинские предвкушали фурор, и причины для этого у них были. Во-первых, Николай Петровский, как и ожидалось, сыграл главного злодея — банкира Вадима Резникова — просто блестяще. Во-вторых, роль подруги главной героини исполнила в фильме сама сценаристка — Кристина Золотинская. Ну и, в-третьих, заложенная в сюжете история казалась обоим супругам неизбитой, нетривиальной, интересной и даже захватывающей.

Игорь Горский пришел на премьеру с новой любовницей, но Золотинские удостоили его лишь холодно-вежливыми кивками-приветствиями издали. Когда зрители заняли свои места, супруги поднялись на сцену и выступили с короткой вступительной речью. После аплодисментов в их адрес свет в зале, наконец, погас, и во всю ширь вспыхнувшего экранного полотна высветилось название фильма — «Хочу жить и умереть...»

Ближе к середине просмотра у Горского появилось ощущение, что нечто похожее на то, что происходит на экране, происходило с ним самим, но... в жизни, в реальности. Когда же увидел, как главная героиня инсценирует свою смерть лишь для того, чтобы сбежать от жестокого любовника-банкира, его вдруг осенило: «Наталья жива!

Она не утонула в Москва-реке, а банально обманула его! Его, своего полновластного хозяина!»

Не дожидаясь окончания фильма, Горский резко поднялся, грубо схватил спутницу за руку и тоном, не терпящим возражений, приказал:

— Уходим!

По прибытии домой он вызвал к себе начальника банковской службы безопасности и распорядился во что бы то ни стало отыскать его бывшую любовницу Наталью Ильину.

— Так она ж утонула! — вытаращил тот глаза. — Вся Москва о том знает...

— А я уверен, что эта сучка жива! – рявкнул Горский. — И за то, что она смогла обвести меня вокруг пальца, должна быть наказана! Ищи её хоть под землей, но найди, слышишь?! Это приказ!

Начальнику службы безопасности не оставалось ничего другого, как повиноваться. Позвонив в стрип-клуб «Дикая кошка», он без труда выяснил, что Наталья и её подруга Олеся являются уроженками города Сурска Пензенской области. Поэтому, решив начать поиск беглянки именно оттуда, командировал в Сурск своего лучшего сотрудника Валерия.

...Благополучно добравшись на своей машине до пункта назначения, Валерий первым делом обратился в городской «Стол справок». Адрес 19-летней Натальи Ивановны Ильиной ему выдали без лишних вопросов и проволочек, поэтому вскоре он уже припарковал машину напротив нужного ему дома. Из окна кабины окинул ветхое деревянное строение сочувственно-ироничным взором. Подумал: «Мама дорогая! И как только в таких клоповниках люди живут?! Нет, не зря у нас в Москве считается, что жизнь кончается за МКАДом...» Вдоволь «налюбовавшись» кривобоким жилищем и пустынным двором, Валерий вышел из авто и направился к ближайшему крыльцу.

Доски под его солидным весом угрожающе прогнулись, и он досадливо чертыхнулся:

— Тьфу ты, чёрт! Не хватало ещё ноги в этой дыре переломать!

Он нажал кнопку звонка нужной квартиры, но в ответ не раздалось даже положенного отзвука мелодичной трели. «Ни фига себе! — присвистнул Валерий мысленно. — Они тут ещё и без электричества умудряются жить!» Постучал — результат тот же. Зато растворилась соседняя дверь…

Василий Петрович Филиппов смерил незнакомца подозрительным взглядом, поинтересовался неприветливо:

— Кого ищешь, приятель?

— Да соседку вашу, Наташку Ильину, — «надел» Валерий на лицо добродушно-беззаботную улыбку.

— А на кой ляд она тебе спонадобилась?

— Да дело у меня к ней…

— Ишь ты, деловой выискался… Да у Наташки отродясь никаких дел с такими, как ты, не водилось!

— Ну, отец, ты и Штирлиц! — вынужден был осклабиться ещё шире Валерий. — Ладно, так и быть, шепну по секрету… — Он заговорщически подмигнул вредному мужику и действительно понизил голос до шепота: — Я от Олеси, от подружки её!

— От Олеськи? - недоверчиво переспросил Василий Петрович. — Знаю такую… Ну дык Наташка ведь вместе с ней в Москву укатила! На поиски лучшей доли умчались, дурёхи! И с тех пор, сынок, я их не видел. Так что если нужно передать что-то Наталье, ты мне скажи!

А я ей сам потом передам, ежели вдруг объявится...

— Да быть такого не может, чтоб вы Наталью не видели! — артистично возмутился Валерий. — Олеся сама мне сказала, что Наташка в родной город вернулась!

— Не видел! — отрезал неумолимый сосед. — Так что зря ты, парень, время тут теряешь!

— Жаль... Олеся расстроится... — дело огорченно развел руками Валерий. — Ну ладно, пойду тогда... Прощай, отец!

Сопровождаемый подозрительным прищуром дотошного соседа, он сел в машину и уехал. Но недалеко. Тормознув за ближайшим домом и оставив автомобиль вне поля зрения въедливого мужика, он незаметно, кругами, снова вернулся к дому «разыскиваемого объекта». Профессиональное чутье подсказывало Валерию, что сосед что-то скрывает. Укрывшись за углом старого сарая, аккурат напротив нужного ему подъезда, он поднял меховой воротник куртки, натянул на руки вязаные перчатки и приготовился ждать...

Примерно через час его терпение было вознаграждено: из подъезда вышла полная немолодая женщина и вразвалочку затопала вверх по улице. Валерий двинулся следом. Удалившись от дома на «безопасное» расстояние, он догнал женщину и вежливо поздоровался:

— Добрый день, сударыня!

Женщина остановилась.

— Добрый! — ответила осторожно. — А ты, я гляжу, не из наших, нездешний...

— Вы не ошиблись, мадам, я действительно не из ваших мест. Приехал вот из Москвы, привез для вашей соседки Натальи Ильиной весточку от её подружки Олеси, а мне сказали, что она здесь не появлялась...

— Кто сказал?

— Да сосед ваш! Неприветливый, знаете ли, такой мужчина…

— Не сосед он мне — муж законный! — хмуро оборвала его «мадам», уже соображая, какую пользу можно извлечь из встречи с явно не бедным жителем столицы. Наверняка ведь Наташка влипла в какую-то дурную историю! Недаром прошлым летом крадучись в родной дом проникла, ещё до рассвета!… Спасибо, Господь надоумил тогда Васькин разговор с ней подслушать… Похоже, пришел наконец момент поквитаться с ненавистной семейкой Ильиных!… — Ну а я, может, знаю, где Наташка нынче прячется, — бросила она хитрый взгляд на незнакомца, — да только какой мне прок тебе её выдавать?

Намек был понят: Валерий вынул из кармана куртки пухлое кожаное портмоне. Спросил коротко:

— Пять тысяч устроят?

Женщина кивнула.

— Устроят… Только, чур, деньги вперёд!

Валерий протянул ей хрусткую красную купюру. Жена Василия жадно её схватила, сунула в варежку и торопливо зашептала:

—У родной тетки Наташка прячется! В Мукоудёровке! Там её ищи!

Валерий округлил глаза.

— В Муко… — где?! Про Мухосранск, каюсь, слышал, а с таким названием сталкиваюсь впервые!

— Му-ко-у-дё-ров-ка! — недовольно повторила по слогам женщина. — Есть такая деревня в нашем районе. Захочешь — найдёшь! — И, не попрощавшись, засеменила прочь.

Валерий вернулся в машину, достал из бардачка карту области, пробежал глазами по Сурскому району и действительно нашел деревню с чудовищным названи-

ем Мукоудёровка. Усмехнулся. Бросил взгляд в окно — смеркалось. На смену усмешке пришла досада: «Чёрт! Придется заночевать в этом паршивом городишке! Интересно, хотя бы одна гостиница здесь имеется?!»
***

Накануне окончательного переселения к Наталье Фёдор остался ночевать в родительском доме. Мать, узнав о решении сына сойтись с городской девицей, страшно расстроилась, поэтому весь вечер пыталась втолковать, что «пришлая Натаха» ему не пара. Фёдор вяло, чтобы не обидеть, от материнских нравоучений отмахивался, а отец, наконец, не выдержал — прикрикнул на жену:

—Галина, оставь Федьку в покое! Взрослый он уже! Сам пускай решает, с какой бабой ему жить лучше! И вообще я не понимаю, чем тебе городская девка не угодила!

— Ой, Володенька, — запричитала Галина, — чует мое сердце, что подведет эта Натаха нашего сына под монастырь! Вот вспомнишь потом мои слова, да поздно будет! — Она поднесла угол фартука к глазам, промокнула несуществующие слезы.

— Мам, да не убивайся ты так! — кинулся к ней с утешениями Фёдор. — Ты о Наталье только по чужим словам судишь, а я давно уже каждый день с ней общаюсь! Она хорошая! И я её очень люблю! И вообще собираюсь на ней жениться!

— Вова, ты слыхал, чего твой сын удумал?! — заполошно всплеснула руками Галина. — Чего сидишь да помалкиваешь?!

— Да слыхал я, слыхал, — отмахнулся Владимир от супруги как от назойливой мухи. — И не вижу в решении Федьки ничего плохого. Пускай женится! А что, всё по закону должно быть, по правилам… Это вам, бабам-дурам, городская девчонка костью поперек глоток встала, а мне она нравится! И лицом хороша, и фигурой, и работящая! Племянницу, между прочим, воспитывает, а та её мамой называет!

— А меня — папой, — вставил Фёдор.

Галина осуждающе покачала головой, проговорила с горечью:

— Дожила! Родной сын будет чужого ребёнка воспитывать!...

— Да ты не переживай, мам, мы и своих нарожаем!

Поняв, что сына уже не переубедить, Галина окончательно сникла, обиженно махнула рукой и отправилась на покой.

...В предвкушении скорого воссоединения с возлюбленной Фёдору не спалось. Устав ворочаться без сна, он среди ночи поднялся с кровати и подошел к окну. Хотел было потянуться, чтоб косточки измученного бессонницей тела привычно-приятно хрустнули, но вдруг замер — над деревней занималось зарево.

— Отец! — заорал Фёдор, уже натягивая штаны. — Вставай! Дом чей-то горит! Пожар! Людей спасать надо!

Владимир мигом вскочил, начал по-солдатски быстро одеваться, командуя на ходу:

— В сарай беги, багор тащи!...

Когда отец с сыном выбежали со двора на улицу, они сразу поняли: горит дом Мальцевых.

— Дашка-сука! Её рук дело! Убью! — взревел Фёдор и со всех ног помчался к дому Натальи.

...Наталье снился страшный сон: она бежит по лесу, а за ней гонится что-то страшное и черное. Вскоре это нечто настигает её, окутывает плотной удушливой волной, утаскивает в мрачное подземелье и наваливается на грудь всей своей тяжестью... Она пытается освободиться, столкнуть с себя черную нечисть, напрягается изо всех сил, но нечисть цепляется, не выпускает из своих мерзких объятий…

Наталья вскрикнула от страха и… проснулась. Села на кровати, протерла глаза, отчего-то вдруг заслезившиеся, и вдруг реальность ужаснула её ещё больше, чем сон: комнату, в которой они спали со Светой, окутывал едкий чёрный дым, а сквозь щель в двери было видно, что в горнице вовсю полыхает пламя!

Наталья закашлялась, но, не обращая внимания на приступ удушья, быстро соскочила с кровати, завернула спящую Светочку в одеяло, подбежала к окну, распахнула его и решительно, не раздумывая ни секунды, сбросила ценный сверток в сугроб. Попыталась выпрыгнуть из окна следом, но голова неожиданно закружилась, горло сдавили спазмы, и она… провалилась в темноту.

Когда Фёдор с отцом подбежали к дому Мальцевых, там уже толпились разбуженные пожаром взбудораженные соседи. Несмотря на царивший вокруг переполох, одна из соседок заметила на снегу под распахнутым окном шевелящийся сверток и отважно бросилась к нему. Развернув одеяло, обнаружила в нём свернувшуюся калачиком горько плакавшую девочку.

— Жива! — завопила женщина, стараясь перекричать людской гвалт и шум трещавшего от огня дерева. — Жива, слава Богу! — Подхватив одеяльный сверток на руки, она поковыляла, проваливаясь в снег, обратно, подальше от прожорливого пламени. — А Натаха? Натаха где?! – трясла женщина на бегу свёрток, но и без того перепуганная девочка заревела лишь ещё пуще и безутешнее.

Фёдор рванул было к входной двери, но вовремя остановился: от крыльца уже ничего не осталось, а прилегавшая к нему стена полыхала, точно факел на ветру.

На крыше громко трещал, взрываясь и ошметками взмывая вверх, шифер, оконные стекла в горнице, не выдержав жара, лопнули и рассыпались мелкими осколками по уже почерневшему от копоти снегу. «Дашка-дрянь крыльцо керосином облила и подожгла!» — догадался он.

Обезумевшие от страха перед разыгравшейся огненной стихией мукоудёровцы, особенно жители соседних с домом Мальцевых домов, бестолково метались вокруг пожарища во главе с совершенно растерявшимся председателем администрации. Участковый, правда, догадался вызвать пожарных, скорую помощь и полицию, но даже он понимал, что те смогут прибыть из райцентра разве что к утру, когда от дома наверняка останутся одни лишь головешки…

Обежав вокруг дома, Фёдор метнулся к пристройке, на которую огонь только-только перекинулся. Еле поспевавшая за ним Прасковья Петровна подала сзади топор, крикнула отчаянно:

— Бей окна, Федя! Наталья жива, я уверена! Светку успела выбросить, а сама, видать, дыму наглоталась!

Кто-то из соседей сообразил подтащить к пристройке лестницу. Фёдор приставил её к круговому остеклению и со всего размаха вдарил по нему топором. На голову, подобно хрустальному дождю, посыпались мелкие острые осколки… Один из них распорол Фёдору щеку, но парень даже не заметил этого: он уже впрыгнул в пробитый оконный проем и пружинисто приземлился на пол пристройки.

— Одеяло найди! Накройся! — донесся до него чей-то истошный женский крик.

Благодаря частым визитам к Наталье Фёдор прекрасно ориентировался в её доме, поэтому даже заполонивший всё окружающее пространство едкий дым не помешал ему на ощупь найти старое стеганое одеяло. Накрывшись им с головой, парень ломанулся в комнату, где обычно спали Наталья со Светой. Сквозь устроенную в одеяле щель для глаз он с трудом, но всё же разглядел через дымовую завесу знакомую девичью фигурку, распластавшуюся на полу под окном. Коварные язычки пламени подбирались к ней всё ближе и ближе…

Преодолев в два прыжка расстояние от двери до окна, Фёдор стянул с себя уже подпаленное огнем одеяло, накинул его на бесчувственное тело возлюбленной, поднял вместе с одеялом на руки… В этот момент раздался жуткий грохот, и он машинально пригнулся и замер. Поняв, что напугавший его шум вызван обрушившимися в горнице потолочными балками, а вслед за ними и частью крыши, он опрометью бросился обратно в пристройку, прижав Наталью к груди как можно крепче, чтобы не выронить в случае возможного очередного приступа паники. Опасения Фёдора оказались не напрасными — в пристройке уже вовсю бушевал огонь.

Голоса на улице стихли: в ожидании развязки жители деревни затаили дыхание. Наконец среди языков пламени мелькнул силуэт Фёдора…

— Господи, помоги моему Феденьке! — заголосила, взорвав всеобщее напряженное молчание, Галина. — Да гори она синим пламенем, эта Натаха! Из-за нее все беды на нас, из-за нее!

Стоявшая рядом Прасковья Петровна отвесила ей смачную оплеуху, но прекратить истерику это не помогло: мать Фёдора лишь отступила на шаг и завыла, заскулила по-волчьи…

Несколько мужчин во главе с Владимиром подскочили к пристройке, приняли из рук объятого огнем Фёдора завернутую в одеяло Наталью, затем помогли выбраться и ему самому. Задыхаясь от кашля, Фёдор сразу рухнул оземь и начал кататься по снегу, чтобы погасить плясавшие на куртке языки пламени.

К нему, стеная и рыдая, кинулась Галина. Упав рядом, принялась горстями зачерпывать снег и сбивать огонь с куртки сына.

— Феденька, сынок, — беспрестанно повторяла она, обезумев от страха, горя и боли, — а где же твои волосы? Феденька, сынок, где ж волосы-то твои, а? Феденька... Волосы... Где твои волосы... Феденька...

Подошёл Владимир – поднял со снега жену, потом сына.

— Цел, сынок? — спросил участливо, внимательно осматривая Фёдора. Увидев сочившуюся из распоротой щеки кровь и островки опаленной щетины вместо былой кудрявой шевелюры, успокаивающе похлопал по плечу:

— Не беда, сынок, до свадьбы заживет! Главное, жив остался!...

Сам же Фёдор шептал между тем как в бреду:

— Наташа... Наташа...

— Да жива она, жива! — истерично выкрикнула Галина. — Что ей сделается?!

Владимир посмотрел на жену осуждающе, но сказать ничего не успел — в этот момент крыша дома Мальцевых окончательно рухнула. Стоявшие чуть поодаль женщины истово перекрестились.

Наталья была без сознания, а Светочка продолжала нервно всхлипывать, поэтому до приезда медиков их обеих по просьбе Прасковьи Петровны отнесли к ней.

Тем временем Фёдор, слегка оправившийся от пережитого шока, уже ломился в дом Дарьи с топором в руках.

Очумевшая от страха за содеянное Даша забилась в

дальний угол избы и молила оттуда:

— Мама! Мама! Зови скорей участкового! Убьет ведь меня Федька, как пить дать убьет!

— А участковый в тюрьму посадит, — с безысходной горечью в голосе отвечала ей мать, сидевшая, сгорбившись и обреченно сложив руки на коленях, на стуле возле окна. — Что ж ты, паскудница эдакая, наделала?! Как же мы жить-то теперь в деревне будем? Много раз ведь просила тебя оставить Натаху Мальцеву в покое! Нет, не послушалась материнских советов... Вот и доигралась. Теперь или тюрьма, или Федька топором порешит...

Дарья выпрыгнула из своего угла как ужаленная и с криком:

— Я сама его порешу! — кинулась на кухню за топором, которым мать обычно рубила мясо.

Между тем Фёдор, обуреваемый желанием выместить на бывшей невесте всю скопившуюся в нём ярость, искрошил входную дверь уже практически в щепки. Но за спиной раздался вдруг громкий окрик:

— Брось топор немедленно!

Фёдор оглянулся — в пяти шагах от него стояли отец и участковый. «Кто-то из соседей донёс», — досадливо подумал парень.

— Фёдор, сынок, опомнись! — взмолился отец.

Участковый выхватил из кобуры пистолет и направил его на парня.

— Брось топор, повторяю! Считаю до трех...

— Шли бы вы оба отсюда, а! – угрюмо попросил Фёдор, хотя уже почувствовал, что успокаивается. — Я как-нибудь сам со своими делами разберусь...

— С Дарьей закон разберется! А тебя последний раз предупреждаю — брось топор, иначе... — Участковый взвел курок.

Фёдор отбросил топор в сторону, плюнул ему вслед и, опустив голову, зашагал от дома поджигательницы прочь.

Глава 10

К полудню Валерий добрался до Мукоудёровки. Понимая, что рассчитывать на наличие в такой глухомани справочного бюро глупо, он остановил машину на центральной деревенской площади и с целью выяснения адреса тетки «разыскиваемого объекта» направился прямиком в магазин.

— Добрый день! — вежливо поприветствовал он томившуюся за прилавком пышную женщину.

— Хм… Для кого-то, может, и добрый… — вяло огрызнулась не выспавшаяся из-за событий минувшей ночи Мария.

Валерий протянул ей тысячную купюру, попросил галантно:

— Конфет разных взвесьте, пожалуйста, сударыня! Самых вкусных. Сдачу оставьте себе, — добавил небрежно.

Мария просияла — нечасто такие покупатели в её продмаг заглядывают! Мгновенно преобразившись из уныло-недовольной особы в радушно-приветливую хозяйку единственного в деревне торгового заведения, она проворно накидала в прозрачный пакетик самых дорогих по здешним меркам конфет трех сортов, бросила его на весы, объявила услужливо:

— На триста рублей потянуло! Хватит или ещё добавить?

— Достаточно, благодарю, — удовлетворенно кивнул Валерий. И обронил как бы между прочим: — Приехал вот знакомую проведать, Наталью Ильину… Может, знаете такую?

— Ой, так она ж сгорела нынче ночью!

Рука Валерия с пакетом конфет застыла в воздухе.

— К-как… сгорела?! — спросил он, заикаясь то ли от неожиданности, то ли от волнения.

— Да среди ночи дом её вдруг загорелся! Натаха дочку-то приёмную успела из окна выбросить, а сама — сознание потеряла. Насилу спасли! В больнице она сейчас лежит, в райцентр тебе, мил человек, придется ехать, чтобы конфетки свои вручить! А ты кем хоть ей приходишься-то?

— Говорю же, просто знакомый, — коротко ответил Валерий и, не попрощавшись, вышел из магазина.

— Ну-ну, рассказывай, — скептически бросила ему вслед Мария. — Не мешало бы ещё и Федьке знать про таких её знакомых…

Отъехав от деревни, Валерий достал мобильный телефон, набрал номер начальника, доложил скупо, без эмоций:

— Я нашел её, шеф. Живет в деревне Мукоудёровка Сурского района Пензенской области. Вернее, жила. Поскольку этой ночью дом Ильиной сгорел, а саму её увезли в районную больницу… Нет, диагноз пока не знаю… Но даже если всего лишь отравление угарным газом, несколько дней, я думаю, она на больничной койке проваляется…

…В рассчитанной на пять человек обшарпанной палате Наталья лежала одна. Фёдор, примостившись на стуле рядом с её кроватью, не сводил с девушки влюбленного взгляда. Наталья за одну ночь сильно осунулась, но с заострившимися носиком и скулами вообще выглядела теперь пятнадцатилетней девчонкой…

Наконец Наталья открыла глаза. Она была ещё очень слаба, поэтому взгляд на Фёдоре сфокусировала не сразу. Когда же узнала его, спросила тихо:

— Зачем ты подстригся, Федя?

Фёдор смущённо провёл ладонью по лысой голове, остатки волос с которой сбрил сам врач, чтобы обработать небольшие ожоги, сказал с улыбкой:

— Так гигиеничнее. К тому же медсёстры говорят, что я теперь на Бондарчука стал похож.

Наталья тоже улыбнулась.

— И правда похож… — И вдруг встревожилась: — А где Света?! Что с ней?

— Со Светочкой всё в порядке! — поспешил успокоить её Фёдор. — Ни одной царапины! Прасковья о ней сейчас заботится.

— А дом мой полностью сгорел?

— Да… Но ты не волнуйся! Будете со Светой жить у меня!

Наталья, прекрасно знавшая о далеко не благосклонном к ней отношении матери Фёдора, деликатно отказалась:

— Нет, Федя, я не хочу стеснять твоих родителей. Обращусь лучше за помощью к Григорию Богданову…

— К этому напыщенному депутату-олигарху?! — поразился Фёдор.

— Ты многого о нём не знаешь, Федя… Лучше помоги мне связаться с ним… Съезди к нему, пожалуйста, и расскажи о моей беде… Он поможет… Он не сможет отказать, я уверена…

— Ты от меня что-то скрываешь? — обиделся Фёдор. — У тебя с ним какие-то тайные отношения за моей спиной?

— Глупый ты у меня, Феденька, — ласково улыбнулась Наталья. — Нашел к кому ревновать — к Богданову! Он ведь мне родным отцом приходится!

— Отцом?!

— Да-да, не удивляйся! Впрочем, я и сама-то узнала об этом совсем недавно…

— Вот это новость! — Фёдор озадаченно потер пятерней бритый затылок.

— Это чистая правда, Феденька… Я потом обязательно расскажу тебе всю эту длинную и запутанную историю, а пока не теряй время — съезди к Богданову в Пензу! Его домашнего адреса я, правда, не знаю, но смогу объяснить, как добраться до места его работы…

…Отказать возлюбленной Фёдор не смог, поэтому уже на следующий день примчался на мотоцикле в Пензу. Мобильный телефон Натальи и визитки чиновников погибли в огне, и предупредить Богданова о предстоящем визите «посланника из Мукоудёровки» не удалось. Так что по прибытии на место Фёдора ждало разочарование: депутат и его референт ещё накануне отбыли по каким-то своим делам в город Мокшан. Пришлось оставить на вахте городской администрации записку для Богданова и, заручившись обещанием охранника непременно передать её адресату, двинуться в обратный путь…

Практически в то же время к районной больнице, где лежала Наталья, подъехали два чёрных джипа с фальшивыми номерами. Из Porsche Cayenne, припарковавшегося вторым, вышли Горский и Валерий.

— И как только люди в такой дыре живут? — брезгливо поморщился Горский, осмотревшись по сторонам.

— Да, меня это тоже удивляет, — поддакнул Валерий, — но зато, я уверен, здесь камер видеонаблюдения нет.

Из ведущей машины «выгрузились» четверо молодцов, одетых, словно близнецы, в одинаковые чёрные кожаные куртки и брюки. Даже выражение лиц и стрижки были у них одинаковыми.

Валерий отдал «близнецам» последние указания:

— Входим в больницу. Блокируем вахтера. Врачам, прочему медперсоналу и всем больным говорим, что в больнице окопался маньяк-убийца, и просим не покидать свои места, пока мы якобы его не отловим. Приступаем!

«Близнецы» сработали на совесть: уже через пятнадцать минут в районной больнице стояла мёртвая тишина. Перепуганные сотрудники во главе с главврачом заперлись в ординаторской, и ни у кого из них даже сомнений не возникло, действительно ли «пришельцы» в чёрных кожаных куртках явились в их заведение с целью поимки и задержания опасного преступника.

— Она в третьей палате, — доложил Валерий по рации Горскому.

Горский злорадно потер руки.

— Ну, сучка, держись! Сейчас ты мне за всё ответишь!

...После недавно пережитого ночного кошмара Наталья всё ещё была слаба, поэтому большую часть суток проводила в полудреме. Однако звук слишком резко отворившейся двери заставил её открыть глаза. И в тот же момент она услышала знакомый ненавистный голос:

— Ну здравствуй, утопленница!

Состояние дремоты мгновенно улетучилось. Увидев перед собой перекошенное кривой недоброй ухмылкой лицо Горского, Наталья оцепенела от ужаса. В горле пересохло, язык словно прилип к нёбу, и она не могла вымолвить ни слова.

— Что, говорить со мной не хочешь?! Или с деревенскими трактористами тебе проще общаться, чем с солидными людьми?! — продолжал хищно улыбаться Горский. — А я-то, дурак, крест тебе на берегу Москвы-реки поставил… Тварь!!! — Побагровев от гнева, он размахнулся и ударил Наталью кулаком по лицу.

Она потеряла сознание.

Горский вышел из палаты спустя полчаса. За это время он успел и изнасиловать беспомощную девушку, и жестоко избить её напоследок ногами.

Когда он вместе со своими подручными покинул больницу и два чёрных джипа растворились в ранних зимних сумерках, пошедшие по палатам с обходом врачи обнаружили Наталью лежащей на полу в луже крови со связанными руками, кляпом во рту и в бессознательном состоянии. Следующие двое суток им пришлось бороться за её жизнь…

***

Когда Григорий Богданов вернулся из Мокшана, вахтер вручил ему оставленную Фёдором записку. Развернув маленький бумажный листок, депутат прочитал на нём три короткие фразы: *«Наталья Ильина в больнице. Её дом сгорел. Она просит о помощи».* Он тотчас развернулся к всюду сопровождавшему его Соболевскому, передал ему записку и распорядился:

— Отправляйся в больницу, выясни, что случилось с Натальей. Заодно реши вопрос с новым жильем для неё.

Референт, задумавшись лишь на мгновение, тут же предложил:

— Если охотничий дом в вашем поместье привести в порядок, думаю, она вместе с приемной дочерью вполне могла бы жить в нём. А поскольку и детский приют туда скоро переселится, жить будет рядом с работой…

Богданов одобрил вариант помощника, и тот отправился в Сурский район.

…Войдя в палату интенсивной терапии, куда Наталья была переведена после реанимации, Андрей Соболевский увидел, что девушка подключена к капельницам и к аппарату искусственного дыхания ещё советских времён производства. У кровати в накинутом на плечи белом халате сидел, понуро ссутулившись, какой-то парень.

В ходе знакомства выяснилось, что парня зовут Фёдором и что он — жених Натальи и автор оставленной Богданову записки. Убитый горем Фёдор признался:

— До сих пор не могу простить себе, что рядом с ней в нужный момент не оказался…

Соболевский прошёл в ординаторскую, побеседовал с медперсоналом, но ни одного вразумительного объяснения так и не услышал. Врачи и сами недоумевали, кому и зачем потребовалось избивать пациентку Ильину. Если на неё напал тот самый пресловутый маньяк, то почему тогда люди в чёрных кожаных куртках не защитили её от него?… Успокоил только главврач, твёрдо заверивший, что сейчас здоровью девушки ничто уже не угрожает.

Несмотря на крайне скудную информацию, полученную от Фёдора и сотрудников больницы, природная сообразительность помогла Андрею догадаться, что «ноги» истории с нападением «растут» из прошлого Натальи. Поэтому во время телефонного разговора с Григорием Богдановым он не только поведал тому о случившемся с Натальей несчастье, но и поделился своими соображениями по поводу розыска и наказания преступника.

Богданов, узнав о жестоком нападении на дочь, неожиданно для себя испытал неподдельный шок. Поэтому, бросив все дела, сразу же поехал в областную больницу, куда, по настоянию дотошного референта, уже была переправлена Наталья. Увидев дочь в бинтах и обильных кровоподтеках, Григорий прослезился, ибо вдруг понял, насколько, оказывается, она ему дорога…

Вездесущий Соболевский поджидал депутата уже в палате, но лечащий врач предупредил обоих:

— Девушка ещё очень слаба. Говорит с трудом. У вас есть десять минут, не более.

Разговор начал Андрей:

— Наташа, я сейчас буду задавать тебе вопросы, а ты, если ответ положительный, закрывай в знак согласия глаза. И наоборот… Договорились?

Наталья закрыла глаза.

— Твой дом сгорел?

Ресницы опустились.

— Его кто-то поджег? — продолжал Соболевский.

Ответ снова был утвердительный.

— Этот поджигатель тебя и избил? — высказал догадку референт.

Глаза Натальи остались открытыми.

— Ты знаешь того, кто напал на тебя?

Наталья моргнула утвердительно.

— Напиши его имя… — Соболевский подложил под руку девушки планшетку, вложил в пальцы фломастер.

Прочитав корявую, печатными буквами, надпись «Игорь Горский», Андрей показал планшетку Богданову, но тот недоуменно пожал плечами: эти имя и фамилия ему ничего не говорили. Соболевский вернулся к одностороннему разговору с Натальей:

— Ты узнала какую-то тайну Горского и стала представлять для него опасность?

Наталья ответила ему открытыми глазами. И тут референта осенило:

— Горский — твой бывший… любовник?

Глаза девушки закрылись, из-под ресниц заструлись слезы.

Референт переглянулся с депутатом: похоже, мы на верном пути.

— Чем занимается Горский? — спросил Богданов.

«Банкир» — начертала на планшетке Наталья, не открывая глаз.

***

Сознание возвращалось постепенно и невыносимо медленно… Сквозь пелену небытия ощущались лишь чугунная головная боль и соленый привкус крови во рту… Наконец с превеликим трудом удалось приоткрыть глаза…

Игорь Горский попытался подняться, но тщетно: руки оказались прикручены верёвками к спинке стула, на котором он сидел.

— С пробуждением! — раздался рядом незнакомый мужской голос.

Потом кто-то плеснул Горскому в лицо водой, и он окончательно очнулся.

— Где я? Что со мной? — натужно просипел банкир.

Незнакомец рассмеялся.

— Тебя нет, приятель! Ты уже три часа как сдох! Заживо сгорел в своем «Порше» на глазах многочисленных свидетелей!

— Но я ведь жив! — возмутился Горский.

— Лишь для нас двоих, — снова хохотнул циник-весельчак. — А все вечерние московские газеты сообщат вскоре печальную новость, что банкир и меценат Игорь Горский погиб в автомобильной катастрофе.

— Что вам от меня нужно?

— Хороший вопрос! И ответ услышишь хороший: твой банк! — не унимался балагур. — А потом все узнают, что незадолго до смерти ты продал свои активы некоему заинтересованному лицу…

— Я ничего не продавал! Это гнусная ложь! — вскипел банкир, силясь высвободить запястья из пут.

— Сейчас подпишешь кое-какие бумаги, и гнусная ложь обернётся гнусной правдой, — посерьёзнел незнакомец.

— А если не подпишу?

— Тогда мне придется убить тебя. Тем более что ты и так уже мёртв.

По металлическим ноткам в голосе незнакомца Горский понял, что тот не шутит.

— Кто вас нанял? Мой заместитель? — решил он потянуть время.

— Нет. Человека, который мне тебя заказал, ты не знаешь.

— Но если мы с ним не знакомы, то с какой стати он решил отнять у меня банк и жизнь? Что плохого я ему сделал? — занервничал Горский.

— Ты надругался над его дочерью.

— Я?! — ошеломленно вскричал Горский. — Да вы меня с кем-то спутали! Я — порядочный и всеми уважаемый человек!

— А что скажешь по поводу вот этого? — Незнакомец вышел из темноты (лицо его оказалось скрыто чёрной маской «спецназовца»), встал прямо перед Горским и сунул ему под нос фотографический снимок.

Банкира бросило в жар: кто-то запечатлел его на фоне головешек, оставшихся от дома, в котором он тайно удовлетворял свою страсть к истязанию девиц лёгкого поведения!

— Откуда… у вас… эта… фотография? — сдавленно прохрипел он.

— Один шустрый журналист поделился. Над чьей

девушкой, кстати, ты, гад, тоже вдоволь поиздевался! И знай: журналист этот давно твоей персоной интересовался, так что компромата на тебя у него с десяток фотоальбомов наберется! А солидным приложением к его материалам пойдут показания девушек, которых ты мучил в этом доме, и твоих пособников, которых мы тоже разыскали и допросили!

Горский издал рык раненого зверя, потом стиснул зубы и застонал от осознания собственного бессилия, от невозможности выплеснуть клокотавшую в нём ярость прямо сейчас, немедленно…

Не обращая на него внимания, незнакомец в маске невозмутимо продолжил:

— Так что выбирай: либо ты перепишешь все свои активы, особняк на Рублевке и прочую недвижимость на то имя, которое тебе укажут, и доживешь свою никчемную жизнь под чужой личиной на какой-нибудь таёжной заимке, либо умрешь уже по-настоящему, а твоё истинное имя будет покрыто несмываемым позором в прессе…

— Не дождетесь! — взревел Горский. — Не сегодня-завтра моя служба безопасности доберется до вашей шайки!

Незнакомец рассмеялся.

— Твоя служба безопасности уже занимается организацией твоих похорон в закрытом гробу, а домашняя прислуга накрывает поминальный стол!

Горский сник.

***

Бывший банкир Горский подписал все бумаги, и теперь, согласно осуществленной им «незадолго до смерти сделке», владелицей всей его недвижимости и банка стала Наталья Ильина.

Сама Наталья узнала об этом не сразу: на момент

«заключения сделки» она была на пятом месяце беременности, а Григорий Богданов подготовил ей этот приятный «сюрприз» аккурат к дате рождения ребёнка.

…Когда журналист Андрей Баринов принес своей жене Олесе газету с заметкой о трагической гибели банкира Игоря Горского, она, прочитав некролог, не смогла сдержать счастливой улыбки.

— Мне больше некого бояться! И теперь я смогу, наконец, открыто встретиться с Наташей!